KB201982

타오르는 강

완결판

타오르는 강 5

—

초판 1쇄 발행_ 2012년 2월 25일
초판 2쇄 발행_ 2014년 9월 15일
초판 3쇄 발행_ 2024년 2월 1일

—

지은이_ 문순태
펴낸이_ 박성모
펴낸곳_ 소명출판
출판등록_ 제1998-000017호
주소_ 서울시 서초구 사임당로14길 15 서광빌딩 2층
전화_ 02-585-7840
팩스_ 02-585-7848
전자우편_ somyungbooks@daum.net
홈페이지_ www.somyong.co.kr

—

값 20,000원

ISBN 978-89-5626-669-5 04810
ISBN 978-89-5626-664-0 (전9권)

—

문·순·태·장·편·소·설

완결판

타오르는 강

5

작가의 말

30년 만에 완간된 恨의 민중사

강은 저절로 길을 찾아 흐른다. 높은 곳에서 세상의 가장 낮은 곳으로, 인간의 삶과 역사와 함께 흐른다. 사람의 간섭을 거부하며 저절로 흐르는 강은 건강하게 살아있다. 생명과 역사와 문화가 공존하는 강의 세상. 강은 물속과 물 밖의 존재들과 조화롭게 어울리며 흐른다. 강과 사람, 강과 땅, 강과 생명 있는 존재들과 끊임없이 교섭하고 어울리면서 건강한 공생관계를 유지한다. 강은 본디 모습 그대로 인간이 살아가는 터전이 되고 또 다른 생명과 교섭하면서 힘의 원천이 된다.

전라도 사람들 마음속에는 영산강이 흐른다. 전라도 사람들의 핏줄과도 같은 영산강은 한과 희망을 안고 흐른다. 슬픔과 기쁨, 절망과 희망, 빛과 그림자를 안고 흘렀고 지금도 그렇게 흐른다. 그래서 영산강은 꺾일 줄 모르는 전라도의 힘이 되었다. 영산강과 함께 흘러온 전라도 사람들의 한은 좌절과 체념의 한숨이나 패자의 넋두리가 아닌, 삶의 의지력이고 생명력이며 빛나는 희망인 것이다.

영산강은 이 강을 끼고 살아온 사람들에게 소중한 삶의 터전이 되었다. 그러나 영산강을 삶의 터전으로 가꾸고 지켜온 사람들은 오랫동안 지배세력의 핍탈에 시달려왔다. 특히 일제 강점기에 영산강은 개화의 통로이자 수탈의 통로가 되었다. 1897년 목포 개항 이후 모든 개화문물이 영산강을 통해 들어왔다. 그런가 하면 일제는 호남평야에서 생산된 쌀, 면화 등 농산물을 영산강을 통해 대량으로 본토로 실어갔다. 이 과정에서 목포항에서는 부두근로자들의 쟁의가 그치지 않았다. 뿐만 아니라 일제는 영산강 유역의 기름진 농토를 무제한으로 차지하였고 농민들은 일본인들의 소작인으로 전락하였다. 일제 강점기에 일어난 궁삼면(宮三面) 농민운동 사건은 소작인으로 전락한 농민들이 자기 땅을 찾기 위해 투쟁한 대표적인 농민운동이다.

1886년부터 3년 동안에 걸친 큰 가뭄에 폐농을 한 3개면 농민들은 굶어죽지 않으려고 대처로 흘러 다니며 유랑걸식을 했다. 고향에 돌아와 보니 3년치 세금을 내지 않았다는 이유로 그들의 농토가 모두 엄상궁의 궁토가 되어버린 사실을 알게 되었다.

1886년 노비세습제가 폐지되자 종문서를 받아들고 형식상 자유의 몸이 된 수많은 노비들은 살 길이 막막했다. 이들은 홍수 때문에 버려진 땅을 찾아 영산강으로 몰려들었다. 그들은 영산강변에 집단으로 모여 살면서 물과 싸우며 삶의 터전을 일구려고 했다. 그러나 그들은 생활의 바탕이 마련되지 않은 데다가, 지방 관속들과 힘 있는 양반들의 핍탈이 그치지 않아, 실질적으로 노비의 상태는 계속된 것이나 마찬가지였다. 이들이 수마와 싸우며 일군 강변의 토지는 과거 상전들한테 다시 빼앗기거나 일제에 의해 수탈당하고 말았다.

굶주리면서도 제방을 쌓고 홍수로 버려진 땅을 일구어 비로소 삶의 터전을 만들었으나 이 땅이 궁토에서 다시 동양척식회사 소유가 되자, 이들은 일제에 항거하여 투쟁을 계속했다.

피와 땀과 눈물로 일구어, 난생 처음 가져 본 생명과도 같은 땅을 지키기 위해 죽음을 두려워하지 않고 싸웠다. 이들은 하나하나 떼어놓으면 무지렁이 종들에 지나지 않지만 , 여럿이 모여 한덩어리가 되었을 때 큰 힘을 발휘했다. 민중의 한은 역사를 바꾸었다. 영산강 유역의 농민들이 식민지 수탈에 항거해온 민족정신은 의병전쟁과 광주학생독립운동의 씨앗이 되었다.

나는 이 소설에서 강의 흐름을 통해 한의 민중사를 추적해보고 싶었다. 노비출신인 이들은 하나하나 떼어놓으면 무력한 무지렁이에 지나지 않지만 하나로 뭉뚱그려질 때 큰 힘을 발휘했다. 이 소설은 노비세습제가 풀린 1886년부터 동학농민전쟁, 개항, 1905년 을사늑약, 1910년 치욕적인 강제 한일병합조약, 3.1만세운동을 거쳐 1929년 광주학생독립운동까지의 우리민족의 수난사를 중심으로 펼쳐지고 있다. 그러면서도 역사 속에 드러난 인물을 주인공으로 내세우지 않았다. 모든 민초가 주인공인 셈이다. 또한 나는 이 소설에서 사장되어버린 순수 우리말을 최대한으로 살려보려고 했다. 작가는 언어의 채굴자이고 특히 죽어있는 언어의 활용도를 높여 다시 살려내는 작업을 해야 한다고 생각한다. 특히 전라도 토박이말을 원형대로 살려보려고 노력했다. 그리고 가급적 당시 서민들의 삶의 풍속을 그대로 되살리려고 했다. 영산강변을 터전으로 살아온 민초들의 본디 생활사를 민속적 관점에서 보여주고 싶었다.

『타오르는 강』은 1981년 『월간중앙』에 연재를 시작하였고 1987년 '창작과비평사'에서 7권으로 발간되었었다. 7권까지는 노비세습제가 풀린 1886년부터 1911년까지의 이야기이다. 나는 당초에 1929년에 일어난 광주학생독립운동까지를 포함하여 10권 분량으로 완간하려고 했었다. 그러나 그때까지만 해도 광주학생운동의 객관적 서술이 자유롭지가 못했다. 장재성 등 광주학생독립운동 주동자가 사회주의자라는 이유로 6.25직전에 처형되어, 오랜 세월 역사의 그늘 속에 가려져 있었다. 일제 강점기 독립운동을 주도했던 대부분 사람들이 그랬던 것처럼, 광주학생독립운동 중심인물 역시 민족주의·사회주의 노선이었다. 다행히 참여정부로부터 이들의 역사적 공적을 인정받게 되어 활발한 연구가 이루어지기 시작했으며 객관적 서술이 가능해졌다.

87년 '창작과비평사'에서 7권이 발간된 지 25년 , 1981년 『월간중앙』에 연재를 시작한 후 31년 만에, 『타오르는 강』이 비로소 광주학생독립운동을 포함하여 9권으로 다시 묶어져 나오게 되었다. 내 오랜 문학적 숙원이었던 『타오르는 강』이 9권으로 완간을 한 것이다. 나는 2권으로 추가된 8, 9권에서 광주학생독립운동은 한일 간 학생들 사이에 우발적으로 일어난 단순사건이 아니라는 것을 밝히고자 했다. 1920년대 초 동경유학생들에 의해 광주지역에 사회주의가 유입되면서, '광주 홍학관'의 광주청년학원과 광주고보를 비롯한 학생들이 '성진회', '독서회' 등을 조직하여 사회과학교육을 통해 오랫동안 치밀하고 조직적으로 준비해온 사건임을 밝히고 싶었다.

이번 완간하는 과정에서, 1권에서 7권까지의 소설적 흐름은 손을 대지 않았으나 잘못 표현된 부분이나 역사적 오류나 모순된 내용을 부분적으로 바로잡았다. 시대적 사건을 자연스럽게 연결시켰고 개정된 우리말 바로쓰기에 맞췄으며 새로 찾아낸 전라도 토박이말들을 추가했다. 특히 광주학생독립운동 부분에서는 자료조사에서 밝혀낸 실명을 그대로 사용했다.

30년 만에 완간이 되고 보니 참으로 오랫동안 버겁게 지고 있던 큰 짐을 땅에 내려놓은 것처럼 홀가분한 심정이다. 돌이켜보니 나는 1974년 작가가 된 후 지금까지 40년 가까이 오로지 『타오르는 강』을 붙들고 씨름하듯 낑낑대온 것 같은 기분이다. 『타오르는 강』의 완간을 계기로 영산강을 중심으로 살아왔던 우리나라 노비들의 삶에 대해 관심을 가져주었으면 싶다. 그리고 일제강점기 빼앗긴 땅을 되찾기 위해 얼마나 많은 민초들이 죽어갔는가를 상기해주었으면 한다. 역사 속에서 영산강이 되살아나기를 바란다. 진정으로 강의 세상이 오기를 기다린다. 강은 자생력이 있기 때문에 내버려두어도 스스로 살아나지만, 강과 함께 만든 삶의 역사는 누구인가 붙잡아 건져주지 않으면 그대로 흘러가버린다.

이 책을 내주신 소명출판 박성모 사장님과 책이 나올 수 있도록 애써주신 국민대 정선태 교수께 가슴 깊이 고마움을 간직한다.

2012년 정초에

문순태

타오르는 강 5

船艙

1

대불이와 짝귀는 저녁나절 무렵에야 제물포 선창에 당도하였다. 그들은 제물포에 돌아오자 옥죄어들었던 마음이 조금은 느슨하게 풀리는 것 같았다. 그들은 한동안 선창거리의 끝에 있는 세관창을 바라보았다.

짝귀가 대불이를 부축하고 싸리재를 올라오고 있었다. 두 사람은 주막 가까이 이르자 잠시 풀섶에 앉아 쉬었다. 바닷바람의 상큼한 향기가 뼛속까지 파고들었다.

"고향에 다시 돌아온 것 같구만 그랴."

짝귀가 풀섶 위에 주저앉아 어둠에 묻혀가고 있는 바다를 내려다보며 말했다.

"하야시가 찾아올지도 모르겄네요."

대불이는 하야시에게 다시 붙잡히게 될까 걱정했다. 그는 차라리 배를 타고 그 길로 목포로 내려가고 싶었던 것이다. 그런데도 짝귀가 한사코 우겨 싸리재 권대길의 주막으로 가자고 했다.

"허허실실이라고 허지 않던가. 하야시놈은 설마 자네가 여기로 올 줄은 모르고 있을 걸세. 자네가 제물포로 다시 돌아올 것은 미처 생각을 못할 거여."

짝귀는 다시 대불이를 부축하여 싸리재를 올라갔다. 그들이 주막 안으로 들어섰을 때 권대길 부부는 어두컴컴한 술청 좌판에 우두커니 있었다.

"이모!"

짝귀가 주막 안으로 들어서면서 그의 이모를 불렀다. 짝귀의 목소리에 권대길 내외가 동시에 눈길을 모았다.

"짝귀 아니냐? 왜? 대불이가 아픈 게야?"

권대길의 처가 우르르 내달으며 두 사람을 되작거려 살펴보다가 짝귀가 대불이를 부축하고 들어오는 것을 보고 물었다.

"아프기는요. 암시랑토 않구만요."

대불이가 허리를 굽히며 말했다. 그때 권대길도 천천히 몸을 일으켜 그들 쪽으로 다가와서는 "대불이가 왔구만" 하면서 대불이의 손을 붙잡고 흔들었다.

권대길은 두 팔로 대불이의 상반신을 부둥켜안은 채 모두뜀을 뛰듯 우쭐거렸다. 그는 조카인 짝귀보다는 대불이를 더 반겼다.

"아저씨 죄송해요."

대불이는 그를 진심으로 반겨주고 있는 권대길에 대해 고마움과 죄스러움이 뒤엉켜 무슨 말부터 먼저 해야 좋을지 몰라 목부터 칵 메었다.

"이 사람아, 무슨 소리여. 지난봄에 집에 다녀간 딸년한테 자네 소식은 대강 들었어."

"고생이 많았재?"

순영이 부모는 마치 잃어버렸던 자식을 다시 만나기라도 한 듯 달뜬 마음으로 대불이 옆에 바짝 붙어 있었다.

네 사람은 술청에서 나와 오동나무 그늘 밑 평상 위에 앉았다.

"뭣허고 있어. 냉큼 탁배기 한 사발 떠오지 않고!"

권대길이가 그의 아낙을 보며 소리쳤다.

"아이고 참, 나 봐라."

순영이 어머니는 그제야 다급하게 일어서서 술청을 향해 반달음으로 미끄러져갔다.

대불이는 권대길한테 몸이 아픈 것을 감추려고 되도록이면 곧추 앉아서 밝은 얼굴로 두렷두렷 주변을 살폈다. 모든 것이 이 년 전이나 지금이나 하나도 달라진 것이 없는 주막이었다. 달라진 것이 있다면 순영이 어머니의 얼굴에 주름살이 더 깊게 패고 눈에 띄게 손이 앙상해진 것뿐이었다.

"아저씨는 근력이 좋아 보이시네요."

대불이가 권대길을 보며 말했다.

"나 말여! 워낙 신간이 편하니께. 요새는 그냥 맘을 느긋하게 묵고 살기로 했구만."

그러면서 권대길은 술청을 향해 큰 소리로 빨리 술을 가져오지 않는다고 그의 아낙을 다그쳤다.

짝귀는 이모부 권대길에게, 이 년 전 그들이 말 한마디 없이 바람처럼 제물포를 빠져나갔던 일에서부터 다시 돌아오게 된 경위까지 대충 이야기해주었다. 권대길은 딸 순영이한테 그들의 살아온 이야기를 들어 알고 있었지만 대불이가 하야시한테 붙잡혀가서 곤욕을 치르고 도망쳐 나오는 길이라는 말에 그답게 두 주먹을 불끈 쥐고 어두운 허공을 쳤다. 그러나 그는 순영이가 이 년 전에 제물포에서 하야시한테 욕을 본 것에 대해서는 모르고 있는 듯했다. 그는 단지 하야시가 순영이한테 귀찮게 치근거리는 데에 화가 나서 참지 못해 대불이 쪽에서 일을 저지른 것으로만 알고 있었다.

"제물포 바닥에 대불이 소문이 짜하게 났었구만. 시건방 떨며 거들먹거리는 하야시 놈을 꽁꽁 묶어갖고 쪽배에 태워 바다에 띄워보냈다는 소문을 듣고 제물포사람들이 을매나 션해했다고."

권대길은 어둠이 찐득하게 엉킨 대불이의 얼굴을 다시 한 번 눈을 가까이 대고 찬찬히 들여다보기도 하고, 손으로 어깨며 허리를 만지작거리며 골병이나 들지 않았으면 좋겠다고 마음 아프게 걱정을 하였다.

"맘 푹 놓고 우리 집에서 쉬면서 몸조리를 하소. 만약 하야시 놈이 여기까지 자네를 잡으러 온다치면 내가 가만두지 않겠네. 이번에는 목에 맷돌을 달아서 월미도 앞에나 처넣어 버릴거여!"

권대길은 그의 아낙이 개다리소반에 차려온 술상을 평상에 내려놓기가 바쁘게 자작자음(自酌自飮)을 하고는 "어이 마누라. 오늘 저녁에는 말이지, 순영이란 년 오면 고아줄려고 애껴놓은 씨암탉 한 마리

잡소" 하면서, 한사코 사양하는 대불이와 짝귀의 잔에 술을 거푸 따랐다.

"여기 와서는 아무 걱정 마시고 자네 집엘 왔다고 생각하고 푹 쉬어. 당장 골방을 치울 테니, 딴 데 갈 생각은 말고!"

권대길은 대불이가 당한 일에 마음이 아팠지만 한편으로는 기분이 흔쾌한 듯 거푸 자작자음하면서 말이 많았다.

"순영이가 미국으로 유학을 간다는디, 어쩌실 생각입니까요?"

잠시 후에 짝귀가 얼핏 대불이의 눈치를 살피며 말했다.

"미국이 어디 있누?"

권대길이 물었다.

"하늘 끝 어디쯤 있겠지요."

"고년이 그런 소릴 허든?"

권대길이 짝귀한테 따지듯 재우쳐 묻자, 짝귀는 선뜻 대답을 못하고 대불이를 훔쳐보았다.

"아마도 그럴 작정인가봐요. 졸업을 하자마자 미국으로 간다나봐요. 처녀의 몸으로 양코배기들 세상에서 어찌크롬 살라고 그러는지 원!"

짝귀가 시무룩한 얼굴로 말했다. 그 말 속에는 어떻게 해서든지 부모들이 미국 유학을 못하게 붙잡으라는 뜻이 담겨져 있었다.

"고년이 미쳤구만. 개명바람이 불어갖고 우리 딸년 신세 망치게 생겼어!"

권대길은 말끝에 후유 한숨을 몰아쉬더니 주먹으로 자신의 가슴을 툭툭 쳤다.

"걱정 말고. 시한 방학 때 집에 오면 다리모갱이를 부질러서라도 붙잡아놓을 테니께, 걱정들 말어."

권대길이 대불이를 보며 다짐하듯 말했다.

짝귀가 술이 얼근해져서 응신청 친구들한테 가보겠다고 하자 권대길이 손을 휘저으며 말렸다. 그는 잠시 후 저녁때가 되면 밥을 먹으러 몰려들 올 터이니 조금만 기다려보라고 하였다.

"두 사람이 제물포를 떠난 뒤부턴 천팔봉이 그 사람 성깔이 다시 사나워졌더구만. 요새는 걸핏하면 싸움질이여. 옛날 근성이 되살아났는 모양이야. 지난봄에는 우리 주막에서 괜한 일루다가 처음 보는 술꾼들허구 한바탕 얼크러지게 싸움이 붙어갖구 박치기 본때를 보여줬는데 그 일루 이틀 밤인가 관가 신세를 지고 나왔었지."

권대길이 어지간히 취했는지 언성이 높아지고 말끝마다 버릇처럼 욕설을 뒤발림하여 생기침을 토해냈다.

"아저씨, 귀돌이는 어쩝니까요?"

대불이가 물었다.

"그 사람은 그저 그만그만허지 뭐. 귀돌이는 워낙이 성질이 깐깐해서 돈냥이나 모았을 게로구만. 아마 요즈막에는 과부를 하나 알아개지구 재미가 좋다고 흐드라고. 천팔봉이 말이 돈이 많은 과부라면서 땡을 잡았다고 놀리더구만."

그러면서 권대길은 그들이 제물포를 떠난 뒤로 달라진 것들을 하나하나 이야기해주었다.

"목포가 개항이 되자 많은 사람들이 남쪽으로 몰려 내려갔지. 개항지에 가면 떼돈을 벌 것모양 몰려들 갔지만, 그 사람들 따지고 보면 몸뚱이 하나 갖구 일확천금을 꿈꾸는 순전한 불량배들이라니깐. 목포가 개항이 되었다 허니깐 젤 먼저 짐을 싸갖구 내려가는 축들이란 왈패, 투전꾼들, 은근짜, 들병장수, 논다니 패거리들이더라고. 천팔봉 그 사람도 목포로 내려가서 한몫 잡겠다고 해쌓더니 요샌 좀 잠잠해졌어."

"여기꺼정 오면서 보니께 제물포두 이 년 사이에 몰라보게 변했더군요."

"달라진 게 뻔하지 머. 일본 놈들 세상이 되어가는 게지. 알고 보니께 일본 놈들 참 약더구만. 제놈들 모여 사는 조차지는 나날이 개명바람에 달라지고 있지만서두, 조선사람 사는 데는 점차 더 볼품없이 찌그러져간다니깐. 괜히 개명바람만 불어갖구 가난하고 애잔헌 조선사람 홧병만 나게 생겼어!"

"따지고 보면 으디 조선사람 위하는 개명인가요? 다 제 눔덜 잇속 챙기자는 개명이지요."

대불이가 권대길의 말에 맞장구를 쳐주자, 권대길은 더 신명이 나서 욕까지 섞어가며 불평을 늘어놓았다.

"삼천리강산에 개명바람이 휩쓸고 난다치면, 이 나라는 찌그러지고 말 걸세! 벌초 자리는 좁아지고 백호 자리만 넓어지는 판세여."

"참, 사돈께서는 잘 사시지요?"

한동안 잠자코 술잔을 기울이던 짝귀가 권만길의 안부를 물었다.

"사돈이라니?"

권대길이 불쾌해진 얼굴로 짝귀를 쏘아보며 반문을 했다.

"순영이 숙부 말입니다."

"그 눔 이야기는 왜 꺼내는겨."

"시방도 미곡전을 하시나요?"

짝귀가 무안을 당하자 대불이가 끼어들었다.

"그 눔 재산이 개화바람에 눈사람 불어나드끼 헌다드라."

권대길은 짝귀를 향해 쥐어박듯 말하고 나서는 잠시 슬픈 얼굴로 완연히 어두워진 돈단 아래를 내려다보았다. 응신청 친구들이 저녁을 먹으러 올라오느라 시끌덤벙하였다.

"응신청 식구들이 오는구만. 대불이는 방에 들어가 있소."

권대길이가 돈단 아래를 내려다보면서 말을 한 뒤, 그의 아낙한테도 응신청 식구들에게 대불이가 왔다는 말을 하지 말라고 일렀다. 짝귀는 응신청 식구들이 주막으로 올라오기 전에 대불이를 데리고 골방으로 들어갔다.

방에 들어와 벽에 등을 기대고 앉은 대불이는 이내 코를 골았다. 짝귀는 방 가운데 우두커니 앉아서 잠든 대불이의 얼굴을 들여다보았다. 끈끈한 어둠이 거미줄처럼 대불이의 얼굴에 겹겹이 내려앉았다.

잠시 후 권대길이가 들어와 기름심지에 불을 댕겨주었다. 대불이가 권대길이가 들어온 것도 모르고 스르르 옆으로 누워버리자 짝귀는 목침을 찾아 머리를 괴어주었다.

"대불이가 여간 고단하지 않았던 모양이구나."

권대길이가 불을 밝혀주고 나가려다 잠든 대불이를 찬찬히 내려다보며 말했다.

"하야시한테 심하게 맞은 것 같구만요. 새벽에 상엿도가로 찾아왔을 때꺼정만 해도 인사불성이었다니께요."

"저런 쳐죽일 놈이 있나."

권대길은 연민의 정이 어린 눈으로 오랫동안 대불이를 내려다보고 서 있었다.

"순영이하고 대불이 사이는 요새 어쩌드냐?"

권대길이가 짝귀 옆에 바짝 앉으며 낮은 목소리로 물었다. 그는 아직도 대불이를 사위로 맞아들이고 싶은 생각을 버리지 않고 있는 듯싶었다.

"순영이하고 같이 있다가 잽혔다니께요."

"그렇다면 그간 두 사람이 주욱 만나고 있었단 말이냐?"

"그렇다마다요."

"짝귀 네가 보기에 어쩌더냐?"

"어쩌다니요?"

"두 사람 말이다. 혼인이래두 할 의향이 보이더냐 말이다."

"글쎄요. 그건……."

짝귀는 이모부한테 두 사람 사이를 뭐라고 말을 해야 좋을지 몰라 잠시 미적거렸다. 그는 아직 대불이의 확실한 마음을 헤아리지 못하고 있었다.

"대불이한테 넌지시 맘을 한 번 떠보지 그랬느냐."

"대불이 말은 순영이가 미국으로 유학을 간다고 허드라니께요."

"베라먹을 넌!"

"이담에 순영이가 집에 오거들랑 꽉 붙들어 잡으세요. 순영이 나이가 몇인가요? 후다닥 혼인을 시켜버리면 별수 있겠어요?"

"대불이하고 말이냐?"

"대불이 놈, 나하고 가깝다고 해서 허는 말이 아니지만 나이가 좀 많어 그렇지 괜찮은 놈입니다. 남자답고 의리 있고 또 제 지집 배 곯릴 사람 아니지요."

"그건 나도 안다. 헌데 두 사람 마음이 문제 아니냐."

"허허, 이숙도 참. 내둥 말허니께 그래싸시네."

"대불이가 언제까지 제물포에 있을 것 같으냐."

"순영이가 올 때꺼정은 내가 붙들고 있을 테니 그건 걱정 말어요."

대불이는 얼쑹얼쑹 잠이 들어 있는 가운데서 권대길과 짝귀가 하는 이야기를 죄 듣고 있었다. 그는 기침이 나오려는 것을 억지로 참았다. 권대길이나 짝귀가 보잘것없는 자신을 그토록 생각해주는 데에 가슴이 훙건해졌다.

갑자기 술청 쪽이 시끌시끌했다. 항아리 깨지는 목소리가 온통 술청을 쥐흔들었다. 바글바글 웃음이 들끓었다.

"팔봉이가 온 게로구만."

방안에서 짝귀와 함께 대불이에 관한 이야기를 주고받던 권대길이가 천천히 일어서며 말했다.

"팔봉이나 귀돌이한테 우리가 여기 있다고 살째기 이야기해주셔요."

짝귀는 천팔봉의 목소리를 듣자 갑자기 그가 보고 싶어졌다.

"두 사람만 방으로 들여보낼 테니 그리 알어."

권대길은 낮은 목소리로 말하고 조용히 방문을 열고 밖으로 나갔다. 권대길이가 나가자 잠든 줄 알았던 대불이가 입맛을 쩝쩝 다시며 상반신을 일으켰다.

"고단헐 텐디 좀더 자두지 않고!"

짝귀가 대불이를 보며 더 누워 있으라고 하였다.

"밖에서 낯익은 목소리가 들린께 잠이 퍼뜩 깨버리는구만요."

"꿈속에서 팔봉이 목소리를 들은겨?"

"맞았어요. 꿈속에서."

"오늘 자네 꿈은 참 신통허구만. 배에서는 말바우 어미 꿈을 꾸더니……."

짝귀는 말바우 어미의 말을 꺼내놓고 나서 이내 후회하였다. 괜히 그녀 이야기를 꺼내 대불이의 마음을 벌집이 되게 휘정거려놓고 싶지가 않았다.

"형님 말이 맞구만요. 오늘 나는 신통한 꿈들만 꾸는구만요. 쪼금 전에는 팔봉이 꿈뿐만 아니라 아저씨허구 형님이 순영이와 나를 억지로 혼인시키려고 모사를 꾸미는 꿈도 꾸었어요."

대불이의 그 말에 짝귀가 비시시 웃음을 흘리며 "자네 잠 안 잤구만" 하고 눈을 흘겼다.

"형님, 배에서도 말했지만 괜헌 짓 허지 말어요. 제발 순영이 가는 길을 막지 마셔요."

"지까짓 것이 무신 가는 길 오는 길이 있어? 혼인을 하면 남편 따라 사는 길이 여자의 길인 거재."

"참 형님두 원. 순영이는 신식공부를 허고 있어요. 형님 생각허고는 다르다니께요."

"자네는 잠자코 있다가 주는 떡이나 널름 받어묵으믄 되는겨. 자네 말이시, 순영이가 하야시한테 당한 일로다가 순영이를 마다허는 건 아니겄재? 자네야말로 말바우 어미허고……."

말을 하다 말고 짝귀는 또 아차 하고 입을 다물어버렸다.

"그런 건 아니여요. 나는 마음을 더 중허게 생각하는구만요. 형님 말마따나 똑 까놓고 말해서 나야말로 한물간 남자가 아닌감요. 절대로 그런 건 아니여요. 털끝만큼이라도 내가 그런 생각을 했다면 벼락을 맞지요."

대불이는 등을 벽에 기대어 고쳐 앉으며 이내 우울해졌다.

그때 방문이 삐긋이 열리면서 천팔봉의 얼굴이 불쑥 어둠속에서 나타났다.

천팔봉이 등 뒤에는 김귀돌이가 서 있었다.

"어서 들어오소."

팔봉이와 귀돌을 보자 짝귀가 벌떡 일어섰고 대불이도 벽을 짚으며 비척비척 몸을 일으켰다. 팔봉이와 귀돌이가 방안으로 들어섰다. 그런데 어찌된 일인지 팔봉의 어깨 뒤에 선 귀돌은 반가움을 이기지 못해 얼굴이 화들짝 밝아 있는 데 비해, 팔봉은 화가 머리끝까지 치밀어 오른 얼굴로 대불이와 짝귀를 무섭게 노려보는 것이 아닌가.

"이 사람 팔봉이, 왜 그러는가?"

팔봉의 태도에 짝귀는 의아하게 눈망울을 굴리며 물었다. 짝귀뿐만 아니고 대불이와 귀돌이도 갑작스런 팔봉이의 태도에 얼굴빛이 달라졌다.

"이 팔봉이를 어찌 생각하십니까요. 왈패 팔봉이를 그래도 사람 취급해준 사람은 두 형님들뿐이구나 했었는데, 세상에 말입니다. 하루아침에 똥 친 막대 취급을 받고 나니, 서럽기도 하고 분통이 터져서……."

팔봉이가 짝귀와 대불이를 험한 눈빛으로 쏘아보며 말하자 방안의 분위기가 무거워졌다.

"이 사람아, 누가 자네를 똥 친 막대기 취급을 했다는 겐가?"

귀돌이가 팔봉의 비위를 맞춰주려고 큰 소리로 물었다.

"도대체 제물포바닥에서 어느 누가 팔봉이를 우섭게 본다는 게야?"

무슨 영문인지 모르고 있는 귀돌이 재우쳐 묻자, 팔봉은 어처구니없는 표정으로 귀돌을 쓸어보더니 "허허, 형님은 그것두 모르슈?" 하고 되물었다.

"누기냐니깐?"

"이 두 분들이지 또 누가 있수? 천팔봉이를 우습게 보는 양반이 이 두 분들이랍니다."

팔봉이가 짝귀와 대불이를 흘겨보며 하는 말에 두 사람은 빙충맞은 얼굴로 서로의 얼굴만 마주보았다.

"팔봉이 자네 무슨 섭한 말을 그렇게 하는가."

조금 전까지만 해도 팔봉의 비위를 맞춰주느라 큰 소리로 맞장구를 쳐주던 귀돌이 겸연쩍은 얼굴로 짝귀와 대불이를 보며, 팔봉이를 나무랐다.

"팔봉이, 우리가 언제 자네를 똥 친 막대기로 대했단 말인가."

짝귀도 심각한 얼굴로 따지듯 물었다.

"그렇다면 말이우, 나를 사람답게 봤으면 온다간다는 말 한마디 없이 둘이서만 마포바지 방귀 새어나가듯 살째기 빠져나가요? 그것은 또 그렇다고 치고, 그래 두 분이서 제물포바닥을 뜬 지가 몇 년이우? 그래, 나와 이 귀돌이 형을 사람으로 봤다면 이제야 코빼기를 내미는 거유? 그래 한양 물을 먹으면 사람이 그렇게 도도해지는 겝니까요?"

팔봉의 말에 짝귀와 대불이는 비로소 밝게 웃었다. 팔봉의 말이 결코 악의가 없다는 것을 알았기 때문이다. 악의는커녕 얼마나 정이 넘치는 투정인가.

"예끼 이 사람. 나는 또 뭐라고!"

귀돌이도 싱겁게 웃으며 손바닥으로 팔봉의 등짝을 툭 쳤다.

"생각 같아서는 그냥 이 강원도 감자바위 팔봉이가 의리 없는 두 분들헌테 박치기를 해서라도 화풀이를 하구 싶었는디……."

그러면서 팔봉은 어색하게 비식비식 웃었고, 짝귀와 대불이가 그런 팔봉의 두 손을 잡아 흔들었다.

"자네들한테 할 말이 없네. 참말로 팔봉이한테 박치기를 당해야 싸네."

짝귀가 팔봉과 귀돌의 손을 잡고 진심으로 반가워하였다.

"죄는 나헌테 있으니까, 팔봉이 이마빼기로 나를 한 번 힘껏 받아뿔소!"

대불이가 웃으면서 말하자, 받으라면 못 받을 것 같으냐면서 팔봉이 그 큰 머리를 대불이의 이마에 갖다 대고 힘껏 까뭉개듯 문질러대더니, 딱 소리가 나게 들이받았다. 그러자 대불이가 두 손으로 이마를 쥐어 싸고 아픔을 참지 못해 얼굴을 험하게 찡그리더니 비틀비틀하다가 방바닥에 털썩 주저앉았다.

대불이가 이마를 쥐어 싸매고 방바닥에 주저앉자 짝귀와 귀돌이는 놀라 대불이 옆에 쪼그리고 앉으며 이마에 상처라도 났는가 싶어 걱정스러운 얼굴로 들여다보았다.

"이제 화가 풀렸는가?"

대불이가 아무렇지도 않은 듯 이마에서 손을 떼고 웃는 얼굴로 팔봉을 쳐다보며 물었다.

"짝귀 형두 한 번 받아야 풀리겠는데……" 하면서 팔봉이가 눈을 치떠 이마에 주름살을 구기며 짝귀를 질러보았다.

그러자 짝귀는 미리 두 손으로 이마를 쥐어 싸매며 구석으로 몸을 웅숭크렸다.

잠시 후에 네 사람은 방에 마주보고 앉아서 한바탕 웃고, 그동안 서로 살아온 이야기의 실꾸리를 푸실하게 풀었다.

대불이는 귀돌이와 팔봉이한테 그가 짝귀 형하고 제물포를 떠날 수밖에 없었던 지난날을 이야기하고, 다시 오게 된 경위도 숨김없이 그대로 까발렸다.

"그리구, 오태수도 곧 뒤따라올 걸세. 태수 그 사람이 아주 사람이 싹 달라졌어. 팔봉이 자네 돈을 갚겠다고 이를 응등물고 살았다네. 이번에 오면 자네 돈버틈 갚을 걸세."

"염쟁이 노릇해서 번 돈을 내가 어찌 받겠수?"

"아닐세. 오태수가 팔봉이 빚을 갚기 위해 번 돈은 세상에서 젤 깨끗한 돈일세."

"그렇구말고!"

짝귀도 대불이의 말에 한마디 하였다.

"암턴 옛날 형제들이 다시 모이게 되니께 기분이 좋구만!"

말수가 없는 귀돌은 연신 푸실푸실 웃기만 하였다.

"귀돌이 자네는 요새 재미가 좋담서?"

대불이가 귀돌이를 흘겨보며 말하자, 그제야 생각이 났다는 듯 팔봉이가 무릎을 두세 번 치고 나더니 "귀돌이 형 요새 말이우, 세상 재미는 혼자 다 보고 산답니다요" 하고 떠들어댔다.

"어떤 여잔데 그러는가?"

짝귀가 팔봉을 보며 물었다.

"엉덩판이 화도고개만큼이나 푸짐합디다. 엉덩판 큰 거 보니께, 골짜기도 깊겠고 샘도 철철 넘치겠고……."

팔봉이가 김귀돌의 눈치를 살피며 농을 늘어놓자 귀돌은 여전히 푸실푸실 웃고만 있었다.

"엉덩판 크다고 골도 깊고 새암이 좋은 것은 아닐세. 마른 장작불

길이 더 세드끼, 얕은 동산에 새암물 맛이 더 좋을 수도 있다네!"

짝귀도 농을 받아 한마디 했다.

"그런데, 듣자허니 팔봉이 자네 다시 난봉꾼이 되었다는데 참말인가?"

대불이가 나무람 하듯 밉지 않게 팔봉이를 찍어보며 묻자, "아니, 누가 그럽디까?" 하면서 팔봉은 들돌 같은 엉덩이를 들었다 놓았다 하였다.

"요즘은 다시 맴을 잡았다네. 한동안 쌈질을 좀 하기는 했지만서두……."

김귀돌이가 말했다.

"내가 한때 맘이 외로 꼬인 것두 따지고 보면 나를 똥 친 막대 취급을 하고 훌쩍 떠나베린 두 분들 때문이었다구요. 그땐 정말 맴이 울적해갖구 아무하고나 싸움을 하고 싶드라니깐요. 꼭 여자한테 배신을 당한 기분이었다니께! 허지만 귀돌이 형 말마따나 속 차린 지 오래됐수다. 이제 형제들이 다시 만났으니 다시 옛날 모양으로 재미지게 살아야지요."

팔봉이가 정색을 하고 말하자 좌중이 잠시 숙연해지기까지 하였다.

그날 밤 넷은 권대길의 콧구멍 만한 골방에 무릎을 맞대고 앉아서 밤이 새도록 이야기를 주고받았다. 귀돌이와 팔봉은 아예 응신청으로 돌아갈 생각조차 하지 않았다.

밤이 깊어 술손님이 끊기자 권대길이까지도 자리를 같이한 뒤 여러 차례 골방으로 술병을 들여 넣어주었다.

권대길까지 다섯 사람은 밤이 깊어갈수록 거나하게 취하였다. 팔봉과 귀돌은 대불이가 만민공동회의 이야기를 해주자 무릎을 치며 흥분들을 하였다.

그들은 세상 돌아가는 이야기며 그들이 각기 살아온 이야기로 꽃을 피웠다. 그러다가는 잠시 자신들의 고향 이야기로 시무룩해지고 말았다.

"그나저나 고향엔 안 갈 거유?"

팔봉이가 갑자기 뜨악한 얼굴로 좌중을 훑어보며 말했지만 아무도 대꾸를 하지 않았다.

"이 사람아, 저마다 고향으로 가자면 뿔뿔이 흩어지고 말 게 아닌가."

고향에 가고 싶은 마음이 털끝만큼도 없다는 제주 출신의 귀돌이가 말했다.

"그러면 이렇게 합시다. 우리 다섯 사람이 말입니다. 한꺼번에 한 바퀴 비잉 돌아옵시다."

팔봉이 기상천외의 생각이라도 해낸 듯 손뼉을 쳐가며 떠들어 댔다. 목소리마저 우럭우럭한 팔봉은 말을 할 때마다 무릎을 치거나 손뼉을 치는 바람에 그가 말을 할 때면 방안이 온통 시끌시끌하였다.

"그것 좋겠구만 그려!"

벽에 등을 기대고 앉아서 꾸벅꾸벅 졸고 있던 권대길이 곁방아 질을 하자, "아저씨는 자격이 없쉐다" 하고 팔봉이 듣기 싫지 않은 목소리로 말의 허리를 잘라버렸다.

"그럼 나는 빠지네."

밤이 늦어지자 권대길은 술 한 병을 더 들여 넣어주고는 먼저 자야겠다면서 골방에서 나가버렸다.

고향 이야기가 나오자 그들은 잠시 잊고 있었던 고향을 떠올리며 애꿎은 곰방대만 빨아 방안에 연기가 가득 찼다.

"우선, 태수가 온다치면, 우리들 중에서 젤 연장자인 짝귀 형님의 고향버틈 가봅시다."

귀돌이가 말했다.

"좋쉬다. 짝귀 형님 집에 가는 길에 대불이 형네 고향에도 들러보구 말입니다."

팔봉이가 다시 무릎을 치며 말했다.

"나는 고향에 가지 않아도 상관이 없네" 하는 짝귀의 말에 "형님두 참, 어머님이 세상을 뜨셨다고는 하나 형수님과 아이들이 있지 않우? 형수님과 헤어진 지 벌써 육 년이 지났는데…… 하고 천팔봉이 윽박질렀다.

"육 년이나 되우? 대불이는?"

귀돌이가 입을 벌린 채 물었다.

"역시 육 년째 되는갑구만. 갑오년에 나주를 떴으니께."

대불이가 우울하게 말했다. 그는 지금도 새끼내 사람들이 동학군을 도와 나주성을 치려고 하였으나 성의 방비가 워낙 튼튼하여 뜻을 이루지 못하고 하는 수 없이 농군들만 남겨놓은 채 전주로 회군을 해 버렸던 때를 생각하면 가슴이 미어지는 듯하였다.

대불이가 그의 친형 웅보를 만난 것은 그때가 마지막이었다. 웅보 형은 그때 새끼내를 비롯하여 정든 선창마을 사람들 외에도 새끼내 사람들처럼 종의 굴레를 벗어난 사람들이 모여서 영산강변에 마을을 이루고 사는 미암리 근동의 장정들까지 몰고 와서 동학군을 도와주었었다.

동학군을 따라 나주를 뜬 대불이는 황토재 싸움에 참전하고 전주성에 입성했었다.

그 후에 전봉준 대장이 종자 몇 사람을 데리고 야음을 틈타 나주 관아에 들어가 목사와 담판을 지을 때에, 나주 지리에 밝은 대불이도 함께 따라갔었다.

나주 목사와의 담판으로 나주에 집강소를 설치하게 되었었다. 대불이는 그때에도 나주에 머물러 있었다. 집강소에서는 열두 가지 폐정개혁안을 실행하고, 관리의 문부(文簿)를 검열하는 한편 백성들의 소장(訴狀)을 처리하기도 하였다.

이때 나주에 집강소를 설치했다는 소문을 들은 새끼내 사람들이 더러 고향에 돌아오기도 했었다. 흉년 때문에 고향을 떠나 영산강을 따라 목포로 내려가다가 미암리 근처에서 눌러앉은 여남은 집 안팎 되는 사람들이 새끼내에 돌아와 다시 집을 짓고 농사일을 계속했었다.

그러던 그해 가을부터 조정에서 갑자기 동학군을 토벌한다는 소문과 함께 나주 집강소의 분위기도 살벌해졌었다. 그 무렵 나주 집강소에는 그곳 출신인 대불이 외에도 고달준과 문치걸, 김덕배 등 대불이가 장성 입암산에 있을 때부터 한솥밥을 먹고 살아온 동지들이 어깨를 펴고 있었다.

조정에서 동학을 토벌하기 시작하자 나주에서는 오권선이 삼천 명의 동학군을 일으켰으며 그때 대불이도 오권선의 부하가 되어 나주를 떠나고 말았다. 그때가 갑오년 늦가을이었으니 대불이가 나주를 떠나온 지도 어언 육 년째가 되었다.

“참 세관청 역관 양 주사는 지금도 있는가?”

한동안 깊은 생각에 잠겨 있던 대불이가 고개를 쳐들며 물었다.

“이 년 전에 떠났재.”

귀돌이가 말해주었다.

“떠나다니? 내가 세관청에 있을 때 그분 덕을 많이 봤었는디.”

“목포가 개항이 되자 그리루 내려갔다고들 허드만.”

“목포로…… 고향 가까이로 갔구만.”

“팔봉이도 한때는 목포로 내려가겠다고 해쌓더니 요새는 좀 잠잠해졌다네.”

귀돌이었다.

“그때는 그 월선이란 년 때문이었구만…….”

팔봉이가 귀돌을 향해 눈을 흘기며 말했다.

“월선이라니?”

짝귀가 호기심에 눈알을 바쁘게 굴리며 물었다. 주량이 대단찮은 그는 행주를 하는 대로 모두 널름널름 받아 마셨기 때문에 말을 할 때마다 혀끝이 잘 움직이지 않았다. 그런데도 그는 아직 건네주는 술잔을 사양하지 않았다.

“한참 팔봉이가 죽네 사네 쫓아다닌 일출정이라는 술집 여자라우.”

귀돌의 설명에 다시 팔봉의 눈길이 낚싯바늘처럼 휘움하게 굽었다. 그는 굽은 시선으로 귀돌을 갈퀴질하듯 훑어보더니 빈 잔에 술을 채워 쿨럭쿨럭 단숨에 들이마셨다.

“월선이 고년 말은 왜 또 꺼내시우. 그년 이야기만 나오면 이 팔봉이의 오장이 우뭇가사리가 된단 말이외다.”

팔봉이가 푸념처럼 말하자 좌중은 한바탕 소리 내어 웃었다.

“팔봉이가 아주 쫄딱 반했던 모양일세.”

짝귀는 팔봉이가 따라준 술잔을 들며 여전히 혀 꼬부라진 소리로 말했다.

“아무래도 내 월선이 그년 때문에라도 한 번은 목포에 내려가야겠수다. 짝귀, 대불이 형님들 고향에두 가고 월선이 고년도 한 번 만나보구, 이거야말로 뽕도 따고 님도 보고가 아니우?”

팔봉이가 그의 무릎 대신에 술잔을 들고 있는 짝귀의 어깨를 툭 치는 바람에 술잔이 짝귀의 저고리 앞섶에 엎질러지고 말았다. 귀돌이가 재빨리 걸레를 갖다가 엎질러진 술을 훔쳐냈다.

“우리들이 진고개 상엿도가에서 상두꾼 노릇이나 하고 있을 때 이 의리 없는 두 놈덜은 그저 여자한테 홀딱 엎으러져 있었구만 그려. 그러고도 똥 친 막대기 어쩌고 허다니. 예끼 이런!”

짝귀는 그의 옷이 술에 젖은 것에는 상관하지 않고 손을 휘저어 밉지 않게 팔봉과 귀돌의 머리를 치며 나무람 하였다.

“대불이 동생 안 그런가? 요놈덜이 우리덜 없는 사이에 솔래솔래 여자 재미만 봤구만 그려!"

그러면서 짝귀는 이번에는 대불이의 등짝을 거칠게 내리쳤다. 그 바람에 술잔을 입에 대고 있던 대불이가 사레가 들려 재채기를 토해냈다.

"짝귀 형님두 원! 내가 월선이 고년과 헤어진 것은 일 년도 더 되는 일이우. 허지만 이 귀돌이 형님은 아직 한창이지요. 요새는 한 달 치고 응신청에서 자는 날이 열흘도 못된다우. 시방도 아마 그 엉덩판이 화도고개만한 과부한테 돌아가지 못해 말은 안해도 은근슬쩍 몸이 달아 있을 거로구만요."

팔봉의 그 말에 귀돌은 말없이 그냥 피식피식 웃고만 있었다.

"이 사람아, 그 과부가 그리 좋은가? 시방도 가고 싶은가? 가고 싶으면 우리들 상관 말고 냉큼 가보게나."

대불이가 귀돌의 옆구리를 찌르며 이죽거렸으나, 귀돌은 그냥 부처님처럼 언제나 그 얼굴로 앉아 있었다.

"암턴 귀돌이 형님 여자 하나는 잘 물었어요. 홀아비는 이가 서 말이고 과부는 은이 서 말이라고 허는 말이 있지만, 귀돌이 형의 그 과부는 은이 아니라 금이 서 말이라우."

팔봉의 말에 대불이와 짝귀의 입이 헤벌어졌다.

"그렇게 부자 과분가?"

짝귀가 물었다.

"선창거리에서 큰 잡화점을 허고 있다니께요."

"잡화점을?"

짝귀는 연신 놀라는 얼굴이었다.

"세상에 원, 등짐 몇 번 져날라주더니만 그런 복덩이를 덜컥 물었지 뭐요. 복 없는 놈은 넘어져도 쇠똥에 입을 맞춘다더니, 천하에 팔난봉한테는 금가락지 안 해준다고 팽돌아져서 목포까지 가버린 월선이 같은 년이나 걸리구, 보잘것없는 귀돌이 형한테는 그런……."

"딸린 식구가 있는 과분가?"

짝귀는 김귀돌이가 사귀고 있다는 과부한테 관심이 많은 듯 자꾸자꾸 시시콜콜 캐물었다.

"딸린 강아지 하나 없이, 혼자 몸이니께 금이 서 말이지요. 머지않아서 이 귀돌이 형이 말이우, 선창거리 잡화점의 진짜 쥔이 될 거유."

팔봉은 자랑스럽게 말했다.

"짝귀 형님, 팔봉이 말을 믿지 마슈."

아무리 술을 많이 마셔도 술 마신 것 같지 않게 물억새꽃 같은 얼굴빛에 정신이 또렷해 있는 귀돌이가, 정색을 하고 손을 저으며 말했다.

"아니, 귀돌이 형. 내 말이 어째서 그러우."

팔봉이가 따지듯 되물었다.

"내가 잡화점 바깥쥔이 되다니, 천부당 만부당합니다요."

귀돌이 애써 부인을 하였다.

"그건 또 무신 잠꼬대유?"

팔봉이가 갑자기 언성을 높였다.

"이 사람아, 그 여자 과부가 아닐세."

그제야 팔봉의 얼굴빛이 달라졌다. 그는 버릇처럼 큰 눈을 여러 차례 꿈적거리고 나더니 귀돌의 무릎 쪽으로 바짝 다가앉으며 말했다.

"과부가 아니라면 남자가 또 있다는 말이우, 아니면 우리들 몰래 슬쩍 형님허구 혼례를 치렀다는 게유?"

"이 사람아, 제물포바닥에 본 남편이 눈이 시퍼렇게 살아 있다네."

"아니 귀돌이 형님, 그렇다면 형님은 여태껏 유부녀와 놀아났다는 말이우?"

"유부녀는 아니지."

"과부도 아니다 유부녀도 아니다, 그렇다면 그 여자는 뭬란 말이우?"

"실은 형님……."

귀돌은 팔봉이와는 아무래도 말상대가 되지 않는다는 듯 짝귀 쪽으로 무릎을 돌려 앉으며 입을 열었다.

"실은 형님, 그 여자가 알고 보았더니, 같은 제주 서귀포 태생이지 뭡니까. 제주를 들락거리며 약초장사를 하던 제물포 사람과 혼인을 해서 살다가, 남편이 첩을 얻어 나가는 바람에 갈라서게 된 게지요. 혼자서 천덕꾸러기가 되어 살다가 제물포가 개항이 되면서부턴 잡화점을 시작한 것이 몇 년 동안에 쏠쏠하게 돈을 모았답니다요."

"그렇다면 시방도 헤어진 남편과 떨어져 산다 그 말인가?"

이야기를 듣고 있던 짝귀가 귀돌이의 말의 허리를 자르며 물었다.

"떨어져서 사는 게 다 뭡니까요. 어쩌다가 마주치면 알은 체도 안 한다는데…… 그런데 말입니다. 그 남편이 지금은 폭삭 망해갖구 거렁뱅이가 되다시피 했거든요."

"그래서 그 여자가 남편을 다시 불러들일 생각이라도 하고 있다는 겐가?"

"천만에요. 그럴 생각은 털끝만큼도 없다고 허든데요. 벌써 헤어져 산 지가 십 년도 넘었다는데요 뭘. 게다가 자식도 하나 없으니깐 뭐……."

"그렇다면 뭬가 걱정이여?"

대불이가 불컥거리는 목소리로 내뱉았다.

"아무리 남남이 된 지 오래됐다고는 해도 제물포바닥에서는……."

귀돌은 고개를 숙이며 한사코 좌중의 시선을 피했다.

"이런 멍텅구리. 그렇다면 말일세, 두 사람 뜻만 맞는다면 잡화점 걷어치우고 다른 고장으로 가서 살면 될 게 아닌가."

대불이가 나무라듯 다시 쏘아붙였다.

"그걸 몰라서 그런가?"

귀돌은 답답하다는 듯 얼굴을 찡그리며 대불이를 쏘아보았다.

"시방 제물포에서 한창 장사가 잘되고 있는디 어디로……."

"그 여자 생각은 어떤가?"

짝귀가 정색을 하고 다시 물었다.

"그냥 내가 좋다고 그러데요. 고향사람이라서 그런가도 모르지요 뭘."

"그렇다면 귀돌이 자네가 넌지시 한 번 운을 떼어보게나. 새로 개항이 된 목포루 내려가서 살자고 말일세."

짝귀의 말에 귀돌은 아무 대꾸도 하지 않았다.

잠시 좁은 골방에 침묵이 무겁게 덮쳤다. 술이 취한 데다가 밤이 깊어 온몸이 진흙처럼 가라앉은 때문이었다.

"참, 내가 데려왔던 단소쟁이 전 서방은 시방도 응신청에 잘 있제?"

대불이가 말없이 자울자울 졸다 말고 악몽에서 깨어난 사람처럼 개운찮은 얼굴로 팔봉이와 귀돌이를 한꺼번에 둘러보며 다급하게 물었다.

"그 사람 제물포바다 뜬 지가 은젠데……."

팔봉이가 관심이 없다는 투로 대답했다.

"제물포를 뜨다니 워디로 갔는듸?"

대불이는 서울에서 그의 식솔들을 데려오지 못한 것에 대해 마음속으로 안타까워하면서 되물었다. 그는 상한 몸으로 서울을 떠나오면서도, 그 생각 때문에 마음이 지랄 같았던 것이다.

"두 형님들이 응신청을 떠난 지 한 달 가량이나 있다가는 집으루 돌아가야겠다면서 그냥 나갔지요. 그 사람 단소소리 하나는 그만이었지요."

'집에 갔다고? 집에 갔으면 살아남지 못했을 텐듸…….'

대불이는 혼자 마음속으로 중얼거렸다. 단소장이 전 서방이 제물포를 떠난 것은 대불이가 서울에 있는 그의 식솔들을 데려오지 못한 탓이라고 생각했다. 그와 약조를 한 대로 그의 식솔들을 제물포로 데려다 주었던들 그는 지금쯤 제물포바닥에서 아무 탈 없이 잘 살고 있을 것이었다. 어쩌면 단소장이 전 서방은 상전에게 돌아가 팔자땜으로 비렁뱅이가 된 상전의 외아들을 죽게 하였다는 덤터기를 쓰고 죽음을 당했을지도 모른다는 생각이 들었다. 순간 대불이는 뼈저리게 탄식하면서 눈을 감아버렸다. 그때 단소장이 전 서방의 모습이 선하게 떠오르면서 어디에선가 애원성의 단소 소리가 아련하게 들려왔다. 그리고 그 단소 소리는 이내 화살처럼 그의 심장 깊숙이 박혀왔다.

2

천팔봉이와 김귀돌은 봉창이 희번하게 밝아올 무렵에야 얼핏 노루잠으로 눈을 붙인 둥 만 둥하였다가, 해가 벌겋게 떠올라서야 아침을 먹고 부리나케 일터로 나갔다.

팔봉과 귀돌이가 일터로 나간 뒤 대불이와 짝귀는 아침을 먹자마자 곧 잠에 떨어졌다.

해가 상투머리에 올라앉아서야 잠이 깬 두 사람은 어둠이 오기를 기다렸다가 일본인 거리에 휘황찬란한 불빛이 밝혀진 후에야 조심스럽게 주막에서 나왔다.

대불이도 통잠을 자고 나니 한결 몸이 가벼워진 듯싶었다.

"방구석에 처박혀 있지 않고선 어딜 갈려구 그래?"

권대길은 대불이와 짝귀가 잠깐 동안 거리 구경을 하고 오겠다고 하자 펄쩍 뛰며 앞을 가로막아 섰다.

"이모부 걱정 마세요. 아무도 우리를 알아보지 못할 테니깐요."

짝귀가 실실 웃으며 말하자, "이 눔아 네깐 놈 때문에 그러는 게 아냐. 대불이가 걱정이 돼서 그러는구먼 그려" 하고 눈을 흘겼다.

"이모부가 대불이를 끔찍하게두 생각허시는 연유를 알고는 있습니다만 이건 너무하십니다요. 눈꼴 사나와 어디 살겠남요?"

짝귀는 실없이 웃으며 대불이를 떼밀다시피 하여 싸리재 언덕바지를 내려왔다. 불도 켜지 않은 어두컴컴하고 썰렁한 조선인촌 고샅을 빠져나와 일본인 조계 안으로 들어서자 딴 세상에 온 듯한 기분이었다. 제물포 거리가 몰라보게 달라져 있었다. 옛날보다 더 넓어진 일본인 조계는 말할 나위도 없거니와, 대불호텔에서 세관청에 이르는 선창거리도 점포가 꽉 들어찼고, 처음 보는 이층집들이 즐비하게 늘어서 있었다. 제물포 일본인 조계와 선창거리는 서울의 진고개 일본인 거리 못지않게 번창했다. 새로 생긴 요릿집 간판도 여럿 눈에 띄었고, 당구장이며 극장, 끽다점도 있었다.

"여기가 으디 우리나란가?"

짝귀가 기모노 바람으로 전기불이 휘황한 거리를 활개치고 돌아다니는 일본사람들을 보고 불만스럽게 내뱉었다.

"우리나라도 아니고 그렇다고 일본도 아니니, 도대체 어느 나라일 깝쇼."

대불이도 이맛살을 찌푸리며 말했다.

"몸은 우리나라 땅일진대, 다른 나라 옷을 입고 있는 것이나 진배없는 일이구만."

짝귀의 말에 대불이가 크게 고개를 끄덕였다.

대불이는 실로 마음이 답답하였다. 만민공동회가 활발하게 움직일 때는 세상 살 맛이 있었는데 독립협회가 박살이 나버린 뒤로는 동학군이 크게 패하여 풍비박산이 나버렸을 때만큼이나 마음이 허심해졌다.

따지고 보면 그가 살아온 길지 않은 세월 중에서 가장 오달지고 걱정이 없었던 때는, 양 진사 댁 종노릇을 하면서 큰소리치고 봇수세를 받으러 다녔던 시절이었던 것 같았다. 또한 영산포 선창에서 조운창의 목대잡이 노릇을 할 때까지만 해도 마음이 편했었다. 그러고 보니 그의 마음이 편하지 않게 된 것은, 새끼내 사람들을 구하기 위해 방석코와 함께 세곡선에 불을 지르고, 말바우 어미를 꿰어 차고 집을 떠난 뒤부터였던 것 같았다. 그 뒤부터 세상 살아가는 것이 어려워지고, 생각하면 할수록 모든 것이 순리대로 잘 풀려나가지를 않았다. 짝귀의 말마따나 세상 돌아가는 속을 알면 그게 병이 된다는 게 정말인 듯싶었다.

대불이의 생각에도 세상을 안다는 것은 고통스러운 일이었다. 차라리 아무것도 모를 때가 더 마음이 편했었다. 바늘귀로 하늘 보듯 살아왔던 양 진사 댁의 비자 시절에는 먹을 욕심, 입을 욕심, 잠자는 욕심 외에는 도무지 걱정이라는 것을 몰랐었다.

그러나 지금은 그렇지가 않았다. 영산포 선창에서 목대잡이 노릇을 하면서 양 진사의 사람답지 않은 행위며, 죄를 뒤집어쓰고 옥에 갇힌 새끼내 사람들의 억울함을 알고부터, 그의 세상 보는 눈이 달라지기 시작한 거였다. 그러다가, 양 진사의 비행을 더 참다못해 세곡선에 불을 지르고, 새끼내 사람들의 누명을 벗겨준 뒤 고향에서 도망쳐 나와, 장성 백암산의 동학도들과 한 패거리가 되고 나서 그의 눈에 비쳐

온 세상은 옛 세상이 아니었다. 노루목의 양 진사 댁 종노릇을 하면서 바늘귀로 하늘 보듯 살아왔던 그로서는 너무나 엄청난 차이를 발견한 것이었다.

동학군이 되어 죽기를 무릅쓰고 탐학한 관속들을 들이치고, 그러다가 패하여 제물포에 숨어들어 몸을 피하고 살면서, 두더지의 발톱에 찍힌 지렁이처럼 외세에 눌려 나라가 좀 먹히는 것을 눈 번연히 뜨고 보아왔고, 서울에 다시 숨어들어 있는 동안 만민공동회에 희망을 가져보기도 하면서 두 주먹 불끈 쥐고 외쳐보다가, 종당에는 날개 잃은 제비새끼처럼 제물포로 기어들어온 자신이 얼마나 약하고 비겁하고 부끄러운 것인지 마음이 갈기갈기 찢겨지는 듯하였다.

세상일에 눈을 뜬다는 것이 이처럼 괴로운 것인지 그는 미처 알지를 못했다.

"짝귀 형님, 이러지 말고 우리 깊은 산골에 들어가 두더지모양 흙이나 파 묵고 삽시다."

선창거리를 걷고 있던 대불이가 걸음을 멈추며 괴로운 듯 말했다.

"그렇다고 맘이 편할 것 같은가?"

짝귀가 묻는 말에 "하기야, 그렇다고 맘이 편하지야 않겠지요" 하면서, 대불이는 한숨을 토해냈다.

"어차피 우리는 첨부터 길을 잘못 들었네. 그렇다고 인제 와서야 되돌아설 수도 없지 않겠는가. 기왕지사 버린 몸이니 가는 길을 갈 수밖에……."

"그렇다면 형님, 다시 옛날 모양으로 백암산이나 입암산에 들어가서…….”

“그게 더 맘 편할지두 모르재.”

“하기야, 동학군들 중에는 더러 산속으로 들어가 산도적이 되기도 했다고 그럽디다만.”

“그걸 말이라고 허는 겐가? 동학군이 산적이 되다니!”

그들은 하릴없이 선창거리를 한 바퀴 돌아, 옛날에 한동안 머물러 있었던 응신청 부근까지 갔다가, 휘적휘적 싸리재 권대길네 주막으로 되돌아왔다.

주막에 돌아오자 팔봉이와 귀돌이가 오래전부터 와서 기다리고 있었다.

그날 밤에도 그들은 주막집 골방에 무릎을 맞대고 앉아서 술타령을 하였다.

그와 같은 일이 매일 계속되었다.

낮에는 권대길네 주막의 골방에서 해가 엉덩이에 불을 질러대서야 부스스 일어나 아침 겸 점심을 먹고 미적거리며 시간을 보내다가, 날이 어두워지면 얼핏 거리 구경을 하고 돌아와서, 밤에는 네 사람이 무릎을 맞대고 회포를 풀고 술타령을 하는 것이 정해놓은 일과가 되었다.

제물포 싸리재의 야트막한 언덕배기에 구절초 꽃이 흐드러지게 피었다. 툭 터진 해안을 따라 묶음으로 드밀고 올라온 짭짤한 갯바람이 가을날의 부드럽고 섬세한 햇살을 명주실처럼 가늘게 갈기갈기

찢어발겼다.

싸리재 주막에는 권대길네 부부가 한가하게 제물포 바다를 내려다보고 앉아 있었다. 햇살과 바람이 넉넉한 가을날이다. 권대길은 술청에서 밖으로 꺼내놓은 평상에 앉아서 꾸벅꾸벅 졸고 있다가 구절초 꽃향기를 실은 짭짤한 갯바람이 휘익 불어와 희끗한 자분치를 건드리자 천천히 눈을 뜨고 바다 쪽으로 잠에 취한 눈길을 던졌다.

"순영이 아버지, 잠이 쏟아지면 들어가서 주무시기우."

권대길의 처가 돌담 무너지는 소리로 쏘아붙이자, 권대길은 멀거니 아내를 바라다보았다.

"칙칙폭폭 화통 타고 서울이나 한 번 댕겨오자니께유. 쇠뿔고개 정그장에서 화통을 탄다 치면 담배 한 대참도 안 되어서 서울에 닿는다고 안허든가유."

아침부터 권대길의 처는 제물포가 개항된 지 십육 년 만에 뚫린 경인철도의 기차를 타고 서울에 갔다 오자고 성화였다. 그 즈음에 제물포에서는 기차를 타고 서울나들이 하는 것이 유행이었다. 걸어서 하룻길이 되는 서울까지 쇠토막 길 위로 설마(雪馬)처럼 미끄러지는 화통을 타고 달리면 한 시간 반 남짓밖에 걸리지 않는다고 하였다.

권대길의 처도 철도가 개통되던 날 쇠뿔고개까지 달리는 화통 구경을 갔었다. 그날 쇠뿔고개 정거장에서는 아침부터 농악대가 거칠게 울어댔고, 징이며 꽹과리, 북, 장구 소리에 마음이 달뜬 개항지 사람들이 꾸역꾸역 몰려들었다. 개통식장에는 키가 크고 얼굴이 허여멀건 코쟁이들이 많이 눈에 띄었다. 제물포사람이라면 누구나 다 아는 타운센드 양행의 타운센드 사장, 세창양행 지점장인 독일인 칼 발터를 비롯하여 대불호텔의 주인 호리 리끼따로와 청관(淸館)의 거상 동순태의 얼굴도 보였다. 권대길의 처는 경인선이 개통되던 날 싸리재 마을사람들과 쇠뿔고개 기차정거장에 구경 가서 처음으로 이들 외국 사람들을 보았다.

"순영이 아버지, 왜 꿀 먹은 지네모양 그러고만 있수?"

권대길의 처가 도시 대꾸가 없는 남편을 향해 재우쳤다. 그녀는 남편에게 또 퉁바리맞을 것을 각오하고 바득바득 기차 타고 서울 구경을 가자고 졸라대는 것이었다.

"이 노무 여편네가 배통이 따뜻헌 모양이구만. 두 사람이 서울에 갔다 오자면 화륜차 왕복 삯만 해도 사 원이나 되는디, 그 많은 돈을 쓸데없이 내버려? 사 원이면 쌀이 두 말이여, 이 속 창아리 없는 여편네야."

권대길은 아내를 향해 창애에 친 쥐 눈 모양을 하고 쏘아보며 나무람 하였다.

"일등석이 일 원 오십 전이고 삼등석은 일 원도 안 된다던데요. 눈 딱 감고 사 원 베리는 셈 치고 갔다 옵시다. 화통 타고 서울 가서 우리 순영이도 만나보고 학교 구경도 좀 허구…… 대추나무집 부부도 요 아래 막동이네 식구들도 화통 타고 서울 구경허고 왔답디다. 화통이 어찌나 빠른지 꼭 바람을 타고 날아가는 것 같답디다. 개명시대 살면서 화통 한 번 못 타보고 죽는 것도 한이 될 것이오."

그러면서 권대길의 처는 남편 옆으로 바짝 다가앉아 오른손으로 턱을 받치고는 남편의 얼굴을 찬찬히 들여다보았다.

제물포 쇠뿔고개에서 경인철도 개통식을 한 지도 한 달이 지났다. 기공식이 있은 지 꼭 이 년 반 만에 철도가 놓이고 쇠뿔고개 정거장에서 서울 노량진까지 화륜차가 하루에 두 차례 왕래하게 되었다. 이 경인선 철도의 부설권을 따낸 사람은 미국인 모스였으나, 공사를 맡은 것은 일본이었다. 일본이 모스로부터 부설권을 매수한 것이었다. 모스가 경인선 철도부설권을 따낸 것은 갑오년 난리가 일어난 지 이 년 후인 1896년 3월이었다. 고종임금이 러시아 공사관에 파천되던 무렵이었다. 임금을 연금하다시피 한 러시아 공사가 조선의 이권을 마음대로 다른 나라에 나눠주었던 것이다. 이 무렵 조선의 철도부설권을 따내기 위해 미국, 영국, 불란서, 일본 등 여러 나라가 경쟁을 하고 있었다. 특히 이들 나라 중에서 일본은 조선에 철도를 부설하여 대륙침략의 발판으로 삼고자 하였다. 그러나 을미년 팔월의 중전시해 사건으로 조선 조야의 배일감정이 팽배해 있던 터라, 아무도 일본에 철도부설권을 주자고 나서지 못하였던 것이다. 이 사이에 미국인 모스가 재빨리 경인선 철도부설권을 얻어내고 말았다. 조선에서 철도부설권을 따내는 데 실패한 일본은 미우라 등 사십여 명을 본국으로 소환하기에 이르렀으며, 몇 사람은 책임을 물어 투옥시키기까지 하였다.

철도부설권을 따낸 모스는 미국으로 건너가 투자가를 찾았으나, 미국의 재산가들은 조선이 어디에 붙어 있는지조차 모르는 판국이라 아무도 선뜻 돈을 대주겠다는 사람이 없었다. 모스가 미국 안에서 투자가를 찾지 못하고 있다는 것을 안 일본이 모스에게 접근하여 쉽게 부설권을 살 수가 있었던 것이다.

공사를 착공한 지 이 년 반 만에 개통된 경인철도는 제물포에서 노량진까지 기관차 4대와 객차 6량이 달렸는데 막상 화륜차를 타는 사람은 없고 구경꾼들만 몰려들었다. 그때문에 경인철도합자회사는 다음과 같은 광고를 내기도 하였다.

철도는 증기와 기계의 힘으로 여객과 화물을 싣고 육상을 쾌주할 것이니, 경인철도는 즉 경성과 제물포 사이 팔십 리 간에 부설하는 철도요, 그 속함은 비할 것이 없나니라. 그리고 경성에서 마포, 용산을 걸어갔다 오는 시간이면 제물포를 왕래하는 것이 넉넉하고 값도 싸다. 차내는 상등 구별이 있으며, 유리창은 바람을 막고 교의(交椅)는 안좌(安座)에 편하고 대소변까지 별방(別房)을 판비(辦備)하니라…….

철도회사에서 이렇듯 승객유치 광고를 써 붙이고 법석을 떨었으나 제물포 서울 간 화륜차는 언제나 텅텅 비었다. 그것은 요금이 비싼 탓이었다. 제물포에서 서울까지 하등의 운임이 일 원이었으니, 왕복의 값을 따지면 쌀이 한 말 값이었던 것이다. 부자들에게 쌀 한 말쯤이야 아무것도 아니겠으나, 가난한 사람에게 있어서야 죽을 끓여 먹으면 한 달은 연명할 만한 식량이었다. 제물포에서 서울까지 화물차와 객차가 왕래하고 있었지만 가난한 사람들은 여전히 팔십 리 길을 걸어 다녔다. 팔십 리 길이라면 장정의 걸음걸이로도 새벽 미명이 밝아올 무렵에 발행한다 해도 부지런히 걸으면 밤중이 되어야 서울에 당도할 수 있었다.

"정히 서울에 가고 싶으면 걸어가세."

권대길이 고개를 외로 꼬고 토라져 앉아 있는 그의 처에게 말했다.

"흥, 핑계가 좋아서 사돈네 집에 가것수! 여기서 서울이 어딘데 걸어가자고요? 먹을 것 없는 제사에 절만 죽두룩 헌다더니, 내가 당신한테 헛공을 드린 거로구만요. 이담에 우리 순영이 오면 따라가고 말테니 영감 혼자 잘살아보시구레."

권대길의 처는 눈 꼬리를 빳빳하게 세워 남편을 무섭게 찔러보았다. 권대길은 그런 아내의 눈길을 따갑게 느끼면서도 짐짓 못 본 척 턱 끝을 쳐들고 하늘을 쳐다보고만 있었다. 주막의 눈썹차양에 하오의 마지막 햇살이 느슨하게 비끼기 시작했다. 그는 언제나 그랬던 것처럼 이 시각이면 탁배기 한잔 둘러 마시고 일본조계와 선창거리를 한 바퀴 어정거리고 돌아다니다가 맥이 빠진 얼굴로 돌아와 누구에게랄 것도 없이 한바탕 욕을 퍼부어대곤 하는 것이었으나, 이날만은 해넘이 무렵이 다 되도록 주막의 오동나무 그늘 밑 평상 위에 퍼질러 앉아 있기만 하였다. 그는 목이 칼칼하여 탁배기 생각이 간절하였으나, 이상하게 밖에 나가고 싶지는 않았다. 일본조계를 돌아보고 나면 괜히 관돌 배 앓듯이 속만 상했기 때문이었다. 권대길은 벌렁 몸을 뉘고 어둠이 깔리기 시작하는 하늘을 쳐다보았다.

대불이와 짝귀도 어느 날 쇠뿔고개에 있는 화륜차 정거장에 가보았다. 그들은 철도를 구경하였다. 하나, 우리 땅을 가로지른 그 철도는 실상 일본의 것이나 마찬가지였다. 경인선 철도부설권은 미국인 모스가 따냈으나 결국 실속은 일본인의 손에 넘어가고야 만 것이 아닌가.

일본인에 의해서 일본의 자본으로 놓은 경인철도는 당초 제물포의 남변(南邊)을 통과하여 시가에 들어와서 세관청사 부근에 역을 세울 계획이었다. 그러나 일본인 소유지의 수용에 말썽이 생기자, 마침 독일 명예공사 오오즈의 소유지를 무상으로 기부 받아 예정을 변경, 응봉산의 뒤를 휘돌아 선로를 놓고 각국 조차지 안에 정거장을 만들기로 하였다. 일본인의 얄팍한 속셈이 훤히 들여다보이는 처사였다.

대불이와 짝귀는 화도고개에 올라갔다. 술 한 병을 꿰매 차고 화도고개에 올라온 두 사람은 대낮부터 애꿎은 술을 마셔가며 우울한 심사를 달랬다. 제물포바닥이 온통 홍청거렸지만 대불이와 짝귀의 마음은 어딘가 씁쓸하였다. 뚜뚜 소리를 질러대는 기차의 기적소리가 마치 일본사람들이 기고만장하여 안하무인으로 큰소리 질러대는 것 같이 들려 심히 불쾌하기까지 하였다.

삽상한 가을바람에 햇살은 명주실처럼 윤기가 자르르하게 출렁이며 바다에 꽂혀 내리고, 나무와 풀잎들은 겨울맞이를 하느라 서둘러 마지막 몸치장을 하기에 바빴다.

대불이와 짝귀는 언제 보아도 부족함이 없는 넉넉한 바다와, 그 넉넉한 바다보다 더 깊어 보이는 하늘과, 윤기 자르르한 햇살에 간지럽게 몸을 비벼대는 나뭇가지들과 풀잎들을 보면서 술을 마셨다.

"팔봉이와 귀돌이도 같이 있었으면 좋았을 것을……."

짝귀가 혼잣말처럼 중얼거리자 대불이는 못마땅한 얼굴로 눈을 흘겼다.

귀돌이와 팔봉이가 쇠뿔고개로 기차구경을 갔기 때문이다.

대불이와 짝귀가 제물포로 돌아오고 얼마 안 있어 서울에서 오태수가 왔다. 기차를 타고 왔다고 하였다.

“세상 참 오래 살고 볼 일이더구만. 노량진에서 화통을 타고 소피볼 짬도 없이 제물포에 당도했으니 원! 꼭 내 몸이 공중으로 날아가는 기분이더라니께 그려.”

오태수는 한동안 기차를 처음 타본 흥분 때문에 마음을 가라앉히지 못하고 덤벙거리며 자랑삼아 잠시도 입을 닫아두지 않았다.

“그 화통이 앞으루 우리를 통째로 삼켜버릴 것이니 좋아하지만 말어.”

오태수의 이야기를 듣고 있던 대불이가 쥐어박듯 말하자, 그런 대불이의 말뜻을 알아듣지 못한 오태수가 약간 심드렁한 눈으로 비껴보더니 “화통이 사람을 삼키다니, 그건 또 무슨 소리유?” 하고 따지듯 물었다.

“사람뿐만이 아닐세. 앞으로는 그 화통이 삼천리강토를 통째로 삼켜버릴 텐께!”

“화통이 무신 용가리라도 된단 말이유?”

오태수는 여전히 심드렁한 눈치였다. 난생 처음 기차라는 것을 타보고 그 흥분을 가라앉히지 못해 날 받아놓은 선달 큰애기 가슴 뛰듯하여 푸짐하게 자랑을 늘어놓고 있는 터에, 대불이가 마치 그런 오태수 자신을 나무라기라도 하는 어투로 이야기의 허리를 잘라버리자, 심히 기분이 좋지 않은 것이었다.

"우리 힘으로 들여온 것이라면야 백번 천번 좋은 일이재. 허지만, 철도를 놓은 것이 어느 나라 사람덜인가? 태수 자네도 좀 생각을 해보소 잉. 만일에 자네 집에 다른 사람이 금송아지를 들고 와서 위세를 부리면 기분이 좋겄는가? 똑같은 이치일세. 우리 힘으로 철도를 놓고, 우리 힘으로 기차를 들여왔다면 얼매나 좋겄는가. 허지만 그것이 아니네. 제물포가 개항된 것도 마찬가지라네. 어디 우리 힘으로 개항을 헌 것인가? 다른 나라 사람덜이 저마나 자기덜 이끗을 생각하고 우격다짐으로다가 헌 개항이 아닌가. 그러기 땜시 세관청도 다른 나라 사람덜이 운영하는 것이 아닌가. 기차도 개항도 절대 우리를 위한 것이 아니여. 다른 나라 사람들 눈에는 그 춤이 병신춤으로 뵈일 것이여."

대불이는 이야기를 계속하려고 하였지만 오태수가 그런 그의 이야기를 별로 달갑지 않게 생각하는 것 같았기에 입을 다물어버렸다.

"대불이 형은 세상을 한쪽 눈으로만 보고 사는 것이 큰 병이라니께. 삐딱하게만 보지 말고 정정당당하게 두 눈 똑바로 뜨고 삽시다요. 좋은 것이 좋은 것 아닙니까요. 기차가 댕겨서 나쁠 것 없고, 제물포가 개항되어서 우리가 먹고 살기 편해지면 좋은 것이 아니우? 세상일을 너무 많이 알아도 큰 병이 되는 거유. 나는 대불이 형이 다 좋은데, 솔직히 그것만은 불만이요. 우리 좋을 대로 살면 되는 거유."

오태수의 말에 대불이는 그냥 씁쓸하게 웃고만 있었다.

짝귀는 시종 두 사람의 말을 듣고만 있을 뿐 한마디도 참견을 하려들지 않았다.

짝귀와 대불이, 그리고 서울에서 기차를 타고 온 오태수는 싸리재 권대길의 주막에 앉아서 천팔봉이와 김귀돌이가 돌아오기를 기다렸다.

대불이는 오태수로부터 대충 서울의 소식을 들었다. 짝귀와 대불이가 제물포로 건너온 뒤 서울은 조용한 가을을 맞고 있다고 하였다.

대불이와 짝귀는 진고개 상엿도가로 하야시가 한 번도 찾아오지 않았었다는 사실에 크게 놀랐다.

"하야시란 놈이 그래 대불이를 찾으러 오지 않았단 말인가?"

짝귀도 오태수의 말을 믿을 수가 없다는 듯 다그쳐 물었다.

"그렇다니께요. 형님들이 제물포로 떠난 뒤 한 번도 찾아오지 않았다니께요. 그래서 나두 참 이상하다고 생각했지요. 대불이 형이 분명 일본공사관에서 도망쳐 나왔는데도 말입니다."

오태수는 그러면서 석연치 않은 눈으로 대불이의 표정을 살펴보았다.

"혹시 하야시가 제 나라로 들어갔는지도 모르겠군요. 순영이한테서 들은 이야기가 있거든요."

"무슨 말을 들었는듸?"

짝귀가 대불이를 보며 다급하게 물었다.

"하야시가 곧 일본으로 들어갈 것이라고 허드만요."

"그렇다고 이 사람아, 도망쳐 나온 자네를 그냥 두고 제 나라로 갈 놈인가? 제 일이 바쁘면 다른 놈한티 인계를 허기라도 했을 것이 아닌가."

"좌우당간 찾지 않은 것만도 얼마나 다행한 일입니까요."

"허긴 그렇구만……."

"그러고 보니, 이제버틈은 주막집 골방에 숨어 지내지 않아도 되겠네그려."

짝귀가 오랜만에 희미하게 미소를 떠올리며 대불이의 등짝을 툭 쳤다.

"그렇구만요."

"아니 그렇다면, 서울서 건너온 뒤 주욱 이 골방 안에만 처백혀 있었단 말이우?"

오태수가 비아냥거렸다. 오태수의 그런 비아냥거림에 대불이는 부끄러움을 느꼈다.

"암만해도 무신 곡절이 있는 것 같어. 하야시가 나를 찾지 않는다는 것이 되레 마음이 껄적지근허구만."

"이 사람아, 자네를 잡아다가 그만큼 족쳤으면 됐다 싶은 생각이 들었는지도 모를 일이 아닌가."

"짝귀 형님은 그놈을 몰라서 그런 말을 허시는 거유. 그렇게 도량이 넓은 놈이 아닙니다. 틀림없이 곡절이 있을 거유. 두고 보면 압니다."

대불이는 오태수로부터 하야시가 한 번도 그를 찾지 않았다는 말을 듣고 마음이 홀가분해진 것이 아니라, 되레 불안해졌다. 마치 하야시가 멀찍이서 그의 행동을 하나하나 지켜보고 있는 것 같기만 하였다. 언제고 다시 덮쳐올지 모를 일이라고 생각했다. 그는 보이지 않는 오랏줄에 묶여 있는 기분이었다.

"암턴, 하야시가 나를 찾지 않는다고 하니 내일버틈은 얼굴 내놓고 좀 싸돌아댕깁시다."

대불이는 짝귀와 오태수한테 그의 불안해하는 표정을 보이고 싶지가 않아 그렇게 말하고 소리 내어 웃기까지 하였다.

"그런데 또 이상한 것은 형님들이 떠난 사흘 뒤 순영이가 왔었는디, 어찌된 일인지 하야시가 찾아오지 않았다는 말을 하자, 순영이는 별로 이상해하는 눈치가 아닙디다."

"그 뒤로 순영이를 만났었는가?"

짝귀가 물었다.

"딱 한 번 오고 그 후로는 오지 않았어요. 대불이 형이 없는 줄 아는디 상엿도가엔 뭣 하러 오겠어요?"

오태수는 그렇게 말하고 대불이의 표정을 훔쳐보았다.

해넘이 무렵에야 팔봉과 귀돌이가 함께 돌아왔다. 두 사람은 주막의 골방에 들어서서 오태수를 보자 약간 뜨악해하는 얼굴로 뻣뻣하게 서 있기만 하였다.

팔봉과 귀돌은 대불이한테서 오태수가 며칠 안으로 제물포에 돌아올 것이라는 것과 그들한테서 빌어쓴 투전 밑천을 갚게 될 것이라는 말을 들었었다.

"팔봉이, 이제야 나타나서 미안허이. 귀돌이 형님두……."

오태수는 아직 불을 밝히지 않아 어두컴컴한 골방 안에 장승처럼 뻣뻣하게 서 있는 팔봉과 김귀돌이의 손을 잡으며 말했다. 두 사람을 대하는 오태수의 표정에는 지난날의 잘못을 뉘우치고 있음이 뚜렷했다. 그러나 팔봉과 귀돌은 그냥 말없이 서 있기만 했다.

"앉지 않고 왜들 서 있는 겐가!"

짝귀가 희끄무레한 어둠속에서 팔봉이와 귀돌이를 쳐다보며 큰소리로 말했다. 그들은 대불이가 석유등잔불에 불을 밝히는 것과 때를 맞춰 자리에 앉았다.

"태수, 오랜만이구만. 짝귀 형님한테서나 대불이를 통해 자네 이야기는 들었네."

김귀돌이가 자리에 앉으며 먼저 입을 열었다. 그러나 귀돌의 목소리가 냉정하게 들렸다.

"미안해요. 허지만 형님한테 빚진 돈은 가져왔구만요."

오태수가 안절부절 여러 차례 자리를 고쳐 앉으며 말했다.

"이 사람아, 자네한테 돈 받을려고 자네를 기다린 건 아니네."

귀돌의 목소리가 쇳소리처럼 쨍그렁 울렸다.

"팔봉이, 자네 돈도 가져왔네. 자……."

오태수는 허리춤에서 전대를 풀고 한쪽 끝을 잡아 흔들어 지전들을 방바닥에 쏟더니, 꼬깃꼬깃 접은 지전들을 펴서 셈을 한 다음 팔봉과 귀돌의 앞에 투전 밑천으로 빌려 쓴 돈을 내밀었다. 두 사람한테 빚을 갚고도 꽤 많은 돈이 남았다. 오태수는 남은 지전들을 다시 전대에 넣어 허리에 감았다.

"그건 자네들 돈이니 얼른 집어넣소."

짝귀가 김귀돌이와 팔봉을 향해 턱짓과 함께 말했다.

"나, 상엿도가에서 궂은 일 도맡아하면서 돈을 좀 모았구만. 거기 그대로 눌러 있으면 한밑천 장만할 수도 있지만, 혼자 떨어져있기가 싫어서…… 그래서 와버렸어."

오태수는 그러면서 입가에 쓰렁하고도 허탈한 웃음을 머금어 날렸다.

대불이가 팔봉과 귀돌의 무릎 앞에 놓인 지전을 각기 두 사람의 손에 쥐어주었다.

"이 사람아, 오태수같이 착한 사람이 이 세상에 또 워디 있겠는가. 태수는 자네덜 돈을 갚을려고, 천한 일도 마다하지 않았다네. 그런 오태수를 흔쾌히 맞아줘야재 잉. 자 오늘밤은 내가 한잔 살테니 마음을 풀어베리드라고. 우리 다섯이 한자리에 모인 것이 그래 몇 년 만인가?"

"대불이 형, 오늘은 내가 사지요. 자 나갑시다."

팔봉이는 대불이가 쥐어준 지전을 허리춤에 쑤셔 넣으며 희끔 웃었다.

"그래 좋네. 그나저나 나가세."

귀돌이도 얼굴을 폈다.

"나가기는 어디루?"

짝귀는 팔봉이와 귀돌을 번갈아 보며 물었다.

"오늘밤에 한 번 거판지게 놀아봅시다그려!"

그러면서 팔봉이가 먼저 일어섰다.

그들은 팔봉이가 불난 강변 소 몰아대듯 서두르는 바람에 우르르 싸리재 주막을 나섰다. 팔봉이가 요릿집에서 거판지게 한잔 산다는 말을 들은 권대길도 그들과 함께 가고 싶어 지싯거렸으나 아무도 같이 가자는 말을 해주지 않자 심드렁하게 코를 박았다.

"그래 이 늙은이는 떼어놓고 자네들끼리만 가긴가?"

권대길은 밉지 않게 찍자부리는 말투로 쏘아붙였다.

"영감님은 갈 데가 못됩니다요."

팔봉이가 왕방울 눈을 어울리지 않게 찡긋거리자 "내가 못 갈 데라니?" 하고, 더욱 호기심이 발동하여 반문하는 것이었다.

"색싯집엘 가는데 영감님께서두 따라오시겠어요? 염사만 있으시다면야 말리지는 않겠으니 맘대루 하셔요."

귀돌이가 짚신을 꿰고 토마루를 내려서며 해해거렸다. 귀돌은 일부러 순영이 어머니 들으라는 듯 큰 소리로 말하고 희미한 등불에 비쳐 보이는 권대길의 표정을 살폈다.

"이 사람아, 너무 무시 말게. 여물 마다고 하는 소 봤는가? 아직은 색시 방에서 하룻밤 놀 수가 있다네."

그러면서 권대길은 얼핏 그의 할멈을 돌아다보았다.

"힝, 내 눈치 보지 말고 따라가시구려!"

순영이 어머니가 술청을 치우다 말고 앵돌아져 부엌으로 들어가버렸다.

"내가 염사가 없어서 자네들을 못 따라가는 게 아니라, 저 할망구 구박이 무서워서 그냥 두겠으니 자네들이나 신물 나게 재미를 보고 오소."

권대길은 후여후여 새를 쫓듯 손짓을 하며 그들을 돈단 아래로 떼밀었다.

넷은 팔봉을 따라 싸리재를 내려와 어둠이 두껍게 깔린 조선인촌의 고샅을 빠져나왔다. 일본인 조계에 이르자 대낮처럼 불빛이 휘황

찬란했다. 대불이는 밤에 불빛이 찬란한 일본인 거리를 지나칠 때마다 창자가 뒤틀리곤 하였다.

환장하게 밝은 그 불빛이 마치 번갯불처럼 섬뜩하게 느껴지는가 하면, 햇빛에 반짝거리는 칼날과도 같은 살기를 느끼기도 하였다.

"워디꺼정 가는 겐가?"

짝귀가 일본인 거리 구두점 앞을 지나면서 물었다.

"그냥 따라와 보시면 압니다. 오늘밤에 내가 호강 한 번 시켜드릴께요."

팔봉은 푸실푸실 웃으며 뒤 한 번 돌아보지 않고 겅중거리는 걸음으로 앞서 걸었다.

그들은 선창거리로 나갔다. 초가을 밤의 바닷바람이 제법 으스스하게 어깨를 죄었다.

"오늘밤에는 귀돌이 형두 과부한테 못 돌아갈 줄 아슈."

팔봉은 그의 뒤를 바짝 따라오는 귀돌을 향해 웃음을 섞어 한마디 던지고는 탱자나무 울타리 모퉁이를 돌아 후미진 고샅으로 휘어들었다.

"이 사람이 우리를 지옥까지 끌고 갈 셈인가?"

대불이가 가래침을 울거 어둠에 덮인 길바닥에 뱉으며 말하자 "색시를 찾아가는 길은 멀수록 좋은 거유" 하고 팔봉이가 받았다.

그들은 잠시 후에 대문이 큰 집 앞으로 들어섰다. 얼핏 보기에 요릿집 같지가 않았으나, 대문 안으로 들어서자 넓은 마당과 마루 끝에 등불이 훤하게 밝혀져 있었고, 심부름하는 더벅머리 총각 서넛이 달려 나와 일행을 맞았다.

더벅머리 총각들과 팔봉이와는 잘 아는 사이인 듯 일행을 깍듯하게 맞았다. 팔봉이는 턱을 끄덕거려 총각들의 인사를 받는 둥 마는 둥 하고는 안방 쪽에 대고 큰 소리로 "이 집 쥔은 어디 갔기에 코빼기도 안 뵈느냐?" 하고 호령하듯 튕겨댔다.

팔봉의 입이 터지자 이내 안방의 문이 열렸고 얼굴이 둥글납작한 서른 안팎 여자가 왼손으로 짙은 연두색 치맛자락을 말아 쥐고 나왔다.

연두색 치마의 여자는 팔봉을 보자 반색을 하며 마루에서 내려섰다.

"천하에 난봉께서 제물포바닥에 살아 있으면서두 이렇게 얼굴 보기가 힘들어서야 화선이가 무슨 낙으로 살까 원!"

이름이 화선이인 연두색 치마는 밉지 않게 눈을 흘기며 팔봉이 곁에 바짝 붙어 섰다.

"우리 다섯 형제가 몇 년 만에 만나 회포를 좀 풀까 하고 찾아왔으니, 서운찮게 잘 좀 모시게."

팔봉은 지싯거리며 마당에 서 있는 일행을 둘러보며 말했다.

"자, 어서 들어들 가셔요."

화선이는 팔봉의 팔을 붙들고 마루로 올라서며 허리를 낭창낭창하게 휘저어댔다.

일행은 화조병풍이 벽을 가린 큰방에 안내되어 들어갔다. 파리똥과 빈대피가 촘촘한 구저분한 방에 비하면 대궐의 지밀(至密)처럼 으리으리했다.

"천하에 팔난봉 천팔봉 나리의 귀염을 받고 있는 화선이라 하옵니다."

방에 들어서자 화선이가 나붓하게 인사부터 올렸다.

"인사는 그만하면 됐고, 오늘밤 이 집에 뇌깔스런 작자들은 없는가?"

팔봉이가 화선이를 향해 쥐어박듯 물었다.

"뇌깔스런 사람들이라니요?"

"아따 이 사람, 게다짝들이나 또 뭐냐, 거시기…… 돈 많은 한량패들 말이여! 나는 그런 작자들과는 한 지붕 밑에서 술을 마시기가 싫단 마시!"

"천팔봉 나리 외에는 아무도 없으니 심려 푹 놓으셔요."

"그렇다면 됐구만. 자 짝귀 형님, 대불이 형, 귀돌이 형 뭣들 허시우. 어서 좌정들 하시지 않구. 태수도 앉게! 그러구 이보게 화선이."

팔봉은 한동안 입심 좋게 혼자 떠들어대다가는 멀뚱히 화선이를 쳐다보았다.

"또 무슨 분부를 하시려구요."

"여기 술값은 넉넉하게 있으니, 술상부터 한상 떡벌어지게 내오구 말이시, 제물포바닥에서 젤가는 색시들루다가 넷만 골라다가 우리 형제들한테 앵겨주시게나."

팔봉은 큰 소리로 떠들어댔다.

"형제가 다섯 분이신데, 넷이면 한 분은……."

화선이가 말끝을 미적미적 버무리자 "나야 화선이가 있지 않는가. 왜 내가 싫으면 다섯을 불러오구!" 그러면서 천팔봉은 손바닥으로 화선이의 엉덩이를 쓰다듬었다.

"팔봉이 자네……."

화선이가 치맛자락으로 바람을 일으키며 방에서 나가자, 대불이는 약간 얼떨떨한 표정으로 팔봉을 마주보았다. 다른 세 사람도 모두들 하나같이 주눅이 들고, 놀란 얼굴로 할 말을 잃은 채 우두커니 앉아 있기만 하였다.

"아니 왜들 이러슈. 못 올 데라도 왔단 말이우? 오늘밤은 아무 걱정 없이 마음 푹 끌러놓구 거판지게 회포를 풀어봅시다그려!"

"보아하니 팔봉이 자네 나 없는 사이에 돈 번 것 이 집에다 몽땅 털어 바친 게로구먼 그려!"

잠시 후에 대불이가 표정을 일그러뜨리며 팔봉을 나무람 하는 말투로 쏘아붙였다.

"나도 모르게 솔래솔래 혼자만 찾아댕겼나?"

귀돌이도 배신당한 얼굴로 팔봉을 흘겨보며 한마디 하였다.

"내 원 참, 형님들두 원. 목포루 줄행랑을 친 월선이란 년이 이 집에 있을 때 서너 번 찾아왔었수다. 월선이 고년과 이 집 화선이는 의자매지간이라, 그동안 나를 사람대접 좀 해준 게지요. 사내가 계집 밑구녕에 돈 좀 쑤셔 넣었기로서니, 그게 어디 큰 죄를 지은 거유? 형님들은 나를 꼭 역적질이나 헌 놈으루 생각 허시는데, 월선이 고년이 줄행랑을 친 뒤로 주욱 발걸음을 않다가 오늘에야 두어 달 만에 첨으루 찾아온 거유."

팔봉은 혼잣말로 투덜거리더니 대통에 불을 붙여 놓고 뻐억뻐억 연기를 빨아 날렸다.

"기왕에 왔으니, 오늘밤엔 추렴을 하도록 허세!"

잠자코 있던 짝귀가 좌중을 쓸어보며 입을 열었다.

"짝귀 형님 그러지 좀 마슈. 이 천팔봉이가 공돈이 생겨 한판 놀자는데 뭐를 그리 태깔스럽게 그래싸슈. 참말루 그래싸시면 이 천팔봉이 화냅니다요. 화났다 하면 다 뒤엎어버리고 말 거유. 그러지들 말고 내 기분 좀 알아주슈 원! 나 오늘밤 기분이 좋아서 이럽니다요. 잃었던 오태수를 다시 얻구, 거기다가 돈까지 생겼지 않으우? 참말 내 기분 좀 맞춰주슈."

팔봉의 말에 아무도 입을 열지 못했다. 모두들 여들없는 표정으로 지싯지싯 팔봉의 눈치만 살피고 있는데, 알록달록 차려입은 기생 넷이 주르르 조기두름처럼 들어왔다. 기생들은 문턱을 넘어 방안으로 들어오는 족족 나비가 날개를 접듯 사뿐히 앉아 고개를 나붓거리며 인사를 하였다.

맨 마지막으로 화선이가 들어오며 기생들을 남자들 틈새에 쑤셔넣듯 하나하나 앉혔다.

기생들이 비집고 앉자, 그들은 저마다 어색한 얼굴로 두렷거리기만 하였다.

"네 년들 오늘밤에 우리 형제들을 소홀히 모셨다가는 혼구멍이 날 줄 알어라!"

기생들이 남자들 틈새에 도사리고 앉자, 팔봉이 무섭게 왕방울 눈을 부라려 하나씩 짯짯이 들여다보고 나서 으박지르듯 말했다.

"아유 팔봉 나리도 원, 미리 잘 타일러놓았으니 심려 붙들어매시구 해웃값이나 두둑이 쥐어주셔요."

팔봉이 옆에 오른쪽 무릎을 세우고 앉은 화선이가 팔꿈치로 팔봉이의 옆구리를 쿡 찌르며 맞장구를 쳤다.

"해웃값은 두둑이 주고말고! 헌데 이 네 년들의 반반한 얼굴을 보니 내 생각이 왈칵 달라지는구만."

팔봉의 농담을 알아차린 화선이 한쪽 눈을 보기 싫지 않게 흘기더니 "하오면 화선이는 물러앉고 월선이를 불러오리까?" 하였다.

"월선이가 누구더라?"

팔봉은 시침을 뚝 뗐다.

"벌써 월선이를 잊으셨구만요. 이러니 월선이가 돌아서기를 천번 만번 잘한 게지 원!"

"그년 이야기 꺼내면 술맛 가시네. 꿩 대신 닭이라고 오늘밤에는 화선이가 월선일세!"

그러면서 팔봉은 긴 팔로 화선의 허리를 우악스럽게 끌어안았다.

이날 밤 대불이의 옆에 앉은 여자는 몸피가 오동포동하고 동글납작한 얼굴에 유별나게 눈이 컸다.

나이에 비해 몸이 툽상스럽게는 보였으나 목소리 하나는 감칠맛 있게 고왔다. 그녀는 말을 할 때마다 손바닥으로 입을 살짝 가리곤 하였는데 그게 쥐의 이빨처럼 뾰족한 송곳니 때문이라는 것을 알았다.

"색시가 화류계로 빠진 연유를 알겠구만."

대불이가 이름이 봉선이라는 색시의 얼굴을 되작거려 살피며 지나치는 말로 입을 열자, 그녀는 대뜸 관상을 볼 줄 아느냐고 하면서,

앞으로 언제쯤에나 화류계 신세를 면하고 좋은 남자를 만날 수 있겠느냐고 바짝 죄어 앉으며 칭얼대듯 보채기 시작했다.

"그 놈에 견치 때문이여. 허나, 그 이빨로 한 남자를 잡아 묶었으니, 두 번째 남자를 만나면 화냥기만 좀 잘 다스린다 치면 백년해로를 하겠구만."

대불이가 농담으로 하는 말에 봉선이라는 기생은 사뭇 정색을 하고 대불이의 팔을 잡고 늘어지며, 두 번째 남자는 언제쯤 만날 수 있겠느냐고 다급하게 물어왔다. 대불이는 속으로, 이 여자가 필시 한 남자와 사별한 것은 틀림없이 맞추었구나 싶어 빙긋이 웃음을 삼키며 술잔을 비웠다.

얼핏 보니, 다른 형제들도 저마다 계집들을 끼고 앉아서 키들거리며 거푸 술잔들을 비우기에 바빴다. 다섯 사람 가운데서도 팔봉이는 연신 큰 소리로 웃어가며 우악스러운 팔로 화선이의 허리를 감아 흔들고 온통 질탕하게 얼크러졌다.

형제들 앞에서 언제나 점잔빼기를 좋아하는 짝귀도 벌써 불콰해진 얼굴에 미소를 담뿍 머금은 채, 얄찍하게 생긴 여자가 집어주는 안주를 늘름늘름 받아먹고 있었다.

"아니 참, 언제쯤에나 두 번째 사내를 만날 수가 있겠느냐니깐요."

봉선이가 팔꿈치로 옆구리를 치며 메꽃만큼이나 큰 눈에 화사한 웃음을 피워날려서야 대불이는 형제들로부터 시선을 떼었다.

"첫 번째 남자허고는 을매 동안이나 살을 맞대고 살었디야?"

"한 일 년이나 한 이불을 덮었을까 모르겠네요. 입맛 나자 노수(路

需) 떨어진 셈이지요 뭐."

"자네의 음기가 너무 강한 탓일세."

"아이 음충맞게도!"

봉선이는 가늘지 않은 허리를 여러 번 뒤틀며 교태를 부렸다.

"자네의 음기는 한마디로 말해서 훨훨 타는 기름불일세. 그러니 그 기름불을 꺼줄 남자를 만나야 허네. 그래서 음뽀를 빼야 허네."

대불이는 여전히 실실 웃으며 농담을 하였고, 그런 대불이의 말을 인절미에 콩고물 묻히듯 차지게 받으며 그녀는 더 바짝바짝 죄어 앉았다.

"대관절 어떤 남자가 소녀의 불을 꺼줄 남자입니까요?"

"우선은 양물이 커야겄재."

"양물이 크다고 불을 잘 끕니까요? 귀이개로 귓밥 파는 재미도 어디라구요?"

봉선이는 자기 말에 키들거리고 웃어댔다.

"아닐세. 자네헌테는 양물이 작으면 되레 불길만 건드리게 되니, 불이 꺼지기켕이는 훨훨 더 거칠게 탈 것일세. 내 말이 그른가?"

"소녀의 어디를 보고 그걸 알아 맞추셨나요?"

"내 눈에 자네의 음문이 훤히 보인다네. 자네 눈이 곧 자네의 음문이여."

그러면서 대불이는 더 가까이 봉선의 큰 눈을 들여다보았다.

"아유 망칙도 해라. 여자 입에서 하문을 본다는 말은 들었어도, 눈에서 음문을 본다는 말은 처음 듣네요."

봉선은 손바닥으로 입을 가리고 한동안 깔깔대며 웃었다.

"내 눈은 다르네."

"그건 그렇다 치고, 소녀가 만나게 될 두 번째 사내의 양물은 어떻습니까요."

"그 양물로 말할 것 같으면 여덟 치가 넘네. 그래야만 자네의 음기를 다스려 불을 끌 수가 있을 게 아닌가."

"오매, 오매 그가 누구인데요?"

"바로 오늘밤에 만날 걸세. 오늘밤에 만나서 자네 눈으로 직접 양물의 크기를 헤아려보고, 실지 한 번 합궁을 해보고, 자네 음기의 불이 꺼지는가 안 꺼지는가를 당해보게나. 궁합이 맞아 자네 음기를 다스리고도 남음이 있거들랑, 봉선이 자네는 절대로 그 사내를 놓쳐서는 안 되네. 한 번 놓치면 자네는 관 속에 들어갈 때까지 다시는 사내다운 사내를 만나지도 못할 것이고, 화류계에서 개뼉다귀 귀신이 될 것일세!"

봉선이는 손으로 입을 가린 채 경악을 하는 얼굴로 뚫어지게 대불이의 얼굴을 쳐다보고 있었다.

"내 말을 안 믿는가?

"믿을 수도 안 믿을 수도 없네요."

"안 믿으면 종당에는 큰코 다치게 될 터이니 잘 생각하게나."

대불이는 목을 뽑아 턱을 바싹 치켜든 채 상반신을 좌우로 천천히 움직이며 거드름을 부렸다.

"오늘밤이라구 허셨겠지요?"

"한 입 갖구 두 말 안 허는 사람일세."

"헌데 도대체 그가 누구이옵니까?"
"이 사람 도통 눈이 삐었구만!"
대불이는 끌끌 혀를 차며 밉지 않게 봉선이를 찍어보았다.
"눈이 삐다뇨?"
"그 사람이 시방 바로 봉선이 자네 옆에 있지 않는감!"
봉선은 다시 한 번 경악해하는 표정을 짓더니 "허유, 이 양반이 음충스럽기는……" 하면서 눈을 흘기며 포동포동한 손바닥으로 대불이의 허벅지를 툭툭 서너 차례 내려쳤다.
좌중의 남자들은 어느새 술기운이 올라, 방안이 시끄러워졌다. 죄지은 사람처럼 말이 없던 오태수까지도 옆구리에 꿰매 찬 여자한테 팩팩 소리를 내질렀고, 술을 권하는 팔봉이의 컬컬한 목소리가 방안을 쥐흔들었다.
귀돌이만이 나붓나붓 주는 술잔을 받으며 나무토막처럼 덤덤히 앉아 있을 뿐이었다. 팔봉이가 그런 귀돌을 보고 벌써부터 과부시하에 사느라 주눅이 들었느냐며 비아냥거렸다.
"어쩌, 오늘밤에 진짜배기로다가 궁합을 맞춰볼란가?"
대불이가 돌아가는 술잔을 단숨에 쫙 비운 후, 빈 잔을 짝귀한테 넘겨주고 나서 봉선을 향해 한쪽 눈을 찡긋해 보였다.
"진짜루 여덟 치가 되나요?"
봉선이가 이번에는 그의 허벅지를 아프지 않게 꼬집으며 물었다.
"어허, 이 사람아. 자네로서는 아닌 밤중에 진짜 홍두깨를 만난 거여."

"길고 짧은 것은 대어보아야 안다고 합디다요."

"그러니 한 번 대어보세나 그려!"

대불이는 그렇게 말하고 팔을 뻗쳐 봉선이의 토실한 허리를 휘어 감고 힘을 주었다.

"오늘밤에 소가지 없는 이 봉선이 또 영락없이 속곳 벗고 함지박에 빠졌구만 그래."

봉선이는 대불이의 팔에서 빠져나갈 생각을 하지 않았다.

밤이 깊어갈수록 방안의 분위기가 감창하여, 너나 할 것 없이 계집들을 휘어 감고 한바탕 얼크러졌다. 꾸어다 놓은 보릿자루처럼 따라주는 술만 받아 마시면서 계집에게 손가락 하나 까딱하지 않던 김귀돌이까지도 술기운이 심신을 휘저어놓자, 그의 무릎에 반쯤 올라앉다시피 한, 암팡지게 생겨먹은 계집의 야리야리한 허리를 휘어 감고 말았다.

모두들 술이 취해 다래나무에 으름덩굴 휘어 감기듯 얼크러지자, 화선이가 팔봉에게 받은 해웃값을 네 여자의 젖무덤 속에 쑤셔 넣어주었다.

대불이도 술이 어지간히 취하여 두 팔로 봉선이의 포실한 허리를 끌어안고 늘어져버렸다. 술판이 막판에 이르자 저마다 사내들을 일으켜 세우고 밖으로 나갔다.

대불이도 봉선이를 따라 밖으로 나와서 마루를 한 바퀴 돌아 아늑하고 자그마한 방에 안내되어 들어갔다. 군방도 가리개가 아랫목 구석에 펼쳐진 방에는 금침이 깔려 있었고, 윗목에는 다담상에 모가지가 긴 술병과 술잔이 놓여 있었다.

대불이는 방안에 들어서자 술기운이 확 사그라지면서 갑자기 정신이 칼날처럼 빛났다.

"앉으시어요."

봉선이가 금침을 밀어붙이고 두툼한 방석을 놓으며 말했다.

"여기가 어딘가?"

"소녀가 거처하는 방이옵니다. 누추하지만 천장이 내려앉지는 않을 테니 걱정 마시고 앉으시어요."

봉선이의 부드럽고 감칠맛 있는 목소리는 그녀의 얼굴보다 더 고왔다.

"우리 형제들은 다들 어디로 갔는가?"

"다들 이 집 어느 방엔가에 계시겠지요."

"따로따로 떨어졌단 말인가?"

"하나씩 꿰매 차고 있을 것이옵니다."

봉선이는 말을 하면서 희미하게 웃었다. 그녀도 대불이가 권한 술잔을 질금질금 마신 탓으로 두 볼에 발그레하게 홍조를 머금었다.

"팔봉이란 놈이 오늘밤 우리들 호강을 시켜주는구만."

대불이는 혼잣말처럼 말하고 말끄러미 봉선이를 바라보았다. 참으로 오랜만에 여자와 방안에 마주앉아 있게 된 것 같았다. 얼핏 영산포 조운창의 목대잡이 시절이 떠올랐다.

그 무렵 그의 품을 거쳐 간 수많은 논다니들의 얼굴도 희미하게 떠올랐다가는 이내 사그라졌다. 그때는 매일 밤 여자를 끼고 잤다. 여자라면 신물이 날 지경이었다.

그에게 여자가 무엇인지를 알게 해준 말바우 어미의 얼굴도 선하게 눈에 밟혀왔다. 그보다 나이가 훨씬 많은 탓으로 언제나 누님 같은 생각이 들어 함부로 할 수 없었던 여자였다.

그런데도 말바우 어미는 어떤 논다니 여자들에게서도 느낄 수 없는 포근하고 흠벅진 맛이 있었다. 온몸을 흠씬 젖게 하는 그 흠벅진 기분은 아직 그녀 말고는 아무에게서도 느낄 수가 없었다. 그 흠벅진 기쁨 속에서 언제나 남이 아닌 가까운 친족 같은 혈연의 정 같은 것을 느꼈다. 그러기에 여태껏 말바우 어미를 잊지 못하는 것인지도 몰랐다.

"잠자리에 드시기 전에 한잔 하시어요."

봉선이가 살포시 치맛바람을 일으키더니 윗목에 준비해둔 술상을 대불이 앞에 놓고 마주앉았다.

"오랜만에 여자다운 여자와 단둘이 있게 되니 목이 타는구만."

대불이가 봉선을 향해 어색하게 씨익 웃으며 말을 하자, 그녀가 술잔을 가득 채웠다.

"여자다운 여자라니 무슨 말씀이셔요?"

술잔을 채우고 나서 봉선이가 물었다.

"집 작은 것허고 여자 작은 것은 흠이 되지 않는다고들 허데만, 나헌테는 마땅찮은 말일세."

대불이가 술잔을 들어 단숨에 목구멍 속으로 털어 넣으며 말했다.

"소녀도 큰 축에 드는 여자가 아닌데요."

"허허, 이 사람, 언제 내가 키 작은 여자를 말했던가. 내가 말헌 작은 여자란…… 병어입을 두고 한 말일세 이 사람아."

"아니 그렇다면 소녀는 아귀입이라도 된다는 말씀이셔요?"

"그거야 궁합을 맞춰봐야 알 일이 아닌가. 자 어서 술이나 딸게."

대불이는 봉선이가 따라주는 대로 벌컥벌컥 술을 거푸 들이켰다. 이상하게도 술이 취하지가 않았다.

"오랜만에 남자다운 남자를 만나게 돼서 기쁘옵니다."

봉선이도 대불이가 권하는 바람에 못이기는 척 술잔을 비우고 나서 말했다.

"남자다운 남자라……."

"스스로 양물이 크시다고 하시지 않았사옵니까. 여덟 치나……."

봉선이는 그렇게 말하고는 손바닥으로 입도 가리지 않고 푸웃푸웃 웃었다.

"내가 그랬었던가?"

"아니, 그럼 다른 사람 이야기를 하셨나요?"

"천, 천만에. 어디 여덟 치뿐인가, 삿갓으로 말헐 것 같으면 또……."

"삿갓이라니 무슨 삿갓 말이옵니까?"

"거북이 대가리 말일세."

"거북이 대가리라뇨?"

한참 뒤에야 봉선이는 대불이의 말뜻을 알아듣고 주먹으로 대불이의 무릎을 토닥거리며 한바탕 웃어댔다.

"그래 삿갓이 얼마나 크옵니까?"

"자네 한 사람 정도 둘러써도 비를 맞지 않을 정도라네."

대불이는 실실 웃으며 농을 하였다.

"속이 타옵니다. 소녀에게 술 한 잔 더 따라주시어요."

"벌써버틈 속이 타면 으쩔라고 그러나. 이따 이불속에서는 내장이 왼통 불기둥이 될라고?"

"거야 소녀의 불을 끌 사람은 서방님이 아니옵니까요."

"허긴 그렇구만. 헌데 말이시, 자네가 오늘밤 내 양물 맛을 볼랴면 말이시 내 법도대로 따르지 않으면 안 되네."

"댁의 법도란 무엇이온데요?"

"내 법도란 무엇인고 하니, 잠자리에 들기 전에 두 사람이 함께 맨살이 되어서 흥건히 취허는 것일세."

"맨살이라니요?"

"허, 이 사람 맨몸뚱이도 모르는가. 몸에 지닌 것 다 털고 달린 것 그대로 내놓구서 마시는 것일세!"

"우메 우메! 음충스럽기도 해라."

"못허겠는가? 그렇다면 허는 수 없네. 나는 그만 돌아가야겄네."

대불이는 천천히 일어섰다. 그러자 봉선이가 두 팔로 대불이의 아랫도리를 붙안았다.

"어디를 가시려구 일어나셔요?"

대불이의 바짓가랑이를 두 팔로 힘껏 끌어안은 봉선이가 당황하여 물었다.

"그냥 돌아가겄네."

대불이는 차마 봉선이를 뿌리치지 못하고 엉거주춤 선 채 말했다.

"이러지 마시고 앉으셔요."

"그렇다면 내 법도대로 따르겄는가?"

"따라야 할 법도라면 따라야지요."

"그러면 앉어볼까."

대불이는 못이기는 척하고 다시 술상 앞에 질퍽하게 앉았다.

"우선 술이나 더 드시어요."

봉선이가 빈 잔을 채우고 나서 생긋 웃음을 보냈다. 봉선이의 찐득한 그 웃음에 대불이도 빙긋이 미소를 떠올리며, "자, 시작해보세. 원칙대로 하자면 투전을 뽑아서 끗발이 적은 사람버텀 한 가지씩 벗어야 허는 법이네만, 밤은 깊고 몸은 달아 있으니 그냥 한꺼번에 홀홀 벗기로 허세" 그러면서 대불이가 먼저 조끼와 저고리를 한꺼번에 서둘러 벗어서는 윗목 구석에 휙 던졌다. 대불이는 웃통을 홀랑 벗고는 두 팔을 폈다 오그렸다 하면서 근력을 자랑하였다. 불빛에 비쳐 보이는 대불이의 상반신은 나무토막처럼 근력이 불뚝거렸다.

"워매 워매, 흉측도 해라."

대불이가 상반신을 홀랑 벗어던지고 근력을 자랑해 보이자, 다시 봉선이가 고개를 돌리며 두 손바닥으로 얼굴을 가리는 시늉을 하였다. 그녀는 그러면서도 얼핏얼핏 손가락을 내리고 고개를 바로하고는 대불이의 상반신을 훔쳐보곤 하였다.

"자, 내가 이 잔을 비울 동안에 냉큼 저고리를 벗소 잉."

대불이는 다짐을 하듯 꽁꽁 이겨 말하고 천천히 술잔을 비웠다. 그러나 대불이가 술잔을 비우고 봉선이를 얄망궂은 시선으로 쏘아볼 때까지도 그녀는 옷 벗을 생각을 않고 있었다.

"자네, 시방 꿈꾸는가?"

대불이가 쥐어박듯 다그치자 봉선이는 움찍 놀라는 시늉을 하였다.

"불을 꺼주세요."

"어허싸, 택도 없는 소리. 불 끄고 옷 벗는 것이 어디 법도인가?"

대불이가 알몸의 어깨를 쩍 벌리며 나무람 하였다.

"그것이 법도가 아니면 무엇이옵니까?"

"불 끄고 옷 벗는 것은 너무나 당연하기 땜시, 그것은 외도일세."

"불 쓰고 옷 벗는 것이 상도이고, 불 끄고 옷 벗는 것이 외도라니 모를 일이옵니다요."

"외도고 내도고간에, 좌우당간 냉큼 벗기나 허소!"

"이 일을 어쩰꼬!"

봉선이는 목을 가슴팍에 박은 채 심히 난감한 얼굴로 대불이를 말끄러미 쳐다보았다.

"내가 벗겨줄까?"

"아니어요. 그냥 두셔요."

대불이가 봉선이 곁으로 바짝 다가앉으며 말하자 그녀는 질겁하며 물러났다.

"정 그러면 나 다시 옷 입고 나갈라네!"

"아니어요. 눈 감고 돌아앉으셔요."

"어허, 어렵구만 그려."

대불이가 봉선이에게 등을 돌리고 돌아앉자, 스럭스럭 옷 벗는 소리가 나기 시작했다. 봉선이의 옷 벗는 소리는 마치 대불이가 영산포 객줏집에서 잠 못 이루고 있을 때 영산강 갈댓잎들이 바람에 서걱이는 소리처럼 들렸다.

대불이가 몸을 돌려 봉선이를 마주보았을 때 그녀는 저고리를 홀랑 벗은 윗몸의 가슴을 두 팔로 감싸 안은 채 세운 무릎 위로 조그맣게 웅크리고 앉아 있었다.

"자, 술이나 한잔 더 따라주게."

대불이가 부러 빈 술잔을 다담상 위에 탕 소리가 나게 놓으며 말했다. 그러자 봉선이는 여전히 두 팔로 가슴팍을 감싸 안고 허리를 두 무릎에 꺾은 채 고개만 살짝 들어 대불이를 올려다보더니, "죄송하오나 자작을 하시지요" 하고 말했다.

"안될 소리! 냉큼 잔을 채우소."

대불이는 거칠게 잘라 말하고 다시 빈 잔을 들었다가 놓았다.

한참 후에야 봉선이는 치마말기를 가슴 위로 끌어올리고 다시 왼손으로 가슴을 가린 채 오른손이로 술잔을 채웠다.

"어, 그 술맛 한 번 조우타."

대불이는 단숨에 술잔을 좌악 비우더니 무릎 아래를 묶은 중동끈을 풀고 버선을 벗었다.

"요번에는 마지막으로 다 벗어야 허네 잉."

대불이가 바지의 허리끈을 풀며 말했다. 잠시 그는 망설였다. 방안에 두 사람뿐이고 이쪽에서 먼저 그렇게 하는 것이 자기의 법도라고 말하기는 했으나 막상 여자 앞에서 홀랑 아랫도리를 벗자니 여들없는 짓 같아서 자신도 모르게 미적거렸다. 그러나 이미 그렇게 하기로 약속을 하였고 사내가 그까짓 일로 여자 앞에서 부끄러워해서야 되겠느냐 싶어 꾸릿꾸릿한 심정을 누르며 앉은 채로 바지를 내리고 말았다. 그는 속단고를 입지 않았기에 바지를 내리자 알몸이 되었다. 구렁이의 허물 같은, 벗어놓은 바지를 구겨 말아서는 역시 조금 전과 같이 윗목 쪽으로 휙 던졌다.

그러고는 다담상 앞으로 바짝 다가앉았다.

"자, 요번에는 자네 차렐세."

대불이가 뽑아놓은 나무뿌리처럼 맨몸뚱이가 되어 봉선이를 보았을 때, 그녀는 아예 허리를 앞으로 깊숙이 꺾은 채 등을 돌리고 앉아 있었다.

"뭘허는 겐가!"

대불이는 몸이 화끈거리는 바람에 입속의 침까지 바싹 말라 자작으로 거푸 두 잔의 술을 마셨다. 그는 술병을 들고 흔들어보았다. 찰랑찰랑 바닥에 겨우 한 잔 요량이나 붙어 있는 것 같았다.

"자, 냉큼 벗고 돌아앉아서 마지막 합환주를 마시세."

대불이는 긴 팔을 내밀어 은행 알처럼 매끄럽고 고운 봉선이의 등을 쓸어주며 말했다. 대불이의 손이 등짝의 맨살에 와 닿자, 그녀는 소스라치게 놀라며 고슴도치처럼 꿈틀 움츠렸다.

"이 사람 안 되겄구만 그려. 정 이러면 나 성질나네 잉. 나는 성질이 났다 허면 와드득 쥐어뜯고 말어!"

"치마만 벗을께요."

봉선이가 잦아들어가는 목소리로 말했다.

"어허, 여자다운 여자 한 번 만났는갑다 했더니 이제 봉께 순 쫌팽이로구만 그려! 치매만 벗을라면 차라리 저고리를 입어뿌러!"

대불이가 화를 내듯 말하자, 봉선이가 고개를 돌려 핼끔 눈초리를 말아 올리는 듯싶었다.

"좋아요. 저 술 한잔만 따라주셔요."

봉선이가 큼큼 억지기침을 토하고 나서 그렇게 말하자 대불이는 술잔을 반쯤 채워 그녀 앞으로 내밀었다. 봉선이는 술잔을 받아들고 홀짝홀짝 마신 후에 말기끈을 풀기 시작했다.

대불이는 시선을 팽팽하게 잡아당기며 봉선이가 돌아앉은 채 말기끈을 풀고 있는 모습을 지켜보았다.

그녀는 조금 전처럼 당황해하지도 부끄러워하지도 않고 옆에 아무도 없는 것처럼 천천히 말기끈을 풀어 앉은 채로 치마를 벗더니 정성스럽게 접어 저고리와 함께 횃대에 걸었다. 치마를 벗은 봉선은 대불이의 눈치를 살피지도 않았다. 대불이가 뚫어져라 하고 그녀의 거동을 지켜보고 있는데도, 그녀는 전혀 대불이의 존재를 개의치 않았다. 그녀는 방안에 자신 혼자만이 있는 것처럼 행동하였다. 대불이는 안중에도 없는 듯싶었다.

봉선이는 치마와 저고리를 횃대에 걸고 나서, 횃대 아래에 선 채 대불이 쪽으로 얼굴을 두르더니 여전히 대불이의 존재 따윈 마음에 두지 않은 얼굴로 태연하게 속치마와 속곳을 하나하나 벗었다. 그녀는 전혀 딴사람이 된 것처럼 행동하였다. 그녀의 그런 당돌하면서도 부끄럼 없는 행동을 보자 대불이는 기가 꺾여버렸다.

알토란처럼 토실하고 탱글탱글 탄력이 넘쳐 보이는 봉선의 알몸이 불빛에 타오르는 듯 출렁거렸다. 대불이는 순간 목구멍이 화끈해왔다. 그는 침을 꿀꺽 삼키고는 눈초리에 힘을 주어 더욱 눈을 크게 뜨고 알몸이 되어 서 있는 봉선이의 모습을 멀뚱히 바라보고만 있었다. 그는 처음으로 알몸이 된 여자를 불빛 아래서 확연히 바라볼 수 있었다.

손으로 뭇 여자들을 건드려보기는 했으나 눈으로 여자의 전체를 본 것은 처음이었다. 어쩌다가 술김에 여자들의 옷을 벗기는 것이 자기의 법도라고 하고 결국 그렇게 하고 말았어도 그것은 순전히 엉겁결에 농담으로 한 말이었다.

"술을 따라드리지요."

봉선이가 옆에 와 앉으며 말했으나 대불이는 그냥 멍청히 그녀를 바라보고만 있었다. 여자가 부끄러움이라는 것을 던져버리자 되레 겁이 났다.

대불이가 할 말을 잃고 멍청히 봉선이의 모습만을 되작거려 살펴보고 있는 사이, 그녀가 술병을 쥐어짜듯 마지막 한 방울까지 잔에 따라 그것을 다시 두 잔에 똑같이 나누었다.

"합환주를 드십시다요."

봉선이가 잔을 들며 말했으나 대불이는 그대로 있었다.

"어서 드셔요."

그녀는 반쯤 찬 술을 단숨에 목구멍에 털어 넣고 나서 대불이의 술잔을 들어 그의 입에 가져다 댔다. 대불이가 그녀의 손에서 술잔을 받아 마셨다. 그는 잔을 천천히 기울이면서도 잠시도 그녀의 몸에서 눈을 떼지 않았다. 대불이는 어느덧 술이 아니라 봉선이의 알몸에 취해 있었다.

대불이가 빈 술잔을 상 위에 내려놓자, 봉선은 술상을 발끝으로 밀어붙이며 대불이의 곁으로 바짝 다가앉았다. 두 사람의 아랫도리 맨살이 닿자, 그들의 목자에서 불빛이 튕겨 나왔다.

봉선이의 매끄럽고 탱글탱글한 몸이 와 닿자 대불이의 아랫도리에 불끈 힘이 솟구쳤다.

"아이고 워매—."

봉선이가 손을 내밀어 대불이의 아랫도리를 더듬다가, 가시나무에 칡덩굴 얽히듯 힘줄이 툭툭 불거진 낫자루만한 그의 양물을 움켜쥐더니 비명처럼 소리를 지르며 상반신을 바르르 떨었다.

"내 이름이 큰댓자 불알불자 대불이여. 쟁기질 해본 지가 하도 오래돼서 보습에 녹이 슬지나 않았는가 모르겄구만!"

대불이는 두 팔로 방바닥을 짚고 상반신을 젖버듬히 반쯤 뉘며 말했다.

두 사람이 한 덩어리가 되어 이불속으로 들어가자, 방안에는 한바탕 광풍이 휘몰아쳤다. 운우(雲雨)를 몰고 온 광풍은 좀처럼 멎을 줄 몰랐다.

봉선은 우는 소리도 비명도 아닌 감탕질을 해대면서 버르적거렸고, 대불이는 물이 방방하게 괸 논둑을 까뭉개는 듯 정신없이 삽질을 하였다.

대불이는 봉선이가 요분질을 할 때마다, 더욱 드세고 깊게 삽질하듯 회음이 질척한 치골 사이를 후벼 팠는데, 그가 봉선이의 통통한 허리를 으스러지도록 껴안고 힘을 쓸라치면 우두둑우두둑 뼈마디 부러지는 듯한 소리가 났다.

두 사람 중 누구도 먼저 지쳐 넘어지지 않았다. 온몸이 흠씬 땀에 젖고, 목구멍 안이 굴뚝 속처럼 바싹 탔지만 누구도 먼저 몸을 풀려고 하지 않았다.

둘이는 밤새도록 그 짓을 계속하였다. 봉선이는 열 차례도 더 숨이 끊어지는 듯한 소리를 지르고 두 손으로 대불이의 머리털을 쥐어뜯었으며, 종당에는 요분질은커녕 온몸이 소금에 절여놓은 배춧잎처럼 기력을 잃고 말았다.

그들은 피차가 힘이 빠져서야 물 머금은 진흙처럼 가라앉고 말았다.

대불이가 눈을 떴을 때는 바늘 끝 같은 가을햇살이 화사하게 방안을 밝히고 있었으며, 그의 옆에는 봉선이가 아직도 파도가 밀어다 붙여놓은 폐선(廢船)의 잔해처럼 볼썽사나운 모습으로 잠들어 있었다. 대불이가 주섬주섬 옷을 꿰입고 방을 나올 때까지도 봉선은 잠에서 깨어나지를 못했다.

대불이는 슬그머니 봉선의 방에서 나와 마당을 가로질러 대문 쪽으로 걸어갔다. 그는 대문을 막 빠져나오려다가 뒷간에서 헝클어진 입성으로 나오고 있는 화선이와 딱 마주치고 말았다.

"참, 팔봉이는 어디 있어?"

대불이가 화선이를 보며 여들없이 비시시 웃으며 물었다.

"아이그머니, 세상에 간밤에 재미가 얼마나 좋았으면 해가 중천에 떠오르도록 잠에 떨어졌다가 이제야 일어나셨을까. 봉선이 년두 아직 안 일어났나요?"

화선이는 대불이가 묻는 말에는 대답을 않고 딴전을 피우고 있었다.

"팔봉이는 이 집에 없수?"

대불이가 볼멘소리로 다시 물었다.

"그 양반은 일을 나가야 한담서 날이 새기가 바쁘게 나갔답니다요."

"그렇다면 다른 형제들은 어찌됐소?"

대불이는 늦도록 잠을 퍼 잔 것이 부끄러웠다.

"다들 가셨어요."

"그러면 이 집에는 나 혼자뿐인감."

"아이구 봉선이 이 년을 그냥!"

화선이가 대불이를 향해 눈을 흘기며 엉뚱하게 봉선이 욕을 하였다.

"봉선이는 아직 잠들어 있으니 깨우지 마슈."

대불이는 그 말만 남기고 고의춤을 추썩거리며 슬그머니 대문을 나서고 말았다. 간밤에 힘을 많이 뺀 탓인지 아랫도리가 무지근해왔다. 그러나 오랜만에 몸을 풀고 나니 기분이 장마 걷힌 뒤의 하늘처럼 개운했다.

그는 선창 쪽으로 나와 국밥에 해장 한잔으로 배를 채우고, 넉넉하게 쏟아지는 가을햇살을 받으며 싸리재 쪽으로 올라갔다. 외박을 한 탓으로 순영이 부모를 대하기가 어쩐지 서먹한 기분이었으나 그에게는 달리 갈 곳이 없었다.

대불이가 싸리재 주막으로 뒤통수를 긁적거리고 들어가 그가 기거하고 있는 골방 문을 열자, 방안에는 짝귀가 코를 드르렁드르렁 골며 잠에 떨어져 있었다.

순영이 아버지 권대길은 외박을 하고 늦게야 돌아온 대불이를 보고 말 한마디 없이 푸실푸실 웃기만 하였고, 순영이 어머니도 아침을 어찌했는지 물었다.

대불이는 짝귀가 자고 있는 골방 안으로 들어가 잠시 벽에 등을 기대고 앉아, 입을 헤벌리고 코를 골며 곤하게 잠든 짝귀의 모습을 내려다보고 있다가 자신도 그만 눈을 감고 말았다.

얼마 동안이나 잤을까. 대불이는 짝귀가 흔들어 깨워서야 눈을 뜨고 일어나서 하품을 깨물었다.

"이 사람아, 무신 낮잠을 이리도 퍼 자는가."

짝귀는 곰방대를 물고 앉아서 희미하게 웃는 얼굴로 대불이를 마주보며 말했다.

"점심때가 지났수?"

"점심때가 뭔가 이 사람아. 곧 해 넘어가게 생겼구만."

"아니, 내가 그렇게 퍼지게 잤당가."

"지난밤에 을매나 찐을 뺐길래 낮잠을 그리 퍼 자?"

짝귀가 담배를 문 채 눈을 흘겼다.

"똥 묻은 개가 겨 묻은 개 나무란다고 허드니 형님은요?"

"내가 왜?"

"이 방에 들어오니 형님이 목을 베가도 모르게 자고 있습디다 원!"
"그랬던가? 그건 그렇고 자넨 뭣흐고 그리 늦었어?"
대불이는 대답 대신 여들없는 표정으로 뒤통수를 긁적거렸다.
"참, 귀돌이랑 팔봉이는 일을 나갔을 테지만 태수는 왜 안 뵙니까요?"
"일자리를 찾아봐야겠담서 응신청으로 갔어."
"응신청으로 갔다면 다시 선창에서 등짐일을 허겄답디까?"
"제물포바닥에 와서까지 염쟁이 노릇을 할라든가."
"허기야……."
"우리도 응신청으로 가보세. 하야시가 자네를 찾지 않는다니께, 더 이상 숨어서 살 것 없이 일자리를 구해야 할 것이 아닌가?"
"또 등짐꾼 일을 허게요?"
"등짐꾼이 으째서 그려? 자네 쥐둥이에서 그 말이 쉽게 나오는가? 이 바닥을 뜨지 않을 바에야 언제까지나 무위도식을 허고 있을 수만은 없지 않은가."
짝귀의 말에 대불이는 입을 열지 못했다. 짝귀의 말마따나 언제까지나 권대길의 골방에서 식충이 노릇만 하고 있을 수는 없는 노릇이었다. 더구나 오태수의 말대로 하야시가 그를 굳이 찾지도 않는다는 데야 숨어 지낼 필요가 없지 않겠는가 싶었다.
"형님 좋을 대로 따르겄구만요."
대불이의 말에 짝귀는 얼굴을 펴며 순영이 부모 얼굴 대하기도 부끄러우니 당장 응신청에 가서 일자리가 있는지 알아보자고 하면서 일어섰다. 대불이도 따라 일어서서 허리끈을 졸라맸다.

방에서 나가자 권대길 부부가 점심도 먹지 않고 잠만 퍼 자더니 어디를 또 나가느냐고 하면서, 밥이나 한 숟갈 뜨고 나가라고 붙잡았다.

짝귀와 대불이가 응신청에 갔을 때는 그들 형제들은 아직 돌아오지 않았다.

오태수도 눈에 띄지 않았다. 응신청에서는 짝귀한테는 당장이라도 선창 등짐꾼의 일자리를 알선해주겠으나, 대불이는 곤란하다고 하였다. 응신청에서는 대불이가 지난날 하야시를 배에 태워 제물포 바다에 띄워 보내버린 일을 잘 알고 있었기 때문이었다.

다음날 저녁 천팔봉과 김귀돌이가 응신청 청장에게 대불이의 일자리를 알선해달라는 청을 다시 넣어보았으나, 응신청에서는 들어주지 않았다. 오태수까지도 쉽게 일할 자리를 주선해주면서도 대불이에게만은 한사코 안 되겠다고 하였다.

3

대불이와 짝귀가 일자리 얻는 것을 거의 포기하고 있을 즈음에, 예기치도 않게 봉선이가 싸리재 권대길네 주막으로 찾아왔다.

그들 다섯 형제가 한바탕 질퍽하게 놀고 온 뒤로, 그들은 그날 밤의 일을 거의 잊고 있다시피 하였다. 대불이 역시 봉선이와 뼈가 무르고 기력이 탈진하도록 몸을 풀었던 밤이 몇 년 전의 일처럼 아득하게 생각되어졌다.

아침상을 물리고 숭늉으로 입안을 쿨럭쿨럭 헹구고 있는데, 순영이 어머니가 퉁겨내는 목소리로 손님이 찾아왔다기에 나가보았더니, 짙은 남색치마에 흰 저고리를 단아하게 차려입은 봉선이가 돈단 위 오동나무 밑에 서 있는 게 아닌가. 그녀를 본 순간 대불이는 뒤통수를 얻어맞는 기분이었다. 우선 권대길네 부부 보기에 민망해 몸 둘 바를 몰라 하였다.

대불이는 당황한 얼굴로 그녀를 돈단 아래로 데리고 나갔다. 먼저 권대길 부부의 시야에서 숨고 싶었기 때문이다.

"여기까지 찾아와서 면구스럽네요."

봉선이는 마치 처음 대하는 사이처럼 깍듯하게 예를 갖추려고 하였다.

"내가 여기 있는지를 어찌 알고……."

대불이는 탱자나무 울타리로 한사코 몸을 가려 서면서도, 권대길 부부가 내려다볼지 모른다는 생각에 자꾸만 돈단 위를 쳐다보았다.

"화선이 형님을 통해서 알았지요."

봉선이는 고개를 숙이고 수줍어하며 말했다.

"찾아온 이유가 무엇이오?"

대불이는 말을 올려 냉갈령을 부리며 퉁겨댔다.

"듣자니 일자리를 구하신다고 하기에……."

"그 말은 어디서 들었소?"

"화선이 형님이……."

봉선이는 대불이를 바로 보지를 못했다.

"그래서?"

대불이는 빨리 봉선이를 되돌려 보내버릴 궁리를 쥐어짜면서 얼어붙은 목소리로 물었다.

"짝귀라는 분도 여기 계신다면서요."

"그렇소. 헌데 짝귀 형님은 왜요?"

"네. 두 분이 일자리를 찾고 있다고 하기에."

봉선이의 말에 대불이는 자기도 모르게 이맛살을 찡그렸다. 한갓 요릿집 행창(行娼) 따위가, 자신이 일자리를 못 구해 이급(裡急)해함을 알고 있다는 것이 마뜩찮았다.

"누가 그럽디까?"

대불이는 여전히 왁살스럽게 물었다.

"화선이……."

"그래서, 댁이 우리들 일자리라도 구해주겠다는 게요? 아니면 지난번의 해웃값을 더 셈해달라는 게요?"

대불이의 말에, 봉선이가 고개를 화들짝 쳐들며 매서운 눈초리로 쏘아보았다. 큰 눈에 눈 꼬리를 빳빳하게 세우고 쏘아보자 대불이는 아차 너무 심한 말을 했구나 하고 후회하였다. 그러나 한 번 뱉어놓은 말을 주워 담기란, 날아가는 화살을 되돌리기만큼이나 불가능한 일이었다.

"찾아온 것이 잘못이었구만."

봉선이가 갑자기 볏을 세운 싸움닭처럼 버르르한 성깔로 몸을 돌려

세웠다. 대불이는 봉선이를 그런 기분으로 돌려보내고 싶지는 않았다. 그런 일로 하찮은 여자한테서 욕을 먹고 싶지가 않았기 때문이다.

"이것 보더라고……."

대불이가 봉선이의 앞을 막아섰다.

"내 말이 지나쳤남? 농으로 헌 말인디 그렇게 성깔을 내면 이쪽이 뭣이 되겄어!"

대불이는 마음에 없는 웃음을 헤프게 실실 날리면서 엉너리를 떨었다. 그제야 봉선이의 팽팽한 표정이 조금 풀리는 듯싶었다.

"그래서…… 우리들 일자리 구해줄랴고 왔냐니께?"

"우리 집에 잘 댕기는 미곡전 주인이 있거든요. 친정오래비뻘 된다고 청을 넣어봤더니 승낙을 해주셨어요. 짝귀라는 분까지두요."

말을 하면서 그녀의 얼굴은 금세 먹구름 걷힌 여름 하늘처럼 밝아졌다.

"미곡전에? 짝귀 형님까지?"

대불이도 반가움에 펄쩍 뛰고 싶은 기분이었다.

"화선이 형님한테서…… 두 분은 떨어지지 않고 함께 일할 자리를 얻으려 한다는 말을 듣고……."

"고맙구만. 그런 것도 모르구선……."

대불이는 당장 봉선이를 업어주고 싶을 정도였다. 하룻밤 인연을 맺은 행창한테 도움을 받게 된 것이 조금도 부끄럽거나 꺼려짐이 없었다. 그만큼 그는 일자리를 구하느라 지쳐 있었던 것이다.

"가만있자, 이 일을 당장 짝귀 형님한테 알려줘야재."

그러면서 그는 봉선이한테 잠깐 기다리라고 하고는 돈단 위로 허위단심 뛰어올라갔다. 그는 무턱대고 짝귀를 끌고 봉선이가 기다리고 있는 돈단 아래로 내려왔다. 대불이가 봉선이 앞에서 두 사람이 미곡전에서 일을 할 수 있게 되었다는 말을 해주서어야 짝귀의 입이 뺑긋이 벌어졌다.

대불이와 짝귀는 봉선이를 따라 선창거리에 있는 빡보네 미곡전으로 갔다.

미곡전 주인 한대두(韓大斗) 노인이 곰보라서 모두들 빡보네 미곡전이라고들 하였다.

선창거리 빡보네 미곡전에는 곡식가마니를 가득가득 실은 마바리가 즐비하게 늘어서 있고, 짐꾼들이 마바리의 곡식들을 미곡전 안마당 창고에 옮기느라 바빴다.

봉선이를 따라 미곡전 안으로 들어서자, 얼굴이 귤껍질처럼 얽은 한대두 영감이 옥색 명주마고자의 소매에 두 손을 넣어 팔짱 끼듯 비스듬히 나무의자에 앉아 있었다. 회갑 줄에 앉은 한대두 영감은 마질을 하고 있는 미곡전 총각의 손놀림을 말끄러미 내려다보고 있다가, 봉선이가 나붓이 허리를 굽히고 들어서자 질컥하게 미소를 흘렸다.

"영감님, 전에 말씀 올렸던 친정붙이들이옵니다요."

봉선이가 한대두 영감 앞에 바짝 다가서며 찐득하게 웃음을 흘리며 말했다.

대불이가 짝귀의 옆구리를 찌르며 한대두 영감을 향해 허리를 굽적 꺾었다.

"친정붙이가 아니라, 봉선이 기둥서방인 게로구만!"

한대두 영감이 능글맞게 웃으며, 두 사람의 얼굴을 번갈아 쳐다보았다.

"아이고, 거짓이면 벼락을 맞습니다요."

봉선이가 툽상스런 허리통을 두어 번 꺾으며 한대두 노인 얼굴에 웃음을 담뿍 흘려보냈다.

"네 놈들 찍자부리지 말고 일 잘해야 한다. 오늘부텀 마바리를 따라댕기믄서 미곡을 실어오두록 혀."

한대두 영감은 그렇게 말하고 나서 마질을 하고 있는 얼굴이 넓고 코가 납작한 총각을 시켜 박 주사를 불러오라고 하였다. 박 주사는 빽보네 미곡전에서 집사 일을 보고 있는 사람이었다.

잠시 후 마흔 안팎의 박 주사라는 사람이 큰 주판을 손에 들고 들어왔다. 그는 마바리에서 안마당 창고에 옮겨 넣고 있는 미곡들을 간심(看審) 치부하다 말고 주인의 부름을 받고 들어오다가, 얼핏 봉선이의 얼굴을 보더니 마뜩찮은 표정으로 큼큼 헛기침을 깨물었다.

"아이고 박 주사님 안녕하셨어요. 그저 영감님네 살림 불리시는 일에만 매여 사시느라, 즈이 집엔 빼끔도 안 하시고……."

봉선이는 박 주사 듣기 좋은 소리로 마음에도 없는 엉너리를 쳤다.

그러나 박 주사는 그런 봉선이는 보는 둥 마는 둥하고는 한대두 영감 앞으로 다가섰다.

"오늘부텀 이 두 놈들 마바리에 붙여줘라."

한대두 영감은 그 말뿐이었다. 박 주사는 알았다는 듯 고개를 끄덕이더니 턱을 내밀고 대불이와 짝귀를 찍어보았다.

"박 주사님, 즈이 친정붙이이옵니다요. 잘 좀 부탁드려요."

봉선이가 박 주사를 향해 한대두 영감에게 보낸 푸실푸실한 웃음을 버무려 날리며 아양을 떨었으나, 키가 작고 좀스럽게 생긴 박 주사는 그런 봉선이를 거들떠보지도 않고 턱짓으로 두 사람을 불러 밖으로 데리고 나갔다.

"네 놈들 내 눈밖에 나면 당장 목줄이 끊어질 줄 알어!"

박 주사가 마바리가 매여 있는 바자울 쪽으로 가며 찍어 팽개치듯 말했다. 대불이와 짝귀는 말없이 박 주사 뒤를 따라갔다.

"이놈들아, 왜 대답이 없어?"

박 주사가 휙 몸을 돌려 독사눈을 치뜨고 노려보아서야 "네네. 시키시는 대로 따르겠구만요" 하고 짝귀가 버릇처럼 허리를 여러 번 굽신거리며 말했다.

짝귀와 대불이는 곧 텁석부리 장 서방이라고 하는 마부에게 붙여졌다. 텁석부리 장 서방의 말은 흰 갈기가 명주실처럼 고운 백마였다.

짝귀와 대불이는 마부인 텁석부리 장 서방을 따라서 김포, 강화 근방과 멀리로는 수원, 송탄까지 다니면서 쌀을 실어 날랐다. 그들이 가는 곳마다 미곡전 주인 한대두 영감이 봄에 놓아둔 색갈이를 거두는 사람들이 있었고, 색갈이를 놓지 않은 곳에서는 미리 미상(米商)을 보내 몇 바리씩 긁어모아놓고 마바리가 실러 오기를 기다렸다.

가까운 곳에는 마바리 한 필이 왕래를 하였으나 송탄이나 수원, 강화에 가서 미곡을 실어올 때는 한꺼번에 대여섯 바리가 무리를 짓게 마련이었다.

대불이와 짝귀가 어림하기로, 선창거리 빡보네 미곡전은 제물포 바닥에서도 다섯 손가락 안에 들 만큼 규모가 컸다. 미곡전 주인 한대두 영감은 미곡상을 하는 것 말고도 경기도 곳곳에 수백 섬지기의 농토를 갖고 소작을 놓고 있었다. 개항 무렵엔 소규모로 시작한 것이 제물포에 일본의 무곡선이 들랑거리기 시작하면서부터 떼돈을 긁어모으다시피 하여, 십 년도 못 되어 갑부가 되었다고 하였다.

짝귀와 대불이가 하는 일이란 마바리꾼들을 따라가서 곡식을 싣고 오는 것이었는데, 곡식을 싣고 오는 도중에 도둑을 막는 일까지도 책임을 져야 했다. 따지고 보면 그리 힘든 일은 아니었다. 사람 좋은 마부 장 서방은 미곡을 실러 떠날 때는 언제나 두 사람을 빈 수레에 타도록 하였으니, 목적지에 당도하여 곡식가마니를 마바리에 싣는 일 외에는 장 서방의 도움으로 그럭저럭 학 타고 양주 목사 하기만큼이나 편하게 나날을 보냈다.

그래도 텁석부리 장 서방의 이야기로는 가끔 도둑들을 만나 곡식을 몽땅 털려버린 일이 있다고 하였다. 그때문에 하룻밤 밤을 새워야 할 먼 곳으로 떠날 때는 칼과 창을 마바리에 숨겨가기도 하였다.

"형님, 생각해보니 봉선이를 알게 된 것이 천만다행이었구만요."

빈 마바리 위에 걸터앉아 사톳재를 올라가면서 대불이가 느긋하게 말하자 짝귀는 그냥 소리 없이 희미하게 웃기만 하였다.

"그나저나 봉선이한테 신세를 갚아야 할 텐디……."

"신세 갚을 것 뭣 있는가. 기둥서방 노릇이나 잘해주면 됐지 뭘."

"그렇잖어두 둘이 살림을 채리자고 허는 바람에 애를 먹고 있구만요."

"거 참 잘된 일일세그려."

"그러다 왈칵 정이라도 들면 어쩌게요."

"정 들어 나쁠 것 있남? 그러다 저러다 늙어지면 그만인 게지."

"그럴 수는 없재요."

"왜? 봉선이가 노류장화라서?"

"꼭 그런 것만은 아니지요. 어채피 사그러진 청춘인데 노류장화면 어떻고 요조숙녀면 뭘합니까요."

"그렇다면 왜 마다고 허는가. 순영이 때문인가?"

"언젠가는 새끼내 고향으로 돌아가야 헐 텐데, 봉선이를 앞세우고 갈 수는 없재요. 순영이 때문은 아니구먼요."

"어따 이 사람. 고향에 간다 간다 험시로 보낸 세월이 몇 년 짼가?"

"형님, 저는 꼭 갑니다요."

"그나저나 봉선이가 자네를 놓아줄 것 같지가 않두만? 요즈막 자네헌테 허는 것을 보니께, 자네 여편네 노릇을 허려고 들더구만그려. 두고 보소만, 자네헌테서 안 떨이지게 생겼어!"

"그렇잖어두 어저께 밤에 만나서 딱부러지게 말을 했구만요. 나는 상처살이 낀 남자라서 나허고 혼인만 했다 허면 각시가 죽고 만다고 말을 했등만……."

대불이는 말끝을 맺지 못하고 고개를 바짝 쳐들어 사톳재 아래 주막을 내려다보았다.

수리산 아래 사톳재 주막에 많은 사람들이 희끗거렸다. 얼추 헤아려도 스무남은 명은 됨직하였다. 그들은 사톳재 주막을 지나 두어 마장 남짓 내려가 초평에서 한대두 영감이 미리 보낸 미상이 사 놓은 곡식을 실어 와야 했다.

주막 가까이 내려가자 사람들의 모습이 확연히 눈에 들어왔다. 두루마기를 입은 사람들이 뒤엉켜 싸움을 하고 있는 모습이 보였다. 그들이 주막에 당도하여보니 그 사이에 검정 두루마기를 입은 사람이 땅바닥에 나자빠져 있었고, 흰 두루마기를 입은 사람은 실팍한 작대기를 집어 들고 나자빠진 검정 두루마기를 후려칠 기세였다. 구경하는 사람들은 아무도 싸움을 말리려고 하지 않았다.

대불이는 그냥 지나치려다가 아무래도 싸움을 말리지 않았다가는 검정 두루마기가 크게 다칠 것 같아, 마바리를 멈추게 하고 뛰어 내려가 흰 두루마기가 휘두르는 작대기를 잡았다.

"어느 놈이야? 어느 놈이 나를 막는 게여?"

작대기를 잡힌 흰 두루마기가 대불이를 쏘아보며 소리쳤다.

"무슨 연유인지는 모르오나, 이만하면 됐으니 그만들 두슈."

대불이는 사정하듯 말했다. 그러나 흰 두루마기는 난데없이 그의 앞을 막아선 대불이를 향해 다짜고짜로 발길질을 하였다. 대불이가 잽싸게 발길을 피하며 잡고 있던 작대기를 획 낚아채자, 그 힘에 말려 흰 두루마기가 땅바닥에 나가떨어지고 말았다.

대불이는 작대기를 뽕나무밭으로 멀리 던져버리고 손바닥을 털었다. 이때 마부 장 서방이 우르르 검정 두루마기 쪽으로 내닫더니 "아니, 한 생원이 아니시우? 한 생원이 어쩐 일로 봉변을 당하셨수 그래……" 하고 숨넘어가는 목소리로 말하며, 코피가 터져 온통 얼굴이 피투성이가 되어 경칩도 되기 전에 나온 개구리처럼 땅바닥에 맥없이 쓰러져 있는 검정 두루마기를 안아 일으켰다.

검정 두루마기는 다름 아닌 미곡전 주인 한대두 영감의 팔촌뻘 되는 사람으로, 수원과 화성 근방의 미곡을 사들여 모으고 있는 중이었다. 대불이와 짝귀는 바로 이 한 생원이라는 미상이 사놓은 곡식들을 실어 나르고 있는 터였다. 마바리꾼 장 서방은 한 생원을 잘 알고 있었으나, 대불이나 짝귀는 아직 한 번도 대면을 한 적이 없는지라 미처 알아보지를 못했던 것이다.

대불이는 마바리꾼 장 서방의 입에서 한 생원이라는 말이 튀어나와서야, 아 바로 미상인 한 생원 그 사람이로구나 하고 어림하였다.

짝귀도 한 생원이 바로 그런 사람이라는 것을 눈치 채고 주막 안으로 들어가 함지에 물을 떠왔으며, 장 서방이 머릿수건에 물을 묻혀 한 생원의 얼굴을 닦았다.

대불이는 다시 나자빠져 있는 흰 두루마기의 등덜미를 잡아 올려 장 서방 가까이로 끌고 갔다.

"장 서방, 왜 이리 늦었는가!"

조금 전까지만 해도 초주검이 되어 나자빠져 있던 검정 두루마기 차림의 한 생원이라는 미상이 피범벅이 된 그의 얼굴을 닦아주고 있는 장 서방을 향해 내질렀다.

"서둘러 온다는 것이 그만…… 어디 많이 다친 데는 없는지요."

한 생원은 장 서방이 묻는 말에는 대답을 않고 팅팅 부은 눈으로 대불이의 손에 등덜미를 잡힌 흰 두루마기를 무섭게 올려다보았다.

대불이한테 등덜미를 잡힌 채 꼼짝도 못하고 있는 흰 두루마기는 권대길 아우인 권만길이네 미곡전의 미상이었다.

가을걷이 철이 되자 제물포의 각 미곡전에서는 저마다 사람들을 풀어 곡식들을 사들이는 데 혈안이 되어 있었다.

제물포 쇠뿔고개에 새 집을 지어 옮긴 권만길 미곡전도 선창거리 빡보네만은 못해도 권만길의 뒤에는 든든한 일본인 호리가 있어 조선인 미곡상들이 그를 홀대할 수가 없는 처지였다.

권만길이 역시 한대두 영감처럼 미곡을 사들이기 위해 그의 처가붙이가 되는 흰 두루마기 오 서방을 수원, 화성 근방으로 내려 보낸 것이었다.

한편 흰 두루마기 오 서방은 수리산 안통의 초평, 금곡, 원평, 구포, 양로와 남양, 석교, 송산 지방의 콩과 쌀을 사서 아산포에 모아, 배로 제물포까지 실어갈 요량이었다.

한대두의 사촌뻘 되는 한 생원과 권만길의 처가붙이가 되는 오 서방은 가는 곳마다 맞닥뜨렸으며, 걸핏하면 멱살을 붙잡고 으르렁거리던 터에, 그날 사톳재 주막에서 기어코 싸움이 벌어지고 만 것이었다.

이날, 검정 두루마기 한 생원은 수리산 아래 여러 마을에 사람을 보내 돈을 살 곡식들을 사톳재 주막으로 내오면 시세대로 맞전을 주겠다고 알렸는데, 바로 뒤따라 흰 두루마기의 오 서방이 나타나 주막으로 내오는 곡식들을 한 섬당 한 되 값을 더 얹어주겠다고 나섰으며,

그것이 빌미가 되어 둘이 맞붙고 말았다.

한 생원으로부터 여차여차한 자초지종을 다 듣고 난 대불이는 그의 손아귀에 등덜미를 잡힌 채 움쭉달싹 못하고 있는 흰 두루마기를 어찌해야 좋을지 몰랐다. 기실 따지고 보면 두 사람 중 어느 한 편이 잘못한 것도 없는 듯싶었다.

대불이 생각으로는 농사꾼들한테 한 섬당 한 되 값을 더 얹어주겠다고 한 흰 두루마기 쪽에 되레 마음이 가기도 하였다.

"이 작자를 어쩔깝쇼?"

얼굴을 말끔히 닦고 흙 묻은 두루마기를 벗겨 손으로 비벼 털어주며, 장 서방이 한 생원에게 물었다.

"다시는 생원님한테 대들지 못하게 혼쭐을 내줄깝쇼?"

한 생원이 아무 말 없자 장 서방이 다시 물었다.

"오가야 이놈아, 앞으루 어쩔 테냐?"

한 생원이 팅팅 부은 눈언저리를 문지르며 큰 소리로 내질렀다. 오 서방이 아무 대꾸도 없자 대불이가 등덜미를 흔들었다.

"앞으로 또 내 일에 훼방을 놓을 테냐?"

한 생원이 다시 소리쳤다. 그는 오 서방한테 주먹으로 얻어맞은 눈퉁이 때문에 눈을 뜨기가 거북스러운지, 자꾸만 상처 난 부위를 만지작거렸다.

"네 일에 방해한 일 없다 이놈아."

오 서방은 한 생원보다 키도 작고 생긴 것도 좀스러워 보였으나, 당찬 데가 있었다. 그는 워낙 힘이 센 대불이한테 등덜미를 잡힌지라

달싹 못하고 씩씩거리고만 있으면서도 불똥 튀기는 눈으로 한 생원을 쏘아보며 되레 큰소리를 쳐댔다.

"이런 즈거멈 헐 눔이 끝내……."

한 생원이 우르르 달려들더니 오 서방의 귀싸대기를 힘껏 후려쳤다. 오 서방은 꼼짝 않고 맞고만 있었다.

"이 눔아, 생각해봐라. 돈을 살 사람은 아무나 값을 더 쳐주는 미상한테 곡식을 낼 것이 아니냐."

오 서방은 주눅이 들지 않고 오히려 기세가 등등하여 큰 소리로 한 생원을 나무람 하였다.

"이놈 오가야, 왜놈 돈하고 우리 조선사람 돈하고 같냐? 드러운 왜놈 돈 몇 푼으로 농간질이야?"

한 생원이 계속 소리쳤다.

"네 놈 쥔 권만길이 뒷전에서 돈을 대주고 있는 사람이 왜놈이라는 것을 너도 알고 있으렷다. 그래 이 간도 쓸개도 없는 자슥아, 기껏 할 짓이 없어서 왜놈 앞잡이 노릇을 해? 네 놈 하는 짓이 모두 왜놈들 배불리는 수작이라는 것을 몰러? 조선팔도에, 식량이 모자라 굶어죽는 사람이 부지기수인데, 방방곡곡 싸돌아댕기믄서 쌀 긁어모아다가 왜놈들 아가리에 처넣는 게 할 짓이란 말여?"

조금 전까지만 해도 농사꾼들 보는 앞에서 오 서방한테 되알지게 얻어맞던 한 생원은 이제 그를 도와줄 사람도 있고, 더욱이 오 서방이 대불이의 손에 등덜미를 잡힌 채 달싹 못하고 있는 터라 기세가 등등해졌다.

"흥, 저런 바보 멍충이. 저런 식충이 쥐둥아리에 흰 쌀밥이 들어가는 것을 보면 굶어죽은 귀신들도 배가 아플 것이구만. 그래 쇠뿔고개 미곡전 곡식만 일본사람들 아가리로 들어가고 선창거리 빡보네 미곡전 쌀은 조선사람 입으로 들어간다더냐? 이눔아, 어채피 조선팔도의 쌀이란 쌀은 몽땅 바다 건너 일본사람들 뱃속으로 들어간다는 것을 몰라서 그래?"

오 서방의 말도 옳았다. 한 생원도 그것을 잘 알고 있는 터라 당장 대꾸할 말을 잃고 말았다.

"그래두 이놈아, 우리 한 영감님은 드러운 왜놈들 돈을 뒷구멍으로 받지는 않어 이놈아!"

"헝! 빡보 영감은 일본사람덜한테 쌀을 거저 준다더냐? 그렇다면 더더욱 고약하구먼!"

결국 입씨름에서는 한 생원이 오 서방을 당해내지를 못하였다. 말싸움에 진 한 생원은 여전히 대불이한테 등덜미를 잡힌 채 꼼짝 못하고 있는 오 서방의 귀싸대기만 거푸 세 번씩이나 후려치고 나서는 제풀에 씩씩거리며 마바리에 올라타고, 장 서방한테 서둘러 초평으로 가자고 재촉이었다.

사툿재 주막에서는 그 정도로 일이 끝났다. 그러나 그 일로 해서, 실로 엄청난 일이 터지게 될 줄은 아무도 생각 못했다.

그 일은 그날 해넘이 무렵 오리정 주막에서 벌어지고 말았다.

대불이들은 초평에 가서, 한 생원이 거두어놓은 콩과 쌀을 마바리에 가득 싣고 느지거니 점심을 먹고 제물포를 향해 떠났다. 새벽녘에 제물포에서 떠나올 때는 그날로 돌아올 계획이었으나 사톳재 주막에서 있었던 일로 시간이 지체된지라, 밤길을 가다가는 무슨 봉변을 당할지 걱정이 되어 오리정 주막에서 하룻밤 묵고 첫닭이 울면 고개를 넘기로 하였다.

수박 속처럼 붉게 타는 노을이 수리산 언저리에 몸살 하듯 엉켜있을 무렵에 그들은 오리정 주막에 당도하였다. 주모한테 묵고 갈 방 하나를 달라고 했으나, 주모가 한사코 여짓거리더니 빈 방이 없다고 하였다. 그들이 보기에 주막에는 모두 방이 넷이었는데, 주막 식구들이 방 하나를 쓰면 셋이나 남을 터인데도 빈방이 없다고 하자 이상한 생각이 들었다.

성질 급한 장 서방이 주모를 다그치듯 방을 달라고 소리쳤다. 그때, 주막 뒤켠 어둠이 깔리기 시작하는 대밭 속에서 건장한 장정 대여섯이 주막 앞으로 나오더니 대불이들을 에워쌌다.

그들을 둘러싼 여섯 사람의 건장한 사내들은 찍어 삼킬 듯한 눈으로 노려보았다. 주막의 술청과 마당에 어둠이 덮이고 있었다. 겁에 질린 주모는 주등을 밝혀 걸 생각도 않고, 술청 안으로 자취를 감추어버렸다. 그제야 대불이는 조금 전에 주모가 한사코 치맛자락을 밟힌 얼굴로 빈방이 없다고 미적거린 일이, 지금 그들 셋을 에워싸고 있는 무뢰배들 때문이었다는 것을 알 수가 있었다.

그렇다면 이들은 대불이들이 이때쯤에 오리정 주막에 당도하게 되리라는 것을 미리 알고 있었던 게 분명했다. 그렇다면, 도대체 이들의 정체가 무엇이란 말인가.

"댁들은 뉘시우? 뉘신데 초면에 찍자를 부리십니까요?"

대불이가 그들을 에워싼 사내들을 한 바퀴 쓸어보며 점잖게 물었다.

"우리들이 누군지 알고 싶으냐?"

한 놈이 대불이 앞으로 성큼 한 발짝 다가서서 턱 끝을 하늘로 쳐들며 윽박지르듯 말했다. 그는 대불이를 단숨에 후려칠 듯이 오른손을 버쩍 치켜 올렸다.

"네놈들은 수리산 도적떼들이냐?"

짝귀가 버럭 고함을 질렀다. 텁석부리 장 서방은 목을 자라처럼 꿍겨박고 두 어깨를 웅숭크린 채 대불이와 짝귀 사이에서 바들바들 떨고만 있었다.

"이놈 아가리에 개똥을 집어넣어야겠구만. 그래 우리가 도적으로 뵈이느냐?"

다른 한 놈이 짝귀 앞으로 바짝 다가서며 컬컬한 목소리로 퉁겨댔다.

"도적이 아니면 우리 앞에서 물러서라."

뱃심 좋은 짝귀가 그의 앞으로 다가선 사내를 향해 소리쳤다.

"허? 이눔이 하룻강아지 범 무서운 줄 모르는구나! 이눔아, 누구 앞에서 도깨비 장타령하듯 해!"

그러면서, 짝귀 앞에 바짝 다가서 있던 목소리 컬컬한 사내가 주먹을 휘두르려고 하였다.

"노형 참으시우! 우리 이러지 말고 말로 합시다요."

대불이가 재빨리 컬컬한 목소리의 사내 팔을 잡았다.

대불이 생각에 세 사람의 완력으로는 그들을 당해낼 수가 없을 것 같았다. 대불이 자신과 짝귀가 두 사람씩을 해치울 수 있다고 해도 나머지 두 사람을 막아줄 사람이 없었다. 마바리나 모는 텁석부리 장 서방한테 두 사람을 맡으라고 할 수는 없는 일이었다. 그래서 그는 완력을 피하고 싶었다. 우선 이들이 무엇 때문에 그들 앞에 나타나 시비를 거는 것인지를 알고 싶었다.

"말로 하자니, 네 눔이 변사냐?"

그들을 에워싼 사내들 가운데서 누구인가 비아냥거렸다.

"좌우당간에, 뭣 땜시 우리 앞을 막아서시는 게요? 우리는 이 주막에서 하룻밤을 묵고 새벽에 떠나야 할 사람들이오."

대불이가 사내들을 둘러보며 큰 소리로 말했다.

"네 세 눔들이 가야 할 곳은 정해졌느니라."

"네 세 눔들이 가야 할 곳은 황천이여, 이놈들아!"

"뭣허고 있어 당장 해치우지 않고!"

사내들 중 여기저기서 돌팔매질하는 듯한 목소리가 튕겨 나왔다. 순간 대불이는 말로는 이들을 물리칠 수가 없다는 것을 알았다.

이쯤 되고 보면 죽으나 사나 맞닥뜨리는 길밖에는 없었다. 주막 앞에 세워둔 곡식을 가득 실은 마바리 때문에 도망칠 수도 없는 일이었다.

대불이는 어둠속으로 얼핏 짝귀를 보았다. 맞닥뜨리자는 눈빛과 함께 고개를 까닥해 보이자, 눈치 빠른 짝귀도 고개를 가볍게 끄덕였다.

순간 대불이와 짝귀는 간일발의 여유도 없이 각기 그들 앞에 바짝 나와 서 있는 사내들의 눈퉁이를 힘껏 후려쳤다. 두 사람의 입에서 거의 동시에 바람 빠지는 소리가 났다. 대불이와 짝귀는 마치 약속이나 한 듯이, 눈퉁이를 맞고 허리를 구부리는 사내의 등덜미를 잡아 나뭇단 팽개치듯 하였다.

두 사람이 마당 가운데 흙바탕 위에 나뒹그러졌다.

그제야 그들을 에워싸고 있던 남은 네 사람이 순식간에 허를 찔렸다 싶어 한 발짝씩 뒤로 물러섰다가는 다시 우르르 달려들었다.

겁 많은 텁석부리 장 서방은 이미 자취를 감춰버리고 말았다. 남은 네 사내들은 둘씩 짝을 지어 대불이와 짝귀에게 한꺼번에 달려들었다.

어두운 허공에 주먹이 날고, 퍽 퍽 발길질하는 소리가 둔탁하게 들렸다.

대불이는 한꺼번에 두 사내를 당해내느라 정신이 없었다. 한 놈의 주먹을 막아내면 순식간에 또 한 놈의 발길이 날아왔다. 대불이와 짝귀는 응신청 안에서도 힘깨나 쓰는 편이었으나, 그들을 막아선 사내들도 보통내기는 아닌 듯싶었다.

대불이는 거의 동시에 주먹을 휘두르고 발길질을 하며 그에게 달라붙은 두 사내들을 한쪽으로 몰고 갔다. 한꺼번에 둘을 동시에 처치할 수는 없는지라 우선 발길질을 잘하는 키가 큰 놈부터 숨을 죽여야겠다고 생각했다. 그는 눈퉁이나 허구리 한 대쯤 얻어맞을 것을 각오하고 발길질 잘하는 놈 쪽으로 바짝 다가섰다. 대불이가 노렸던 대로 놈의 발길이 어둠을 가르고 휙 날아왔다. 순간 대불이는 상반신을 재빨리 옆으로 피하며 손으로 놈의 발목을 잡았다. 그가 놈의 발목을 잡는 순간, 다른 한 놈의 주먹이 눈퉁이를 때렸다. 눈에서 번개가 치면서 숨이 뚝 끊어지는 것 같았으나, 대불이는 정신을 놓지 않고 발목을 잡은 팔에 혼신의 힘을 모아 뒤로 휙 잡아챘다.

발길질하던 놈이 쿵 넘어졌다. 대불이는 그제야 발목을 놓고 땅바닥에 벌렁 넘어진 놈의 허구리를 힘껏 걷어찼다. 놈은 어이쿠 비명을 지르며 두더지의 발톱에 찢긴 지렁이처럼 심하게 꿈틀거렸다.

대불이는 다시 다른 한 놈을 처치하려고 재빨리 몸을 돌렸다. 그때 실팍한 작대기가 그의 왼쪽 옆구리에 칼날처럼 예리하게 찔러왔다. 순간 대불이는 헉 하는 외마디 소리와 함께 땅바닥에 주저앉고 말았다. 뒤이어 순식간에 도리깨질해대듯 작대기가 그의 어깨와 목덜미, 등짝에 소나기처럼 쏟아졌다. 대불이는 비그르르 넘어지고 말았다. 그는 깜빡 정신을 놓고 말았다.

대불이가 정신을 수습한 것은 한참 뒤였다. 눈을 떠보니 텁석부리 장 서방의 얼굴이 보였다. 주모가 등불을 켜들고 서 있는 모습도 보였다. 그의 옆에는 짝귀가 얼굴이 피투성이가 되어 두 팔로 땅을 짚으며 일어서려고 하였다.

"대불이 괜찮은가?"

짝귀가 일어서려다 말고 바그르르 다시 넘어지더니, 네 발로 기어 대불이 가까이로 와서 탈진한 목소리로 물었다.

"난 괜찮소. 성님은 어떠시우?"

대불이는 있는 힘을 다해 말했다. 옆구리가 결려 말조차 제대로 할 수가 없었다.

잠시 후에 대불이와 짝귀는 마바리꾼 장 서방의 부축을 받으며 술청의 평상에 올라앉을 수 있었다.

대불이는 왼쪽 허구리가 뻑뻑하고 숨을 쉴 때마다 저려왔다.

"도대체 그 놈들이 뭣허는 놈들인지 아시오?"

짝귀는 보기 흉하게 부어오른 눈퉁이를 만지작거리며 분을 참지 못해, 주막 주인을 향해 쏘아붙이듯 물었다. 주막 바깥주인과 주모는 대불이와 짝귀가 그리된 것이 마치 자기들 잘못이라도 되는 것처럼 허리를 못 펴고 덤벙거리며 안절부절못하였다.

"아침나절에 무슨 일이 없었수?"

주모가 짝귀의 피 묻은 얼굴을 닦기 위해 수건에 물을 적셔가지고 와선 말했다.

"아침나절에 당한 그놈이……?"

그제야 대불이는 홀 맺힌 생각의 실마리가 풀리는 듯싶었다. 그러니까 그들을 기다리고 있다가 행패를 부린 건, 바로 다름 아닌 권만길네 미곡상 오 서방의 짓이라는 것을 알 수가 있었다.

"오사럴 놈."

대불이는 이를 갈아붙였다.

"그래, 주모는 그놈들이 어디 사는 것들인지 모르오?"

"그것까지는 알 수가 없습죠."

주모는 알고 있으면서도 숨기고 있는 것 같았다. 하기야 그들이 어디에 사는 놈들인가는 문제가 되지 않았다. 오 서방만 찾아낸다면 수월하게 그들도 만날 수가 있을 것이 분명했다.

대불이가 가까스로 평상에 걸터앉아 등불을 가까이 대고 짝귀의 피 묻은 얼굴을 물에 적신 수건으로 닦아내고 있는데, 마바리꾼 장 서방이 잠시 밖에 나갔다 들어오면서 후둑후둑 모두뜀을 하며 소리를 질러댔다.

"마바리가 없어졌어. 마바리가 없어졌다니께!"

장 서방은 숨넘어가는 목소리로 말하며, 주막 앞을 반달음으로 서성댔다. 대불이는 필시 조금 전 행패를 부렸던 놈들이 마바리까지 끌고 가버렸을 것이라고 어림하였다.

"장 서방은 어디 있었기에, 마바리 없어진 것도 몰랐단 말이우?"

짝귀가 얼굴 위의 물수건을 팽개치듯 하며 언성을 높였다.

"뒷간에 숨어 있었는듸……."

장 서방은 우는 목소리로 말했다.

"뒷간에 숨어 있었기로서니 마바리 끌고 가는 소리도 못 들었단 말이우?"

짝귀는 쩔뚝거리며 마당으로 내려서더니 어둠이 덮인 주막 앞을 두렷두렷 살펴보았다.

"낭패로구만."

대불이는 마바리가 없어졌다는 말에 허구리의 통증도 잠시 잊었다.

곡식을 가득 실은 마바리를 잃어버렸다면 실로 이만저만한 낭패가 아니었다. 한대두 영감이 용서해줄 리가 만무했다. 그들은 필시 일자리를 잃게 될 것이며 그동안 일한 품삯도 받지 못하게 될 것이었다.

"이 일을 어쩌면 좋은가."

주막 앞을 둘러보고 온 짝귀가 절뚝거리고 평상 쪽으로 걸어오며 걱정을 했다.

"찾아야지요."

대불이는 손으로 옆구리를 짚고 일어섰다. 창자가 땅기면서 숨이 막혔다.

"찾다니, 어뜨케 찾는단 말이여?"

짝귀는 맥없이 평상에 주저앉아버렸다.

"성님, 시방 이러고 있을 때가 아니우. 자 서두릅시다."

대불이는 여전히 왼손으로 옆구리를 짚으며 마당으로 내려섰다.

걸음도 제대로 걷지 못하는 대불이가 당장 마바리를 찾으러 가자는 말에 짝귀와 장 서방은 물론 주막집 내외까지도 놀랐다.

제정신이 아닌 바에야, 이 밤중에 성한 몸도 아닌데 어떻게 마바리를 찾아오겠다는 것인지 놀라지 않을 수 없었다.

"어이 대불이, 오늘밤은 몸조리를 허고 날이 밝거든 마바리를 찾든지 말든지 허세! 이 밤중에 성한 몸도 아닌데 어디로 마바리를 찾으러 가겠다는 겐가."

짝귀가 절뚝거리며 대불이에게로 가까이 가서 팔을 붙잡았다.

"그렇게 하시우 손님. 그 몸으로는 아무데두 못 가십니다. 그 왈패들이 이 근방에 있지두 않을 텐데……."

주모까지도 마당으로 뛰어나오며 말렸다.

"그렇다면, 짝귀 성님은 여기 계십쇼. 내가 장 서방허구 댕겨올테니깐."

대불이가 짝귀의 손을 뿌리치다시피 하며 말했다.

"이 밤중에…… 나도 안 갈라요."

"장 서방도 안 가겠다면 나 혼자서 갈 테니, 여기서 기다리슈."

대불이는 실팍한 작대기를 하나 찾아 들고 어둠속을 휘저으며 주막에서 나갔다. 대불이 혼자서 어둠속으로 사라지는 것을 보고, 주막집 내외가 빨리 붙들지 않고 뭐하는 거냐고 짝귀와 장 서방을 향해 말했으나, 짝귀는 그대로 말뚝처럼 달싹 않고 서 있기만 하였다. 그는 대불이가 말린다고 해서 들을 사람이 아니라는 것을 잘 알고 있는 터라 더 이상 붙잡지 않았다.

"할 수 없소. 장 서방, 우리도 함께 갑시다."

짝귀가 장 서방의 등을 가볍게 툭 쳤다. 아무래도 대불이 혼자 떠나게 내버려둘 수가 없었던 거였다.

"이 밤중에……."

겁 많은 장 서방은 마바리고 뭐고 다 귀찮다는 말투였다.

"하는 수 없소. 자, 뒤따라갑시다. 참, 혹시 그 왈패들이 오늘 밤 묵을 만한 곳이 어디쯤인지 아시우? 짐작이 가는 데가 있으면 좀 알려주시오."

짝귀가 주막의 바깥주인을 향해 물었다. 마바리를 찾기 위해 무턱대고 어디까지나 갈 수는 없는 노릇이었다.

"글쎄올시다. 여기서 떠난 지가 얼마 되지 않았으니까, 멀리는 가지 못했을 거외다. 미상 오 생원이 초평에 머무르고 있다니, 아매도……."

주막 바깥주인이 말한 대로 짝귀의 생각에도 그들이 초평의 어느 주막에 머무르고 있을 듯싶었다. 아마 지금쯤 기분이 좋은 김에 술을 퍼마시고 곯아떨어져 있을지도 모를 일이었다.

"자, 서둘러 갑시다."

짝귀도 작대기를 찾아 집으며 주막을 나섰다. 짝귀와 장 서방은 걸음을 빨리하여 이내 대불이를 따라잡았다. 대불이는 짝귀와 장 서방이 그를 뒤따라올 줄을 미리 알고 있었다는 듯이 말없이 그냥 어둠속을 휘적휘적 걸었다.

"대불이, 도대체 어디까지 가겠다는 겐가?"

짝귀가 절뚝거리며 대불이의 옆으로 바짝 다가서며 물었다.

"그 놈덜은 필시 초평에서 술을 퍼마시고 있을 겝니다요."

짝귀는 대불이의 말에 혼자 빙긋이 웃음을 떠올리며 "자네가 그것을 어찌 아는가?" 하고 뚜벅 물었다.

짝귀의 묻는 말에 대불이는 어둠속에서 빙긋이 웃었다. 그는 짝귀와 장 서방이 그를 뒤따라와 준 것이 고마왔던 것이다.

"그것두 몰라갖고 어찌 마바리를 찾아오겠다고 나서겠수 원!"

"그래 우리가 따라가지 않어도 자네 혼자 마바리를 찾아올 자신이 있는감?"

짝귀가 다시 물었다.

"택도 없어요. 더구나 나는 말을 몰 줄 모르거든요."

"허허 이 사람, 그러구선 어찌 자네 혼자 나서?"

"뒤따라오실 줄 알었지요."

"장 서방 안 되겠수다. 우리는 다시 되돌아갑시다. 이러구 보니께

저 사람이 우리 맘속을 손금 들여다보듯 했구만 그려!"

짝귀의 말에 대불이도 장 서방도 함께 웃었다. 웃다가 대불이는 다시 옆구리가 뻐근해왔기 때문에 잠시 걸음을 멈추고 천천히 숨을 조절했다.

낮에는 햇빛 때문에 추운 줄을 몰랐었는데 밤이 되자 으으스 한기가 몸을 죄어왔다. 무당이 쾌자자락 나풀대며 휘두르는 언월도(偃月刀) 같은 초승달이 서쪽 하늘에 비껴 떠 있을 뿐, 밤은 찬 기운과 함께 으스스하게 어두웠다.

그들은 황토길 언덕바지를 내려와 미루나무들이 듬성듬성 줄지어 선 방천길을 따라 내려갔다. 눈앞을 분간할 수 없는 어둠속이라 길을 잘못 들까 걱정이었으나, 장 서방이 초평 가는 길이라면 눈 감고도 찾아갈 수가 있다고 하면서 앞장을 서주었기에 비로소 마음을 놓았다. 오소리처럼 겁이 많아 한사코 뒷전에만 붙던 장 서방은 대불이와 짝귀가 차츰 기력을 회복하는 듯해 서슴없이 앞을 섰다.

그들은 초평을 서너 마장쯤 앞둔 갈림길의 조그만 마을 앞 주막에 들러 잠시 숨을 돌렸다. 주막이라기보다는 길손이 잠시 담뱃불을 붙이고 쉬어가는 길목에 지나지 않는 산막 같은 집이었다.

그들은 삐걱거리는 마루에 걸터앉아 더운밥에 탁배기를 한 사발씩 마셨다. 빈속에 음식과 술이 들어가자 다시 기운이 되살아나는지, 오리정 주막에서는 한사코 미적거렸던 짝귀가 빨리 가자고 성화였다.

"서둘러 갈 필요가 없습니다요. 마음 툭 놓고 싸묵싸묵 갑시다."

대불이는 담배에 불을 붙여 물며 느긋해 있었다.

그는 이제 작대기에 맞고 발길에 챈 왼쪽 허구리의 통증도 참을만 한지 숨을 죽이거나 얼굴을 찡등그리지도 않고 큰소리를 치기까지 하였다.

"주모, 미상 오 서방이 어디에 묵고 있는지 아시우?"

대불이는 담배 연기를 날리며 늙은 주모에게 물었다.

"제물포에서 오신 오 생원 말이우?"

주모가 반문을 했다.

"그렇수다. 그 양반이 이 근동에 묵고 있다는듸……."

"초평에 있답디다요."

"초평이라…… 누가 그럽디까?"

"손님들이 우리 주막에 당도하기 전에, 곡식을 가득 실은 마바리 꾼들한테서 얼핏 들은 것 같소만……."

"마바리라니, 어디서 오는 길이랍디까?"

대불이가 벌떡 일어나며 큰 소리로 묻는 바람에 늙은 주모가 놀라는 눈빛으로 한 발짝 물러섰다.

"몇 사람이나 됩디까?"

"다섯이던가…… 여섯이던가……."

늙은 주모는 그들을 경계하는 눈빛으로 말끝을 얼버무렸다.

주모의 이야기를 들은 대불이는 더 이상 자세한 것은 묻지도 않고, 짝귀가 서두르는 대로 주막을 나섰다.

주막을 나와 마을 앞을 지나면서 대불이는 아무 말도 없었다. 그는 말을 하지 않는 대신 걸으면서 허리를 뒤틀어보기도 하고 작대기를 허공에 휘젓기도 하였다. 그가 작대기를 휘두를 때마다 어두운 허공이 찢어지는 소리를 냈다.

"몸은 괜찮겠는가?"

짝귀도 절뚝거리던 발걸음이 거의 정상으로 되돌아온 듯, 아이들처럼 모두뜀을 뛰면서 대불이한테 물었다.

"한바탕 싸움을 허지 않구선 몸이 풀릴 것 같지가 않구먼요. 성님은 어떠슈?"

"나도 괜찮으이. 헌디, 우리 둘이서 여섯 놈을 어뜨케 해치울 건가? 초평 주막에는 여섯 놈이 더 될지두 모르지 않는가!"

짝귀가 걱정이 되는 듯 물었다.

"나도 있는데 왜 두 사람이우?"

잠자코 있던 장 서방이 뚜벅 입을 열자, 짝귀와 대불이는 함께 피시시 웃었다.

"오리정 주막에서 겁을 먹고 뒷간으로 숨었지만 인제는 나도 한몫 헐 거요. 이래봬도 박치기 하나는 자신이 있수다."

마바리꾼 장 서방이 자신 있게 팔을 휘두르며 말했다.

"좋쉬다. 장 서방도 수염 값을 해야지요."

짝귀가 어둠속으로 장 서방을 돌아보았다.

"장 서방, 어디서 힘이 생겨났수?"

대불이가 작대기로 어둠을 씻으며 물었다.

"아깐 미안했수. 나만 뒷간으로 숨지 않았어두 이렇게 되지는 않았을 거인듸…… 면목없수다."

그의 말대로 장 서방만 도와주었던들 그들이 이런 곤욕을 당하지 않았을지도 몰랐다. 장 서방이 뒤에서 작대기로 대불이의 허구리를 찌르는 것만 막아주었던들, 대불이와 짝귀 두 사람이 여섯 놈쯤 해치울 수가 있었을 것이었다. 결국 대불이가 예기치 않았던 작대기에 찔리는 바람에 그만 힘을 못 쓰고 나동그라지고 말았으며, 대불이를 넘어뜨린 그가 계속해서 짝귀를 상대하던 다른 한 놈과 합세하여 짝귀까지 묵사발을 만들어놓지 않았던가.

"두 사람 힘이 그렇게 센 것도 모르고…… 그만 겁을 먹고……"

장 서방은 부끄러운 듯 말끝을 흐리고 입을 다물어버렸다.

"그나저나 미리 계책을 세워보세나. 장 서방이 거들어준다고 해도 이쪽은 세 사람이고…… 더구나 자네와 나는 몸도 성하지 않으니……."

짝귀는 걱정이 되어 똑같은 말을 되풀이했다. 그는 눈퉁이가 부어오른 것은 대수롭지가 않았으나 발길에 챈 어깻죽지와 작대기에 맞은 오른쪽 다리의 대퇴골에 이상이 생겼는지, 팔을 휘두르거나 발을 높이 쳐들 수가 없었다. 그런 몸으로 여섯 사람을 상대하기란 아무래도 무리일 것 같은 생각이 들었다.

"걱정 마시라니깐요. 내게 생각이 있으니, 나 허는 대로만 허면 됩니다요."

그러면서 대불이는 자세한 말은 하지 않았다.

나무 한 그루 없이 바위들만 웅긋중긋 어둠속에 솟아 있는 산모퉁이를 안고 돌자 불빛이 보였다. 초평에 당도한 것이다. 그들은 숨을 죽이고, 길을 따라 내려갔다.

마을 어귀에 주막이 있었다. 밤이 깊었는지, 봉놋방에는 불이 꺼져 있고, 안방에서 불빛 한 줄기가 가느다랗게 출렁이며 새어나왔다.

객이 끊긴 한밤의 주막은 조용했다. 초평 주막 앞에 당도한 세 사람은 잠시 숨을 죽이고 서서 주막 안을 살펴보았다.

"다들 잠이 들었구만."

짝귀가 기침을 참느라고 목구멍으로 침을 넘기며 낮은 목소리로 입을 열었다.

"장 서방은 마바리버틈 찾아서 주막에서 나가씨요."

대불이가 장 서방의 등을 떠밀다시피 하여 주막 안으로 밀어 넣으며 말했다.

"마바리가 어디에 있는지 살펴봐야겠구만."

짝귀가 어둠이 두껍게 깔린 주막 안을 두렷두렷 쑤석여보며 말하자, "내가 살펴보고 오지요" 하며 장 서방이 허리를 구부리고 엉금엉금 주막 안으로 기어들어갔다. 두 사람은 장 서방이 나올 때까지 기다리기로 하고 주막 입구 장작더미 옆에 붙어서 있었다.

마을에서 컹컹 개 짖는 소리가 싸늘하게 움츠린 밤공기를 흔들었다. 다행히 주막에는 개가 없었다.

"먼첨 마바리 곡식버틈 빼낸 다음에 한 놈씩 불러내서 해치웁시다."

대불이의 말에 짝귀는 무슨 재주로 한 놈씩 밖으로 불러내겠느냐고 물으려다가, 괜히 타박만 맞을까봐 잠자코 있었다.

주막 안 어둠속 어디선가 말방울이 딸랑딸랑 두어 번 울었다. 이윽고 장 서방이 말갈기를 쓰다듬으며 말을 끌고 마당으로 나오고 있는 모습이 희끄무레하게 보였다.

대불이와 짝귀가 조심스럽게 장 서방 쪽으로 다가갔을 때, 장 서방은 봉놋방의 방문 앞 처마 밑에 바짝 붙여놓은 마바리에 침착하게 말을 매고 있었다. 이따금 딸랑딸랑 말방울이 울릴 때마다, 그의 눈은 봉놋방 쪽으로 쏠리곤 하였다.

장 서방은 곡식이 그대로 실려 있는 마바리에 말을 맨 다음 천천히 주막 밖으로 끌고 나갔다. 그는 주막을 나서자 후유 안도의 한숨을 내쉬었다.

"장 서방은 이 길로 곧장 가씨요."

대불이가 말했다.

"나 혼자 가다니요?"

마바리를 찾은 장 서방이 힘이 솟는지 말채를 어둠속에 휘두르며 말했다.

"곧 뒤따라가겠으니, 먼첨 가시라니께요."

대불이가 닦달하듯 말해서야 장 서방은 알겠다는 듯 고개를 끄덕이더니 천천히 마바리를 끌고 오던 길로 되돌아가기 시작했다. 마바리가 어둠속으로 사라진 뒤에야 대불이는 짝귀에게 주막 밖에 그대로 기다리게 하고는 혼자서 불이 켜져 있는 주막의 안방 쪽으로 걸어갔다.

"주모, 주모 있소?"

대불이는 작대기를 뒷짐 진 손에 감추어 집고 상반신을 비스듬히 뒤로 젖히고 서서 주모를 불렀다. 잠이 들었는지 대답이 없자, 조금 목소리를 높여 다시 불렀다. 그제야 벌컥 방문이 열리면서 주모가 말기끈을 거머쥔 채 허둥지둥 잠에 취한 몰골로 나왔다.

"주모, 말 좀 물읍시다."

대불이는 주모가 가까이 오기를 기다렸다가 목소리를 낮추어 물었다.

"뉘시우?"

"저…… 이 집에 혹시 제물포에서 오신 미상 오생원이 묵고 계시는지요."

대불이가 점잖은 목소리로 묻자, 주모는 손등으로 눈을 쓱쓱 문지르며 잠을 쫓더니 "오 생원은 안마을 박 생원댁에서 주무시고 우리 주막에는 오 생원과 같이 댕기는 다른 분들만 있습죠만" 하면서 턱끝으로 봉놋방을 가리켰다.

대불이는 주모가 열어놓은 안방 문틈으로 흘러나오는 희끄무레한 불빛으로, 봉놋방의 토마루에 어질더분하게 널려 있는 짚신들을 얼추 헤아리며 훑어보았다. 대여섯 사람쯤이 그 방에 들어 있는 듯싶었다.

"저, 주모. 난 바로 초평 박 생원 집에 묵고 있는 오 생원님의 심부름을 온 사람이오. 오 생원께서 급한 일이 생겼으니 주막에 묵고 있는 미상 서너 사람을 초평으로 냉큼 건너오시라는……."

대불이는 거짓말을 뇌까리며 얼핏 주모의 표정을 살폈다.

"손님께서는 첨에 오 생원을 찾으시더니만……."

"아니 그런 게 아니라, 오 생원의 심부름을 왔대두요. 그러니 서너 사람을 좀 깨워서 초평 박 생원댁으로 건너가보라고 허세요. 난 또 오 생원님 심부름으로 부곡까지 가야 하니까요."

대불이는 애써 다급한 목소리로 서울말을 지껄여댔다. 그는 손짓으로 봉놋방의 손님들을 빨리 깨우라는 시늉을 해 보이며, 다급하게 주막을 나왔다. 장작더미 옆에 몸을 숨기고 주모의 행동을 살폈다. 주모는 봉놋방 토마루에 올라서며 억지기침을 토하더니 큰 소리로 잠든 손님들을 깨웠다. 한참 뒤에야 봉놋방의 문이 열렸고 주모가 뭔가 이야기했다. 귀를 기울여보니 대불이가 말해준 그대로 전해주었다. 주모의 이야기를 들은 사내가 큰 소리로 잠든 나머지 사람들을 깨우는 듯싶었다. 이내 봉놋방에 불이 켜졌고, 사내 세 사람이 하품을 깨물어 삼키며 토마루로 내려서서 짚신을 꿰었다.

"성님, 놈덜이 나옵니다요. 저 눔들이 주막을 나올 때를 기다렸다가 작대기로 허리를 걸칩시다요. 세 놈이 나오고 있으니 한 놈도 놓치지 않도록 해야 헙니다요."

대불이는 짝귀에게 낮은 목소리로 속삭이듯 말하고 주막 앞 짚더미 옆에 몸을 붙여 섰다.

사내들은 미처 잠이 덜 깬 탓으로 반쯤 눈을 감은 채 연신 하품을 깨물며 주막을 나오고 있었다. 게다가 그들은 아직 술기운에 젖어 있는지라 걸음새마저 비틀거렸다.

잘 다녀오라는 주모의 말과 함께 방문 닫히는 소리가 들려왔으며, 이내 사내들 셋이 잠과 술에서 깨어나지 못한 채 혼몽한 정신으로 허우적거리듯 짚더미 가까이로 왔다.

그들이 코앞에까지 오기를 기다렸다가, 대불이와 짝귀는 힘껏 작대기를 내리쳤으며, 작대기에 맞은 두 사람이 외마디 비명조차 없이 폭삭 무릎을 꿇고 허물어졌다. 다른 한 사내가 느닷없는 벼락에 정신을 차리고 도망을 치려했으나 대불이와 짝귀 두 사람의 작대기가 한꺼번에 도리깨질을 해댔다.

대불이와 짝귀는 쓰러진 세 사내를 두서너 번씩 힘껏 걷어찬 다음, 작대기를 든 채 아직 불이 켜져 있는 봉놋방으로 쳐들어갔다. 방문을 벌컥 열고 뛰어 들어간 대불이와 짝귀는 잠들어 있는 세 사내들을 향해 콩 타작을 하듯 작대기를 내려치고 직신직신 밟아준 후, 도망치듯 나왔다. 그들이 봉놋방에서 나올 때, 봉놋방에서 지붕 무너지는 듯한 소리가 나는 것에 놀라 뛰어나온 주막집 내외와 눈이 마주쳤다.

대불이와 짝귀는 뒤도 돌아보지 않고 장 서방이 마바리를 끌고 먼저 간 길을 따라 힘껏 뛰었다. 얼마나 뛰었는지 온몸이 휘주근하게 땀에 젖었다. 얻어맞은 다리가 뻑적지근해 더 이상 뛸 수 없게 되어서야 그들은 길바닥에 펙신하게 주저앉고 말았다.

멀리 어둠속에서 말방울 소리가 딸랑딸랑 들렸다. 대불이는 어둠속에서 들려오는 말방울 소리를 듣자, 소금에 절여놓은 것같이 흐물흐물 풀려버린 근육이 조금씩 되살아나는 듯한 기분이었다.

"장 서바앙—."

그는 흙밭에 펙신하게 주저앉은 채 손나발을 만들어 소리쳤다.

"장 서바앙— 같이 갑시다아—."

대불이가 거듭 소리를 쳤으나 말방울 소리는 멎지 않고 딸랑딸랑 어둠을 깨우듯 경쾌하게 들려왔다.

"안 들리는 모양이니 싸게 가세."

짝귀가 작대기에 상반신을 의지하여 힘겹게 일어서며 말했다.

"한 발짝도 걸을 수가 없구만요."

대불이는 그냥 땅바닥에 벌렁 누워버릴 듯이 두 팔을 뒤로 하여 땅을 짚고 하늘을 쳐다보았다.

"냉큼 일어스소. 죽으나 사나 사톳재 주막까지는 가야 헐 것 같네. 여기 있다가는 안 되겠네."

짝귀는 왼손으로 작대기를 짚고 오른손으로 대불이의 팔을 잡아 올렸다.

대불이는 마지못해 끙끙 힘을 쓰며 일어서더니 다시 한 번 마바리꾼 장 서방을 목청껏 불렀다. 그의 목소리는 어둠을 가르며 멀리까지 울렸다. 잠시 후 말방울 소리가 멎었다.

"자, 냉큼 가자니께!"

짝귀가 다그치자 대불이는 죽어가는 얼굴로 발걸음을 옮겼다. 둘이는 터덜터덜 어둠을 더듬으며 걸었다.

말을 세우고 그들이 오기를 기다리고 있던 장 서방이 어둠속에서 자태를 드러내는 대불이와 짝귀를 발견하더니 한달음에 달려왔다.

"아무 일 없었소?"

장 서방이 팔을 크게 벌려 두 사람을 한꺼번에 붙안으며 물었다.

"아무 일 없었소. 자, 서둘러 갑시다."

짝귀가 장 서방을 떼밀다시피 하며 재촉하였다.

대불이는 말을 세워둔 곳까지 와서는 옆구리가 땅겨서 더 이상 걸을 수 없다면서 다시 땅바닥에 허물어지듯 주저앉고 말았다.

"담배 한 대 참만 쉬었다 갑시다. 밤이 워낙 늦었으니 시방은 우리를 뒤쫓아 오지는 못헐 거요."

대불이의 말대로 그들은 잠깐 쉬어가기로 하였다. 그들은 땅바닥에 앉아서 담배를 피워 물었다. 죽을 만큼 얻어맞은 몸으로 빼앗긴 곡식을 다시 찾아오긴 했지만 마음이 개운치가 않았다. 앞으로 또 무슨 일이 터질 것만 같은 불안한 예감에 마음이 납덩이처럼 무거워졌다.

"일이 커질 것 같은듸……."

짝귀도 은근히 걱정이 되었다. 문제를 일으킨 것은 권만길네 미상들이었지만 싸움은 그날 있었던 일로 끝날 것 같지가 않았다.

"다음부터는 이쪽으로 안 와야겠구만."

장 서방도 앞으로 벌어질 일들을 예견하기라도 하듯 그렇게 말했다.

"한 영감이 내일이래도 또 이쪽으로 가라고 한다치면 죽으나 사나 올 수밖에요."

대불이가 말했다.

"누가 여기를 다시 올지 모르지만 요담엔 필시 큰 싸움이 벌어지게 생겼으니……."

장 서방은 가래침을 울거내 어둠속에 뱉어내고는 천천히 일어섰다.

"자, 서둘러 갑시다. 사톳재 주막에서 눈을 좀 붙여야 살겄소."

장 서방이 말채를 허공에 딱 소리가 나게 후려치며 말하자, 대불이와 짝귀도 일어섰다.

한밤중이 지나서야 사툇재 주막에 당도한 그들은 짚신을 벗기가 무섭게 봉놋방에 들어가 쓰러져 잠이 들었다.

봉창이 밝아오기 전에 먼저 일어난 짝귀가 대불이와 장 서방을 깨웠다.

그들은 서둘러 사툇재 주막을 떠났다. 새벽같이 출발을 했는데도 정오가 거의 다 되어서야 제물포에 당도하였다.

늦은 그들을 보자 한 영감이 벼락치듯 탓하였다.

"이런 굼벵이 같은 놈들 봤나, 어저께 새벽에 떠난 놈들이 이제야 끄덕끄덕 돌아오다니! 이놈들 일하는 꼬락서니가 꼭 게으른 여편네 밭고랑 세듯 허는구만. 네 놈들은 내 밑에서 밥 빌어먹기는 틀렸으니께 당장 그만두어!"

한 영감은 그들이 변명을 할 여유도 주지 않고 도리깨질하듯 몰아붙였다.

그렇지 않아도 그들은 온몸이 장작개비처럼 빳빳하게 힘이 빠져 있었던 터에 한 영감한테서 호된 타박까지 듣고 나자 뿌질뿌질 오장이 뒤틀렸다.

"영감님, 권만길이 미상들 때문에……."

대불이의 입에서 권만길이라는 이름이 나오자 한 영감이 고개를 버쩍 쳐들었다.

"권만길이가 으쨌다는 게야?"

"네, 영감님……."

대불이는 오리정 주막에서 있었던 일을 자세하게 설명을 해주었다. 한 영감은 대불이의 이야기를 다 듣고 나서야 고개를 커다랗게 두 어 번 끄덕이더니 "권만길이 그놈이…… 암턴 그놈들을 작살을 냈다니 션하구만. 고생했어" 하고는 치하까지 해주었다. 한 영감은 세 사람에게 쌀 한 말씩의 값을 주면서 등까지 두들겨주었다.

"몸이 성하지 않다고 허니, 이 돈으로 고깃근이나 떠다 먹고 한 이틀 푹들 쉬게!"

한 영감은 그들이 초평까지 찾아가서 권만길의 미상들을 초주검이 되도록 직신직신 짓밟고 왔다는 말에 고소하게 기분이 풀린 것이었다.

"저…… 영감님…… 앞으로 권만길이 미상들이 사사건건이 훼방을 칠 것인듸, 대책을 세워야 헐 것 같구만요."

이 원의 돈을 받아든 대불이가 말했다.

"암. 나도 그 생각을 했어. 앞으로 호위꾼들을 늘려야겄구만."

"호위꾼들이라니요?"

대불이가 물었다.

"자네 같은 사람 말이여. 힘꼴깨나 쓰는 놈들이 있으면 모아보게."

"싸움을 헐라굽쇼?"

짝귀가 걱정스러운 얼굴을 하고 물었다.

"이에는 이, 눈에는 눈이라는 말 모르는가?"

한 영감은 짝귀를 나무람 하듯 퉁명스럽게 내쏘았다.

"싸움을 해서 어쩌게요."

짝귀가 다시 입을 열었다.

“손해를 안 봐야재. 힘이 딸리면 손해를 보는 세상이여. 손해 보면 손해 보는 놈만 억울한 거여. 그러니, 자네들 친구 중에 힘깨나 쓰는 놈들이 있으면 모아봐!”

“한 번 알아보지요.”

대불이는 짝귀의 옆구리를 가볍게 찌르며 더 이상 아무 말도 하지 못하도록 암시를 해주었다. 그리고 세 사람은 한 영감에게서 물러났다. 짝귀는 우울한 표정을 하고 있었다.

“뭘 그리 어렵게 생각허시우? 걱정 말고, 돈이 생겼으니 술이나 마십시다그려.”

대불이는 짝귀를 끌고 미곡전을 나섰다.

대불이가 술을 한잔 사겠다는데도 짝귀는 심드렁하게 뒤틀린 얼굴로 사양을 했다. 짝귀는 그냥 싸리재 주막에 가서 잠을 자야겠다면서, 대불이를 뿌리치고 흐느적흐느적 일본인 거리 쪽으로 되돌아가 버렸다.

짝귀가 가버리자 대불이는 혼자 선창거리를 따라 올라갔다. 그도 기실 몸이 나무토막처럼 기력이 빠져 있었지만, 이럴 때는 술을 퍼마시고 통잠을 자는 것만이 약이라는 것을 알고 있는지라, 맨 정신으로는 답답하고 구질구질한 권대길네 주막의 골방으로 돌아가고 싶지가 않은 거였다.

대불이는 그길로 세관청 뒷골목으로 봉선이를 찾아갔다.

그 무렵 봉선이는 세관청 뒤쪽에 방을 얻어 나와 있으면서 밤에만 요릿집에 나가고 있었다.

봉선이가 따로 방을 얻어 나앉은 것은 대불이 때문이라는 것을 자신도 잘 알고 있었다. 그녀는 어떻게 해서라도 대불이와 함께 살림을 차릴 생각을 하고 있었다.

봉선이가 방을 얻어 나온 뒤 대불이는 딱 한 번 그녀를 찾아간 적이 있었다. 그것은 그녀가 그를 한 영감네 미곡전에 일자리를 구해 준 것에 대한 보답으로, 양초 한 갑을 사들고 간 것이었다.

대불이는 봉선이를 찾아가서는 안 된다는 것을 잘 알고 있었다. 그럴수록 봉선이는 그에게 찐득찰처럼 짠득짠득 달라붙으려고 할 것이기 때문이었다.

그런데도 그는 끄덕끄덕 봉선이를 찾아가고 있는 거였다. 그만큼 그의 마음이 요즈막 그렇게 허전해 있었다. 나이가 들고 객지의 삶이 싫어질 때마다 그 허전함은 더욱 커졌다.

봉선이가 방을 얻어 살고 있는 집 대문 옆에는 은행나무 두 그루가 서 있었다. 그녀가 이사를 했다고 해서 찾아왔을 때까지만 해도 잎들이 노랗게 물들어 보기에 좋았는데 어느덧 잎이 길바닥이며 지붕 위에 떨어져 푹신하게 깔렸다.

대문을 흔들자 집주인 할머니가 나왔다. 주인 할머니는 대불이를 알아보았다. 지난번 찾아왔을 때 봉선이가 대불이를 사촌오라비라고 소개를 시켰기에, 그렇게 알고 있는 터였다.

봉선이는 그때까지도 이불속에 파묻혀 자고 있었다. 그녀는 방안으로 들어서는 대불이를 보더니 꿈에 취한 듯한 얼굴로 벌떡 일어나 앉았다.

"무슨 놈의 잠을 여태꺼지 퍼자는 거여!"

대불이가 방 문턱 옆에 죽살창을 가리고 서서 퉁겨대서야 그녀는 황급히 이불을 밀치고 흐트러진 머리칼을 손으로 쓰다듬은 다음 횃대에 걸어놓은 치마저고리를 입었다.

"웬일이어요?"

봉선이가 이불을 개어 장롱 속에 넣고 걸레로 방바닥을 훔치며 물었다.

"웬일은 웬일이여. 그냥 들렀재."

대불이는 그제야 아랫목 쪽으로 앉으며 말했다.

"저, 쪼금만 앉아 계셔요. 소세 좀 하고 들어올께요."

봉선이는 그러면서 횃대에 걸린 흰 무명수건을 들고 밖으로 나갔다.

봉선이가 나가자 그는 아랫목의 벽에 등을 기대고 두 다리를 쭉 뻗었다. 처음에 왔을 때보다는 방안 등물이 늘어난 것 같았다. 조그마하지만 아담한 장롱이며 자개박이 경대까지 들여놓았다.

대불이는 아늑한 봉선이의 방에 앉아 있자니 졸음이 쏟아졌다. 밖에서는 봉선이가 소세를 하는 소리가 들렸다. 뱃고동 소리도 들려왔다. 대불이는 지그시 눈을 감았다.

벽에 등을 기대고 발을 뻗댄 채 반쯤 누워 얼쑹얼쑹 잠의 수렁 속으로 빠져들고 있던 대불이는 봉선이가 문을 여는 소리에 깜짝 놀라 눈을 뜨며 고쳐 앉았다.

"고단하신 모양인디, 이부자리를 펴드릴까요."

봉선이가 방에 들어와 흰 무명수건으로 얼굴의 물기를 죽이며 말했다.

"아녀. 내가 그만 깜빡 졸았었구만."

대불이는 입이 늘어지게 하품을 하며 뻗은 두 다리를 오그렸다.

봉선이는 경대 앞에 앉아서 수건으로 얼굴을 문지른 뒤 미국 잡화점에서 산 분을 찍어 발랐다. 그녀는 화장을 하면서 거울을 통하여 다시 꾸벅꾸벅 졸기 시작하는 대불이를 보며 희끔희끔 웃었다.

"이부자리 펴드릴께, 한잠 주무셔요."

봉선이가 졸고 있는 대불이를 거울 속으로 들여다보며 말하자, 대불이는 다시 눈을 뜨고 상반신을 세웠다.

"아녀. 술이나 좀 받어와."

대불이가 잠을 좇으려고 두 손으로 얼굴을 문지르고, 눈에서 눈곱을 뜯어내며 말했다.

"대낮부텀 술이라니요."

봉선이가 대불이를 향해 돌아앉았다. 그녀의 얼굴이 해당화 꽃잎처럼 발그레하게 상기되었다.

"술 좀 퍼마시고 한잠 쭉 자야 쓰겄어. 나, 봉선이 방에서 잠 좀 자도 괜찮겄재?"

"한 달, 아니 십 년이라도 주무셔요."

봉선이가 해당화 꽃처럼 흐드러지게 얼굴을 활짝 펴며 말했다.

"그러면 냉큼 술버틈 받아오라니께!"

"아이고 원, 잠시만 기다리셔요."

그러면서 봉선은 다시 경대 쪽으로 돌아앉더니 가르마를 타기 시작했다. 대불이는 눈을 뜨고 앉아서 봉선이가 가르마 타는 것을 보고 있었다. 여자가 석경을 들여다보며 가르마를 타는 것을 본 지가 몇 년 만인가. 문득 말바우 어미의 생각이 떠올랐다. 그녀는 그 몹쓸 대풍창에 걸려 있으면서도, 매일 아침 머리를 빗고 가르마를 탔다. 병세가 더해지면서부터 머리숱이 눈에 띄게 줄어드는 것 같았으나 가르마 타는 것을 그만두지 않았다. 구진포 참나무숲 속에 움막을 치고 혼자 있을 때도 그랬다.

그가 그녀의 밥을 가지고 움막으로 올라가보면, 그녀는 햇빛이 괸 골짜기의 웅덩이 물을 들여다보며 정성스럽게 가르마를 타고 있었다. 말바우 어미는 언젠가 가르마를 타다 말고 가르마꼬챙이를 든 채 "나는 머리에 가리매가 둘이라서 서방이 둘이라더니 참말로 그 말이 맞는가벼" 하고 말한 적이 있었다.

"봉선이 혹시 쌍가매 아녀?"

대불이가 불쑥 봉선이를 향해 묻자, 그녀는 가르마를 타다 말고 돌아앉으며 "내가 쌍가마라는 것을 어뜨케 알았어요?" 하고 놀라는 얼굴로 반문을 했다.

"그렇구만. 봉선이도 쌍가매여!"

"무슨 말이어요?"

"쌍가매라서 일부종신을 못허는 거로구만. 참 이상한 일이여. 내가 아는 여자들은 죄다 쌍가매뿐이니 원!"

"나 말고 또 누가 쌍가마여요?"

봉선이가 가르마꼬챙이를 경대에 놓고 대불이 쪽으로 바짝 다가

앉으며 따지듯이 물었다.

"아녀, 아무것도 아녀."

대불이는 우울한 목소리로 말했다. 그는 순영이도 틀림없이 쌍가마일 것이라고 생각했다.

"쌍가마 있는 여자가 또 누구냐니깐요?"

봉선은 약간은 호기심에 휘감기면서도 한편으로는 은근히 투기를 느끼며 다그치듯 물었다.

"봉선이 자네까지 네 사람째여!"

대불이는 푸실푸실 웃으며 말했다.

"나까지 네 사람째라고요?"

"그렇다니께."

"워메나— 참말로 그래요?"

"허어, 내가 왜 그런 거짓말을 허겄는가."

대불이의 말에 봉선은 잠시 고개를 외로 사리고 입을 비쭉거렸다.

한참을 그렇게 앉아 있다가는 다시 대불이의 무릎 앞으로 바짝 다가왔다.

"어떤 여자들이었는지 말 좀 해주셔요. 봉선이말고 쌍가마 있는 다른 세 여자들 말이어요."

"냉큼 술이나 좀 받어오라니께 그러는구만."

"세 여자들 이야기부텀 해줘요."

봉선은 사뭇 앙탈을 부리듯 하였다.

"술버틈 받어와. 사내가 그런 맘 아픈 이야기를 어찌 맨 정신으로 허겠는가."

"술 받아오면 해주시지요?"

"이 여자가 곰팽이 핀 나무를 삶아묵었남? 왜 그리 못 믿어?"

그제야 봉선이는 왼손으로 치맛자락을 휘어잡고는 쌩한 바람을 일으키며 밖으로 나갔다.

봉선이가 나간 뒤에 대불이는 벌렁 누워서 천장을 쳐다보고 허탈하게 웃었다. 그는 갑자기 순영이를 만나고 싶었다. 만나서 그녀도 쌍가마인가를 한 번 확인하고 싶었다. 철도가 트였으니 서울까지는 당일치기로 갔다 올 수 있을 것이 아닌가. 이틀 동안 하릴없이 빈둥거리는 것보다 기차를 타고 서울에 가서 순영이나 만나보고 오는 것도 좋을 듯싶었다. 그가 제물포로 내려와 버린 이후 만민공동회의 동지들이 어떻게 되었는지도 궁금했다.

대불이는 벌떡 일어나 앉았다. 세상과 담을 쌓고 한 영감네 미곡전에서 마바리 호위꾼 노릇이나 하고 사는 것이 너무도 하잘것없이 생각되었다. 그러면서 요릿집 계집이나 끼고 아까운 세월 다 보내고 말 것만 같았다. 생각이 거기에 미치자 뿌질뿌질 간장이 끓어올랐다.

당장 서울로 올라가서 한바탕 휘젓고 싶었다. 이 난세에 벌레만도 못한 목숨 구차하게 살아남으려고 죽은 듯 은신하고 있는 자신이 부끄러웠다.

대불이는 다시 벌렁 드러누웠다. 다 부질없는 생각인 듯싶었다. 세상일에 눈을 뜨면 뜰수록 심사만 더 사나와지고 살기만 더 고달픈 것을 어찌하랴. 그는 크게 한숨을 내쉬었다.

대불이가 울적한 심사를 달래지 못해 몇 차례인가 앉았다 누웠다 하는 사이에 봉선이가 술상을 받쳐 들고 들어왔다.

"에라, 빌어묵을. 세상사 다 잊고 술이나 퍼마시고 잠이나 자자."

대불이는 봉선이가 술상을 놓기가 바쁘게 술병부터 집어 들고 사발이 철철 넘치도록 가득 따랐다. 그는 거푸 두 사발을 숨 돌릴 겨를도 없이 좌악 비우고 나서 손으로 입 가장자리를 훔쳤다.

"어서 쌍가마 여자 이야기 해주셔요."

봉선이가 잔을 채우며 보채듯 말했다.

대불이는 봉선이가 한사코 쌍가마를 가진 세 여자들의 이야기를 해달라고 보채는 것에는 아랑곳하지 않고, 두꺼비 파리 잡아먹듯 술잔만 목구멍 속으로 거푸 털어 넣었다. 기실 그는 괜히 지나간 일들을 들쑤셔 마음 상하고 싶지가 않았다.

"왜 꼬리를 빼셔요."

봉선이가 술병을 쥐어짜듯 하여 마지막 한 방울까지 사발이 넘치도록 따라주며 말했다.

"꼬리를 빼다니, 내가 꼬리가 긴 잔나비라도 된단 말이여."

대불이는 반쯤 찬 술사발을 들어 입가로 가져가며 눈웃음을 쳤다.

"쌍가마 가진 여자들 이야기 말이여요."

봉선이가 눈을 흘기며 주먹을 쥐어 대불이의 무릎을 툭 쳤다.

"아, 참 그 이야기…… 술 한 병만 더 사와. 그러면 쌍가매 가진 세 여자들이 아니라, 가매가 셋인 여자 이야기도 해줄 테니께!"

대불이는 빈 술잔을 상 위에 소리가 나게 놓으며 푸실푸실 웃는 얼굴로 봉선이를 보았다.

"가마가 셋인 여자도 있어요?"

"있다마다. 그 여자는 팔자를 세 번이나 고쳤다더구만."

"그래, 그 여자는 언제 만났어요?"

"어허! 냉큼 술 한 병만 더 받아온다치면 죄 이야기해준다니깐."

"대낮에 웬 술을 그리 마시려구 허세요."

"술을 퍼마시고 세상사 다 잊어뿔고 통잠을 자고 싶다니께 그러네."

"먼첨 이야기를 해주셔요. 그래야 술을 받아오겠어요."

봉선이는 그러면서 대불이에게서 몸을 돌려 옆으로 돌아앉아 버렸다.

"어허! 술 한 번 얻어묵기 힘드는구만 그려."

대불이는 아직 취기가 오르지 않았다. 그는 탁배기 한 병쯤으로는 겨우 갈증을 가라앉힐 정도밖에 안 되었다. 짝귀의 말마따나 떠돌이 십 수 년에 느는 건 주량뿐인 듯싶었다.

"냉큼 한 병 더 받어와!"

대불이가 발로 봉선이의 엉덩판을 가볍게 밀어붙이듯 차며 윽박지르는 말투로 재촉을 하였다.

"두 병을 받아 올 테니 미리 이야기부텀 해주세요. 육회도 만들어 올께요."

봉선이가 다시 돌아앉으며 헤실헤실 엉너리를 떨었다.

"허, 허 참!"

"어서 해주셔요."

"뭣을 해?"

"쌍가마 여자 이야기."

"다 뒈졌어!"

"죽다니요?"

"내 품에 안겼던 쌍가매 여자들이 다 뒈져뿌렀다니께!"

"세 여자가 다 죽어요?"

"그려!"

"왜요? 왜 죽었어요?"

봉선이가 바짝 다가앉으며 다급하게 물었다.

"한 년은 물에 빠져 뒈지고, 또 한 년은 문둥이가 되어 뒈지고……."

대불이는 말끝을 흐리며 얼핏 말바우 어미를 떠올렸다. 그녀가 여태껏 하늘 아래 살아서 숨 쉬고 있다고는 생각할 수가 없었다.

"세상에…… 쯧쯧……."

봉선이는 혀를 차며 슬픈 얼굴로 대불이를 가깝게 들여다보았다. 푸실푸실 웃기만 하던 대불이의 얼굴에도 어두운 그림자가 잠시 머물러 있었다.

"또 한 여자는요? 또 한 여자는 어찌되었어요."

봉선이는 여전히 슬픈 얼굴을 하고 조심스럽게 물었다. 대불이는 잠시 망설였다. 순영이는 죽지 않았기 때문이다. 하나, 비록 그녀가 이 땅에 살아 있다고는 해도, 그의 가슴속에서는 죽은 거나 마찬가지라고 생각했다. 순영이는 하야시 때문에 조선여자로서 생명이 다한 것인지도 모를 일이었다.

"또 한 년은 왜놈의 칼에 맞아서 뒈졌어!"

대불이는 그렇게 말하고 나니 되레 마음이 후련해졌다.

"왜놈의 칼에 맞아 죽은 여자도 있나요?"

봉선이가 믿지 못하겠다는 듯 큰 눈을 더 크게 뜨고 넌지시 물었다.

"있다마다."

"물에 빠져 죽고, 문둥이가 되어 죽고, 왜놈의 칼에 맞아 죽고…… 무신 팔자들이……."

그러면서 봉선이는 가볍게 한숨을 토하는 것 같더니 "가마가 셋인 여자는요?" 하고 물었다. 하나, 대불이가 지금껏 살아오는 동안 머릿속에 남은 여자는 더 없었다. 그는 눈을 지그시 감고 상반신을 좌우로 천천히 흔들면서 가마가 셋인 여자에 대해서 뭐라고 거짓말을 해줄까 하고 궁리를 짜보았다. 순간 그의 머릿속에 난초의 얼굴이 잘 익은 복숭아 빛깔로 선명하게 떠올랐다. 하지만 난초의 가마가 몇인지를 모르지 않는가. 혹시 난초도 쌍가마일까. 대불이는 제발 그렇지 않기를 빌었다. 이 세상의 모든 여자들이 쌍가마 머리일지라도 난초만은 하나의 가마이기를 진심으로 빌었다.

"가마가 셋인 여자는 어쨌냐니깐요."

"으응, 그 여자는 앞으로 만나게 될 걸세."

"앞으로 만나게 되다니요. 서로 언약을 해둔 여자가 있나요?"

"이 사람아, 나는 언약을 해놓고 만나는 사람이 아니네. 내 팔자소관대로 그때그때 만나게 되면 만나는 거재."

"그런데 제게는 걱정이 생겼네요."

"걱정이 생겼다니?"

대불이는 눈을 뜨고 좌우로 흔들던 상반신을 바로 세우며 물었다.

"네 번째의 쌍가마 여자는 어찌 죽을까 하고요."

"참 그렇구만."

"저는 어찌 죽을까요? 어찌 죽어드리면 좋을까요?"

"죽어줘? 누구를 위해?"

"서방님을 위해서요. 불에 타서 죽으리까, 목을 매고 죽으리까?"

"죽는 것이 무섭지 않는감?"

"서방님의 팔자에 이 몸이 죽게 되어 있다면 피할 수 없지 않겠어요?"

"어찌 그것이 내 팔자라고만 할 수가 있겠나. 자네 팔자이지."

"서방님 팔자가 제 팔자이고, 제 팔자가 서방님 팔자이옵니다."

"허어, 언제버틈 그렇게 되었누."

"처음 만난 날부텀요."

"이 사람아, 죽기 싫거든 앞으로 나와는 인연을 끊게나!"

"팔자 도망은 독 안에 들어도 못한다 하지 않아요."

"팔자타령 그만허고, 약조대로 술이나 사오소."

대불이는 튕겨내듯 말하고, 앉은걸음으로 뒤로 물러나 다시 아랫목 벽에 등을 기대고 다리를 쭉 폈다.

봉선이는 하는 수 없이 빈 술병을 들고 방에서 나갔다. 그러나 그녀가 술 두 병을 받아들고 다시 들어왔을 때, 대불이는 구들장이 들썩거리도록 코를 골고 깊이 잠들어 있었다.

대불이가 잠에서 깼을 때는 방안에 석유 등잔불이 켜져 있었다. 벌떡 일어나보니 봉선이가 보이지 않았다. 그는 죽살 창문을 열고 밖을 내다보았다. 마당에는 송곳 하나 박을 틈도 없이 무거운 어둠이 괴어 있었다. 잠을 얼마나 잤는지 온몸의 뼈마디가 쇳덩이에 눌린 듯 무지근했다.

방 윗목에는 상보를 덮은 상이 차려져 있었으며, 맛깔스러워 보이는 반찬이며 숟가락이 차분히 정돈되어 있었다. 먹음직스러운 육회 접시 한가운데 달걀 노른자위가 동그랗게 얹혀 있었다. 대불이는 우선 술병을 들어 사발에 따라 주욱 들이켜고 나서 육회에 노른자위를 버무려 한입 입에 넣었다. 봉선이는 상을 차려놓고 요릿집으로 간 모양이었다.

대불이는 육회를 안주로 술 한 병을 다 비웠다. 그래도 배가 고파 아랫목 이불 밑을 더듬어보았더니 보시기 뚜껑을 덮어놓은 흰쌀밥이 아직도 뜨뜻했다.

다시 밥을 먹어치우고 무김칫국을 후루룩 마셨다. 그는 봉선이에 대해 고마움을 느꼈다.

미워할 수 없는 여자였다. 그녀는 마치 한 십 년쯤 같이 살아온 부부처럼 따뜻한 데가 있었다. 대불이한테 마음 씀씀이도 나무랄 데 없거니와 나이는 많지 않아도 산전수전 다 겪어본 여지답게 마음도 컸다. 처지가 그렇게 고달프면서도 천덕을 떨지도 않고 언제나 사는 것이 즐거운 듯싶었다. 그녀와 함께 있으면 마음이 포실해지면서 자꾸만 농지거리를 하고 싶어졌다.

봉선이의 고향은 송탄이라고 하였다.

십 년 전 흉년으로 식구들이 굶어죽게 되자 늙은 도공한테 송아지 한 마리 값에 팔려갔다가, 일 년 만에 점한이가 병들어 죽어 평택의 어느 점막(店幕)에 가 있다가, 개항 무렵에 제물포까지 흘러들어왔다고 하였다. 그녀는 십 년 전 늙은 점한이한테 팔려나온 이후 한 번도 고향집에 찾아가지 않았다고 하였다.

굶어죽지 않기 위해 딸을 팔아버린 부모가 원망스러워서라기보다, 딸이 다섯이나 되는 터에 그 꼬락서니로 집에 찾아가봤자 아무도 그녀를 반겨줄 것 같지가 않기 때문이라는 것이었다.

대불이는 봉선이의 이야기를 듣고, 그가 노루목 양 진사네 종으로 있다가 풀려나왔을 때, 땅 한 뙈기 없이 종문서만 달랑 찾아가지고 나와 살아갈 길이 막연하게 되자 어린 딸들을 팔아버리고 나서 슬피 울던 불쌍한 종들의 모습을 떠올리면서 문득 고향 생각에 마음이 홍건히 젖었다.

대불이는 상보를 덮은 상을 윗목으로 밀친 다음 석유 등잔불을 끄고 밖으로 나왔다.

봉선이가 돌아와서 그가 가버린 것을 알면 실망을 하겠지만, 그렇다고 봉선이가 오기를 기다렸다가 하룻밤을 새우고 싶지는 않았다.

대불이는 소리 나지 않게 조용히 방문을 닫고 짚신을 찾아 꿰었다. 그리고 살금살금 헛간 모퉁이를 돌아 문간으로 나와서 조용히 대문을 열고 고샅으로 나왔다.

4

대불이와 짝귀가 제물포 한 영감네 미곡 마바리 호위꾼 노릇을 한 지도 어느덧 몇 해가 훌쩍 흘러가버렸다. 그동안 그들은 고향에 내려간다 내려간다 하고 육자배기 사설 외듯 하면서도, 그냥 제물포 바닥에 퍼지르고 눌러앉아 지내고 있었다.

그 무렵에는 한 영감이 거느린 미상들과 권만길의 미상들 간에 걸핏하면 싸움이 벌어지곤 하는 판이라, 미곡 마바리의 호위꾼 노릇하기도 여간 힘겨운 것이 아니었다. 한창 곡식을 실어 내오는 늦가을부터 초겨울 사이에는 거의 매일 호위꾼들 사이에 박이 터지도록 싸움이 벌어지곤 하였다.

그날도 대불이와 짝귀는 제물포와 지척지간인 대야에서 권만길네 미상의 호위꾼들과 시비가 벌어졌다. 대불이와 짝귀는 권만길의 미상이며 그의 처가붙이인 오 서방과 대야에서 자빡 마주치게 되었으며, 오 서방은 몇 년 전 대불이한테 당한 분풀이를 하려고 호위꾼들을 앞세워 시비를 걸어왔다. 대불이는 참으려고 하였다. 그러나 그들이 끝까지 드세게 나가자, 오 서방이 거느린 세 명의 호위꾼들을 두들겨 패주고 홧김에 오 서방까지 메어치고 돌아왔던 것이다. 대야에서 돌아온 대불이는 혼자 봉선이한테 가서 삭신이 물커지도록 몸을 풀고, 밤이 깊어서야 휘적휘적 싸리재 주막으로 향했다.

세관창고에서 푸르스름한 불빛이 찬바람에 오르르 떨고 있었다. 가을이 깊어지면서 밤의 바닷바람이 송곳 끝처럼 날카로워졌다. 이

젠 겨울이 다 된 듯싶었다. 바람의 날카로움으로 가을이 끝났다는 것을 짐작할 수가 있었다.

눈이라도 술술 무너져 내리려는지 밤하늘엔 별 하나 돋아나지 않았다. 별이 빛나지 않는 밤은 온 세상이 마치 깊은 동굴 속처럼 음산하게 가라앉아버린 기분이었다. 밤하늘에 별들이 영원히 반짝이지 않는다면 세상이 어떻게 될까. 그렇게 되면 사람들의 마음도 깊은 동굴 속처럼 음산해질 것만 같았다.

대불이는 턱 끝을 바짝 들고 하늘을 쳐다보며 간절하게 별을 기다리는 마음으로 걸었다. 그가 이처럼 별을 기다려본 적은 여태껏 단 한 번도 없었다. 그에게 별은 때때로 밤길을 걸을 때만 필요했던 것이었다. 그가 동학도였을 때, 밤에 길을 잃고 헤맬 경우, 별을 보고 방향과 시간을 알아냈으며, 낮에 깊은 산속에서는 나무의 가지가 많이 자라는 것을 보고 방향을 알아내곤 하였다. 깊은 산속에서 방향을 잃었을 때, 나뭇가지들이 길게 뻗은 쪽을 따라가면 어김없이 남쪽 방향이게 마련이었다.

대불이는 세관창고를 돌아 싸리재 쪽으로 올라갔다. 세관청 뒤쪽 낡은 건어창고 앞을 지날 때 문득 그의 귀에 단소 소리가 들려왔다. 그리고 단소장이 전 서방이 그리웠다.

일본인 조계의 거리로 들어서자 행인들이 북적거렸다. 대불이는 대불호텔 앞에서 칼을 찬 일본 낭인(浪人)들을 여러 명 보았다. 낭인들은 두루마기같이 훌렁하고 긴 옷에 칼을 차고 왜나막신을 끌며 대여섯 명씩 떼를 지어 다녔다.

대불이는 거리를 휘젓고 다니는 야쿠자라고도 하는 이들 낭인패거리들을 볼 때마다 눈심지가 빳빳해지면서 온몸의 피가 곤두박질치는 것만 같았다. 중전 시해 이후 한동안 이들의 모습이 뜸해진 것 같더니, 요 근년에 다시 눈에 띄기 시작했다. 그들은 긴 칼을 차고 다녔으며 어떤 놈들은 육혈포를 갖고 있기도 하였다.

서울과 제물포에는 개항 이후에 이들 낭인들이 제 세상을 만난 듯 현해탄을 건너왔다. 일찍이 서울에서는 구마모또현(熊本縣) 출신의 낭인패들이 『한성신보(漢城新報)』 사장 아다찌(安達謙藏)를 괴수로, 그리고 아다찌와 동향인 사사(佐佐正之), 다나까(田中賢道)를 부장(副將)으로 하고 휘하에는 한성신보 주필 구니또모(國友重章), 기자 기꾸찌(菊池謙讓), 사사끼(佐佐木正), 요시다(吉田友吉) 등을 중심으로 뭉쳐 있었다.

한성신보사의 낭인패들 외에도 국수주의적 일본 민간 낭인단체인 현양사(玄洋社) 계통과 간또 자유당(關東自由黨)의 낭인패들이 집단을 이루고 조선에 몰려와 있었다.

제물포에 있는 일본인 회사마다 이들 현양사의 낭인패거리들을 고용하고 있었으며, 장사가 잘되는 조선인 상회가 있으면 그 앞에서 얼씬거리면서 장사를 방해하기까지 하였다.

대불이는 한 패거리의 낭인들을 보자 은근히 걱정되는 것이 있었다.

쇠뿔고개 권만길이가 워낙 왜놈들과 가깝고 낭인패들과도 잘 어울리는 판이라, 한 영감네 미곡상 호위꾼들을 닦달하기 위해 낭인들을 앞세우면 어쩌나 싶었다.

낭인단체 현양사는 서울뿐만 아니라 일본인들이 모여 사는 개항지마다 지부를 두고 일본인들의 잇속을 위해 이리저리 팔려다니기까지 하였다.

대불이는 이런저런 걱정을 씹으며 싸리재 주막으로 올라왔다. 밤이 깊었는지 주막 앞 등불마저 꺼져 있었다.

인기척을 죽이며 불빛이 흘러나오는 골방으로 들어서자 짝귀가 콧구멍만한 방안을 서성대다 말고, 대불이를 향해 벌컥 화를 냈다.

"아니, 자네는 뭘흐고 이제야 오는가."

짝귀가 그답지 않게 화를 내는 바람에 대불이는 할 말을 잃고 잠시 멀뚱히 서 있기만 하였다.

"사람이 강단이 있어야재. 사내는 행동거지를 분명히 해야 쓰는 거여!"

대불이는 짝귀가 무엇 때문에 아닌 밤중에 화를 내고 있는 것인지 알 수가 없었다.

"무슨 일이 있었남요?"

대불이는 조심스럽게 물었다.

"해가 떨어지기 전버틈 빡보 한 영감이 찾고 난리여!"

"또 뭣 땜시 찾어요?"

"내가 그걸 어찌 알어? 석양에 장 서방이 주막까지 와서 자네를 기다리다가 돌아갔는디, 쪼금 전에 또 왔다갔단 말여. 한 영감이 제물포 바닥을 다 뒤져서라도 자네를 찾어오라고 불호령을 냈다는듸……."

"장 서방도 뭣 때문인지 모릅디까?"

"몰러!"

"뜽금없이 왜 또 찾을꼬……."

대불이는 떨떠름한 듯이 뒤통수를 긁적거리며 말했다.

"자네 보니까 봉선이년한테 폭 빠졌구만. 그년은 팔자가 쇠코모양 드세게 생겼으니께 상종을 말라니께!"

"그나저나 한 영감이 왜 찾지요?"

"가보면 알 것이 아녀!"

"밤이 늦었는디 워디를 가요."

대불이는 그러면서 마음 편하게 벌렁 누워버렸다.

다음날 아침 날이 밝기 전에 일어난 대불이는 서둘러 선창거리 한 영감네 미곡전으로 갔다. 한 영감이 간밤에 장 서방을 두 번씩이나 싸리재 주막에 보내 대불이를 불러오라고 했는지라, 이제야 얼굴을 내민다고 꾸중들을 것을 각오하고 대불이는 미곡전 지게문을 지나 안마당으로 들어섰다.

부지런하기로 소문난 한 영감은 벌써 일어나 일하는 사람들을 제쳐두고 마당을 쓸고 있었다. 대불이가 들어서자 한 영감은 비질하던 손을 멈추고 허리를 폈다. 벼락같은 꾸중을 할 것으로 알고 있었는데 한 영감은 대불이를 보더니 "음, 자네 왔구만" 하고 조용한 목소리로 말했다.

"어저께비틈 찾으셨다는듸, 이제시 와서 죄송합니다."

대불이는 꾸중을 듣지 않은 게 되레 마음이 무거웠다.

"자네허고 긴히 할 이야기가 있어서……."

그러면서 한 영감은 빗자루를 마당에 놓고 안채로 들어가며 따라오라는 손짓을 하였다.

대불이는 한 영감을 따라서 안채 큰사랑으로 들어갔다.

"앉게!"

한 영감이 말뚝처럼 서 있는 대불이를 향해 부드럽고 친절하게 말했다. 대불이는 그를 대하는 한 영감의 태도가 갑작스럽게 부드러워진 것에 은근히 놀라고 있었다. 엊그제까지만 해도 고양이 쥐 보듯 닦달을 하던 그였는데 어찌된 일인지 대불이를 바라보는 눈길까지 명주실처럼 부드러워진 것이 아닌가.

"나는 자네가 그런 사람인 줄을 몰랐었구만."

한 영감은 담배통에 불을 붙여 삐억삐억 빨아대며 밑도 끝도 없이 혼잣말처럼 중얼거렸다.

"무슨 말씀이신지요."

대불이는 궁금했다.

"알고봤드니 바로 자네였어."

그러면서 한 영감은 대불이를 향해 의미 있는 미소를 입가에 가득 말아 올렸다.

"무슨 말씀이신지 전혀 개득을 못하겠구만요."

"자네가 바로 지난날에 하야시 놈을 쪽배에 태워 제물포 앞바다에 띄운 장본인이라면서?"

한 영감은 말을 끝내고 나서 한바탕 소리 내어 웃었다. 대불이는 그제야 이빨 사이로 바람을 뱉듯 피식 싱겁게 웃었다.

"그것도 모르고 대관절 그런 담대한 사람이 누구일까 했었지 뭔

가. 등잔 밑이 어둡다더니 원! 내 집에 있었는데도 여지껏 몰랐구먼."

그러나 순간 대불이는 걱정이 되었다. 그때문에 한 영감이 대불이를 쫓아내지는 않을까 싶은 거였다. 다만 약간 마음이 놓인 것은 한 영감이 대불이를 대하는 태도가 예사롭지 않게 부드러워졌다는 것뿐이었다.

"얼마나 통쾌한 일인가. 그런 자네가 우리 미곡전에 있다니 자랑스러우이."

그제야 대불이는 마음속으로 한숨을 푸우 내쉬었다. 한 영감이 그를 쫓아내지는 않을 것으로 믿었기 때문이다.

"그동안 자네를 몰라보고…… 암턴 미안허이."

한 영감은 오달진 웃음을 가득 머금은 채 말했다.

"송구스럽습니다요."

"이 사람아, 무슨 소려! 보통 사람으로 감히 엄두나 낼 일인가? 그래서 내 어저께부터 자네를 찾은 것은……."

한 영감은 말을 하다 말고 대불이를 똑바로 바라보았다.

한 영감은 대불이한테, 고향은 어디이며 어떤 연유로 제물포에까지 흘러들어오게 되었느냐고 저저이 물었다.

대불이는 대답을 하기 전에 얼핏 한 영감의 얼굴을 훔쳐보았다. 그에게만은 사실대로 이야기해도 괜찮겠다는 생각이 들었다. 그는 한 영감에게 그가 영산포에서부터 제물포에 오게 된 경위를 대충 이야기해주었다.

"그러면 그렇지."

한 영감은 커다랗게 고개를 끄덕이며 잠시 깊은 생각에 잠기는 듯싶었다.

"자네가 동학당이었구만."

한 영감은 혼잣말처럼 말했다. 대불이는 잠자코 있었다.

"그렇다면 가족은 다 어디 있는가."

"고향에 있습니다요."

"장가는 들었나?"

"아직 미장가이옵니다."

"봉선이는 어찌 알게 되었는가?"

"저…… 요릿집에서 우연히 알게 되었습지요."

"허허! 그러구선 피붙이가 된다구? 내가 감쪽같이 속아넘어갔구만 그려."

한 영감은 밉지 않게 대불이를 흘겨보며 컬컬하게 웃었다.

"자네 지금 싸리재 주막에서 기식을 하고 있다고 들었는데……."

"응신청에 들어갈려다가 받아주지 않기에 임시루……."

"자네, 우리 집에 와 있게나 그려. 빈 방도 있으니……."

"말씀은 고마우나 실은……."

"실은 뭔가?"

"같이 있는 사람이 있어서."

"짝귀 말인가?

"그렇습니다요. 즈이는 고향을 떠나온 이후로 잠시도 떨어져 있지 않았구먼요."

"오랫동안 의형제를 맺고 맘 변치 않고 살아온 것을 보니, 자네들 맘씨가 무던한 것 같구만."

한 영감의 말에 대불이는 연신 머리만 조아릴 뿐이었다.

"그렇다면 두 사람 다 우리 집에 와 있게나 그려."

"말씀은 고마우나, 폐가 될 것 같아서……."

"폐랄 것 없네. 그러고 내 자네한테 다른 일을 시켜볼까 허는데 자네 생각이 어떤지 알고 싶구만."

"무슨 일이신데요?"

"자네한테 마바리 호위꾼을 시킬 수는 없을 것 같아서 하는 말인데……."

대불이는 한 영감의 마음속을 헤아릴 바 없어 답답하기만 했다.

"자네 말일세, 그동안 우리 집에 있으면서 쌀장수 경험도 어지간히 쌓았을 터이니 미상을 한 번 해보지 않겠는가?"

"미상이라굽쇼?"

"그래. 돈은 내가 대줄 터이니, 훨훨 돌아댕기믄서, 미곡을 사서 내게루 부치면 되는 게야. 이문에서 이 할씩 자네한테 떼어주겠네. 이 할이라면 결코 적은 이문이 아닐세. 어쩔 텐가? 내 자네를 도와주고 싶어서 그런다네. 돈은 내가 대주겠네."

"많지는 않어두 제게두 돈이 좀 있기는 합니다만……."

"그래? 자네 돈이 얼마나 되는가……."

"백오십 원 정도 됩니다요."

"쌀 열 가마니 값도 못되는구먼."

한 영감은 짯짯이 대불이를 바라보았다.

대불이가 궁금하게 생각한 것은 왜 한 영감이 그를 도와주려고 하는가였다. 그가 알기에 한 영감은 이익이 없으면 콩 한 조각도 나눠주지 않는 인색한 사람이었다. 대불이가 예전에 하야시를 쪽배에 태워 제물포 앞바다에 띄워 보낸 일로 이만큼 큰 호의를 베풀려고 하는 것은 이해할 수 없는 일이 아닌가.

"저…… 어르신께서 저 같은 무지렁이 뜨내기를 왜 도와주시려고 허시는지요."

대불이는 끝내 궁금한 것을 묻고 말았다.

"다른 뜻은 없어. 그냥 자네의 남자다운 담대한 배짱이 맘에 들었어. 꼭 젊었을 적 나 같어서…… 나두 말이시, 쌀장수가 안 되었으면 자네 모양으루 동학군이 되었거나, 여기저기 구름처럼 떠돌아 댕기는 떠돌이 신세를 면치 못했을 거여."

한 영감은 자기가 한 말에 기분 좋게 웃었다. 그리고 다시 입을 열었다.

"지금은 미곡장사밖에 할 것이 없네. 왜놈들이 있는 대로 쌀을 자기 나라루 사가고 있으니, 요새는 쌀이 없어서 팔아먹지를 못하는 형편이네. 그러니 내 말만 믿고 미상을 한 번 해봐. 훗날에 내 말할 때가 있을 것이시. 마바리만 하나 굴리고 댕기믄서 미곡을 사서 제물포까지만 싣고 오면 돈이 남게 돼 있어. 자네 독단으루는 어려울 테니 이 한대두 미곡전에 딸린 미상이 되는 거여. 자네는 배짱도 있고 수완도 쓸 만하니 몇 년 안 가서 힘을 잡을 게야."

"저는 큰돈을 벌고 싶은 생각이 없구만요."

"돈벌이 생각이 없다니?"

한 영감은 순간 실망한 눈으로 대불이를 쓸어보았다.

"돈은 벌어서 뭣헙니까요. 나라가 망해가고 있는듸요. 돈을 벌어봤자 나라가 망하면 벌어 논 돈도 몽땅 왜놈들 차지가 될 거로구만요."

"이 사람아, 구더기 무서워서 장 못 담겠네 원. 나라는 나라고 우리는 우리 아닌가. 나라가 망한다고 우리까지 망하라는 법이 있당가? 세상이 어수선할 때가 돈 벌기에는 좋은 것일세. 자네는 그래 나라꼴 한탄만 하고 뜨내기로 평생을 어영부영할 셈인가?"

"더우기 미상은 싫구만요."

"건 또 왜?"

"쌀이 일본으로 나가는 것이 마음이 아파서요. 이 땅의 가난한 백성들은 굶어 죽어가고 있는 판에, 왜나라로 쌀은 내보내다니 분통 터지는 일이지요. 종당에는 이 나라에서 나는 쌀 몽땅 뺏기고 우리는 쌀 구경도 못하게 될 거로구만요."

대불이의 말에 한 영감은 화가 난 듯 대통을 거칠게 놋쇠화로에 두들기며 담뱃재를 떨었다. 그러고 나서 한심한 눈으로 대불이를 보았다.

"참 별난 놈이로구만."

한 영감은 이맛살을 찌푸리며 화난 목소리로 말했다. 그가 이 세상에 태어나서 처음으로 마음이 끌리는 젊은이를 발견하고 큰 마음먹고 도와주려고 하는데, 거절을 당하고 나니 심히 심사가 뒤틀린 거였다.

"자네도 나이가 들면 생각이 달라질 거여. 아무리 좋은 일을 하고 싶어도 돈이 있어야지. 젊은 혈기만으로는 안 되네. 나는 이만큼 돈을 모았으니 이제는 내가 하고 싶은 일을 맘대로 할 수가 있게 되었네. 그러니 앞으루 닥쳐올 일을 생각하고 하고 싶은 일을 하기 위해서는 내가 시킨 대로 해보게!"

한 영감은 다시 차분한 목소리로 설득을 하였다.

호의를 거절당한 한 영감은 찜부럭한 얼굴로 대불이를 쏘아보았다. 그러나 화를 내지는 않았다.

"내 나이 환갑이 지났네. 그리고 자네가 알다시피 내게는 자식이 없지 않은가. 딸 셋 있는 것들은 시집가서 잘살고, 막내만 출가시키면 내 할 일이 없어지네. 그래서 말이네만…… 나는 이제 더 돈을 벌고 싶은 생각이 없어. 죽을 둥 살 둥 돈을 벌어서 누구한테 물려주겠나. 그래서 말이네만…… 내가 하고 있는 이 미곡전을 언젠가는 적당한 사람을 골라 물려주고 싶네. 그래서 얼핏 자네 생각을 해본 것일세. 장사란 첫째가 경험이고, 둘째가 신용이며, 셋째가 연줄이네. 자네는 신용도 있고 또 내가 도와주기로 한다면야 연줄도 얻은 셈이니, 경험만 좀 얻으면 될 것일세. 그러니 잘 생각을 해봐서 결정을 하게나. 사실 제물포바닥에서 이 한대두의 연줄로 미상을 해볼려고 하는 사람들이 수도 없이 많다네. 그런데도 특별히 내가 자네를 심중에 둔 것이니……."

대불이는 한 영감의 긴 이야기를 듣고 나자 그가 한없이 고맙게 생각되어졌다. 그의 말마따나, 한 영감의 도움으로 미상을 하게 되면 큰 돈을 벌게 될지도 모를 일이었다.

"고마우신 말씀 뼛속 깊이 새겨두겠습니다요."

대불이는 앉은 채로 허리를 굽혔다. 그가 살아오는 동안 그런 고마움을 느낀 사람들이란 몇 사람에 지나지 않았다.

장성 백암산 시절의 기수선 교장, 순영이 아버지 권대길, 진고개 상엿도가의 박 영감 같은 사람들도 대불이한테는 다시없는 고마운 분들이었다. 그런 고마운 사람들을 생각할 때마다, 대불이는 사는 것이 괴롭지가 않았다.

그러나 한대두 영감이 자신을 도와주려고 하는 것은 기실 그의 인생을 뒤집어놓을 만큼 중대한 계기가 될 듯싶었다. 대불이 자신이 그것을 잘 알고 있는 터였다. 그러기에 한 영감의 호의를 얼씨구나 하고 받아들일 수가 없었던 것이었다.

"자, 그만 돌아가보소. 며칠 동안 잘 생각해보고 결심이 서면 나를 찾아오도록 허게!"

대불이는 앉은 채로 다시 상반신을 굽히고 나서 한 영감의 방에서 나왔다.

미곡전을 나온 대불이는 선창을 따라 걸었다. 그는 바다에서 불어닥치는 칼날처럼 날카로운 겨울바람을 얼굴에 받으며 화도진 쪽으로 내려갔다. 착잡하게 홀 맺힌 마음의 갈피를 추스르고 싶어서였다. 한 영감의 도움을 받으면서 제물포바닥에서 돈을 모을 것인가, 고향으로 내려갈 것인가 생각을 굴려보았다. 제물포에서 돈을 모으기란 어렵지 않겠지만, 고향에 내려가면 무엇을 할 것인가. 다시 서울로 올라가, 한데 어울렸던 만민공동회 사람들이나 만나서 맺힌 울분을 터뜨려볼까. 아니면 장성으로 내려가 기수선 교장을 만나보고 흩어져 있는 동학군 옛 동지들을 모아볼 것인가.

그가 생각한 네 가지 중에서 역시 제물포에서 돈을 벌기가 가장 쉬운 일 같았다. 그러나 그는 장사꾼으로 일생을 마치고 싶지가 않았다.

대불이는 혼자 결정할 것이 아니라, 짝귀 형이나 응신청의 친구들과도 상의를 해봐야겠다고 생각했다. 그는 다시 발걸음을 돌려 서둘러 싸리재 쪽으로 향했다. 싸리재 권대길네 주막에서 짝귀 형이 그를 기다릴 것이라는 생각이 들자 마음이 다급해졌다.

"왜, 영감태기가 안 존 소리를 허든가?"

짝귀는 대불이가 생각이 가득 담긴 얼굴을 하고 들어서는 것을 보자 걱정이 되는 듯 물었다.

"어쩌면 좋겠수?"

대불이는 털썩 짝귀 옆에 주저앉으며 밑도 끝도 없이 말했다. 짝귀는 한동안 대불이의 얼굴을 찟찟이 들여다보았다. 생각이 가득 담긴 표정이기는 해도 입언저리와 눈 꼬리에 샐긋샐긋 웃음이 맺혀 있는 것으로 보아 과히 기분 상한 일이 있었던 것은 아닌 듯싶었다.

"무얼?"

짝귀가 대불이의 심중을 짚지 못하여 멀뚱한 눈으로 물었다.

"한 영감이 말이우. 그 영감 알 수 없는 사람입디다."

"뭣을 어쨌기에?"

"엉뚱하게도 나를 도와주겠다지 뭡네까?"

"도와주겠다니?"

"생각보다는 쓸 만한 구석이 있는 영감 같습디다."

"밑도 끝도 없이 도대체 무신 소리여?"

"짝귀 성님, 내 말 듣고 놀래지 마셔야 헙니다요 잉."

그러면서 대불이는 아침에 한 영감을 만난 일들을 그대로 버선코 까뒤집듯 하여 짝귀한테 털어놓았다.

"그래서 자네는 뭬라고 했나?"

짝귀도 흥분을 가라앉히지 못해 엉덩이를 들썩거리며 다급하게 물었다.

"내가 뭬라고 했을 것 같아요?"

"싫다고 했는가?"

"그랬구만요."

"그랬더니?"

"호의를 받아들일 줄 모르는 놈이라고 꾸짖을 줄 알았는듸, 그것이 아니지 뭐요. 메칠 동안 잘 생각해서 결정을 지어갖고 다시 찾아오라고 허드만요."

짝귀는 말없이 고개만 무겁게 끄덕였다.

"자네 말대루 괜찮은 구석이 있는 영감이로구만."

"어쨌으면 좋을까요?"

"자네 생각버틈 말해보게!"

"갈피를 못 잡겠네요. 사실 논을 벌고 싶지는 않거든요."

"그렇지만 좋은 기회가 아닌감?"

"또 걱정이 있기는 헙니다요. 한 영감의 말을 어디까지 믿어야 헐지 모르거든요. 한 영감은 장사꾼으로 닳고 닳은 사람이 아니우? 무슨 심보로 내게 호의를 베풀려고 허는지…… 종당에 내가 돈을 벌게 되면 뒷말을 하지나 않을라는지…… 장사꾼 속셈은 우렁잇속 같어서…….”

“거야 한 영감이 엉뚱하게 나오면 그만두면 될 게 아닌감. 밑져야 본전이지 뭘!”

“괜스리 걱정이 생겼구만요.”

“이 사람아, 걱정도 팔잘세. 이런 걱정이라면 섬으로 생겨도 좋을 거여.”

짝귀가 웃음이 가득한 눈으로 대불이를 흘겨보며 나무람 하였다.

“그래서…… 우선 성님 생각버틈 듣고 싶어서…… 혼자 결정할 일도 아니고…….”

“자네 생각대로 허소.”

“성님두 참, 무슨 정떨어질 소리를 그렇게 허슈! 나는 한 영감 말대루 미상을 허게 되면 성님허고 같이 헐 거로구만요. 한 영감도 그걸 알고요. 그러니 성님 생각을 털어놓고 말해보시우.”

그러나 짝귀는 눈을 어렴풋하게 감은 채 말없이 앉아 있기만 하였다.

“그나저나…… 이참에 고향에 한 번 댕겨오구 싶구만요.”

짝귀로서도 대불이한테 딱 부러지게 이야기할 수가 없었다. 기실은 짝귀 자신도 언제까지나 제물포에 눌러 있고 싶지가 않았다.

그도 고향으로 내려가고 싶었다. 세밑이 가까워오니 고향 가고 싶은 마음이 부쩍 더 간절해지기까지 하였다.

그러나 평생에 한 번 있을까 말까 싶은 좋은 기회를 물리쳐버릴 수만도 없는 일이 아닌가. 또 당장 고향으로 내려간다고 해도 별 뾰족한 일이 없는 바에야, 고향에 가서 식솔들을 끌고 다시 올라오는 한이 있더라도, 좋은 기회에 한 번 걸어붙이고 돈을 모으는 것도 괜찮을 듯싶었다.

짝귀는 대불이의 표정을 조심스럽게 더듬으며 자신의 생각을 차분히 정리해보았다.

"고향에 내려가서 뭣헐라는가?"

짝귀가 넌지시 물었다.

"일이 있어서 고향에 가고 싶은 것은 아니구먼요. 고향 떠난 지가 너무 오래되었으니 한 번 댕겨오고 싶은 것뿐이재."

"글타면 고향에 갔다가 다시 올라올 수도 있지 않는가."

"거야, 가봐야 알재요. 형편에 따라서 새끼내에 살 수 있을 것 같으면 그냥 눌러 있는 것이고……."

대불이는 애매하게 말했다.

"글타면 말이지, 이렇게 허세."

짝귀가 대불이 무릎 앞으로 바짝 다가앉으며, 입속에 침이 말라붙은 목소리로 말했다.

"어떻게요?"

"일단 둘이 고향에 내려가세. 내려갔다가 고향 형편을 한 번 살펴보고 올라와야 헐 것 같으면 다시 올라오세. 사실 섣달이 다 되니 맘도 뒤숭숭해지고, 고향 생각에 속이 타는구만."

"성님두 그러시우? 나도 요새 부쩍 고향 생각이 나서……."

"두말하면 춘향전이지. 그러니 당장 고향으로 내려가세."

"당장에요?"

"갔다올라면 서둘러 내려갔다가 설이나 쇠고 와야 안 쓰겄는가."

"그렇긴 허구만요."

"낼이라도 한 영감을 만나소. 만나서 내년 정월 보름이 지난 뒤버틈 허겄다고 허소."

짝귀는 결심이 선 듯 분명하게 말했다. 대불이는 짝귀의 태도가 분명해진 것 같자, 다소 마음이 놓였다.

"고향에 가보지도 않고, 미상을 허겄다고 말을 해요?"

"못허게 되면 그때 가서 못허겄다고 허면 될 일이네."

"성님 말대로 허지요. 그런듸……."

"또 뭐가 걱정인가?"

"미상은 지금이 한창인듸…… 정월이 지나면 미곡 구경하기도 힘들지 않겄남요?"

"걱정헐 것 없네. 우리가 고향에 내려가서 다시 제물포로 올라와야 헐 것 같으면 말이지, 두 사람 돈을 합해서 몽땅 미곡을 사오면 될 것 아닌가."

"이 머나먼 제물포까지 말이우?"

"배로 실어오면 되네. 아랫녘 미곡이 여기보다야 헐할 테니 배삯이야 떨어지겄재."

"성님은 장사허겄구만요."

대불이가 오랜만에 마음 놓고 생각이 가득 담긴 얼굴에 웃음을 머금으며 말했다.

"맘만 묵음사 뭣을 못허겄는가. 돈이라는 게 개같이 벌어서 정승 같이 쓰라고 했는듸. 돈 많이 벌어서 좋은 일 한 번 허세 그려."

짝귀도 기분이 좋은지 말을 하면서 벌름벌름 소리 없이 웃었다.

저녁에 응신청 형제들을 찾아간 대불이와 짝귀는 그들을 가까운 주막으로 데리고 가서 술상을 벌였다.

그들이 술자리를 같이한 것은 오태수가 돌아왔을 때 천팔봉이가 오태수한테 받은 노름돈을 봉선이가 있는 요릿집에서 다 풀어버렸던 이후 몇 차례 되지 않았다.

그들 다섯 사람은 제물포 하늘밑에 살면서도 천팔봉과 김귀돌, 오태수는 응신청에 따로 들어 살고 있었고, 대불이와 짝귀는 짝귀의 이모 집인 싸리재 주막에 빌붙어 있으면서 한 영감네 미곡전 마바리 호위꾼으로 나돌아 다니는 터이라, 자리를 같이할 짬이 별로 없었다.

술이 거나해지자 대불이가 짝귀의 옆구리를 찔벅거렸다.

"짝귀 성님이 말을 허씨요."

대불이가 다른 사람들이 알아듣지 못하게 낮은 목소리로 재촉하자, 짝귀는 알겠다는 듯 고개를 끄덕거렸다.

"그런듸, 오늘이 메칠인가?"

짝귀가 행주하던 술잔을 든 채 지나가는 말로 좌중을 둘러보며 물었다.

"오늘이 섣달 초닷새 아니우?"

대불이가 받았다.

"글타면 섣달 대목도 메칠 안 남었구만 그려!"

다시 짝귀가 혼잣말처럼 중얼거렸다.

"섣달 대목은 왜 찾으시우? 언제 우리가 그런 것 챙기구 살었수?"

팔봉이가 불컥거리는 말투로 쏘아붙이며, 술이나 마시자고 옆에 앉은 대불이에게 술잔을 돌렸다.

"팔봉이 자네, 타관에서 설 쇤 것이 몇 년 짼가?"

짝귀가 물었다.

"글쎄요. 십 년 요랑 된 것 같소만……."

"태수는?"

다시 짝귀가 벌써 취한 듯 눈이 거슴츠레해지고 있는 오태수를 건너다보며 물었다.

"나두 얼추 그렇게 된 것 같소."

"귀돌이도 그런가?"

귀돌은 술이 취할 때마다 머리를 가슴팍에 박고 깊은 시름에 잠기곤 하는 버릇이 있는데, 이날 밤에도 술 몇 잔 마시고는 괴로운 얼굴로 한사코 고개를 떨어뜨렸다. 더구나 요즈막에 와서 잡화점을 하는 과부와의 사이가 뜨악해졌는지 그의 얼굴이 한결 얽어진 듯싶었다.

"나야 고향 못 간 지가 십 년도 더 되느만요."

귀돌은 여전히 고개를 무겁게 숙인 채 한숨을 섞어 말했다.

"자네들이나 내나 참말로 모지락스러운 사람들이구만. 올해는 우리 모두 고향에 가서 설을 쇠고 오두룩 허세."

짝귀의 말에 팔봉이와 태수가 놀란 얼굴로 고개를 돌렸다.

"나와 대불이는 당장 고향에 내려갔다가 보름까지 쇠고 올라올 작정이네."

짝귀의 말에 김귀돌이도 천천히 고개를 들고 아쉬운 표정으로 마주보았다.

"대불이 형님, 정말루 고향에 내려가시려우?"

팔봉이가 뜨악해하는 얼굴로 대불이를 보며 물었다.

"갑오년에 떠나왔으니께 고향에 못 가본 지가 벌써 몇 년 짼가? 부모님헌테 불효를 허는 것만 같아서……."

대불이가 무겁게 가라앉은 목소리로 대답하자, "대불이 형님도 늙었수다 그려. 난데없이 구질구질하게 무슨 고향 생각입니까?" 팔봉은 여전히 못마땅한 눈빛으로 대불이와 짝귀를 흘겨보았다.

"부모님헌테 인사만 드리고 곧 올라올라네."

대불이가 좌중을 둘러보며 어색하게 웃었다.

"한 번 내려가면 쉽게 못 올라올 거네."

잠자고 있던 김귀돌이가 내뱉듯 말했다.

"천만에. 보름을 쇠고 나서버틈 해야 할 일이 생겨서 꼭 올라와야 허는구만."

"헐일이라니?"

귀돌이가 무겁게 고개를 들어 올리며 물었다.

"한 영감 도움으로 미상을 시작허기로 했다네."

짝귀가 대신 말해주었다.

"그것이 정말이우?"

"짝귀 형님과 함께 허는 거유?"

팔봉과 태수가 거의 동시에 물었다. 짝귀는 오달진 미소를 얼굴 가득히 머금으며 커다랗게 고개를 끄덕였다.

"한 영감이 도와준답디까?"

팔봉이가 엉겨 붙듯 관심을 보이며 다시 물었다.

"을매든지 밑을 대주겠다는 게여!"

대불이의 말에 김귀돌이가 벌름 웃으며 빈 잔을 대불이한테 되돌렸다.

"천하에 인색하기로 소문난 빡보 한 영감이 무슨 일로 그럴까."

팔봉은 아무래도 뭔가 꺼림한 구석이 있다는 얼굴로 몇 번인가 고개를 갸웃거렸다.

짝귀와 대불이가 미곡 시세도 알아볼 겸 가족들도 만나볼 겸, 겸사겸사 고향엘 다녀오기로 했다는 말에, 좌중의 다른 형제들도 각기 대목 무렵에 잠시 집에 갔다가 설을 쇠고 돌아오기로 하였다.

그러나 고향이 제주인 귀돌이만은 제주까지는 갈 수 없으니 그대로 제물포에 남아 있겠다고 하였다. 귀돌이 말로는 고향인 제주에 가봤자 가까운 친척은 없고 오촌당숙과 이모 한 분이 살고 있을 뿐이라고 하였다.

대불이가 함께 새끼내 자기 고향으로 가자고 하였으나 귀돌은 자기는 응신청을 오래 비울 수 없기 때문에 갈 수 없다고 하였다.

"짝귀, 대불이 형님들 언제 떠나시려우?"

팔봉이가 자위 뜬 얼굴을 하고 무거운 목소리로 물었다. 그는 잠시라도 형제들과 헤어지고 싶지가 않은 것이었다. 그리고 그는 고향 생각만 하면 심사가 울적해지곤 하는 것이었다. 그에게 고향은 그리운 곳이 아니었기 때문이다. 고향을 생각하면, 마음이 모지락스러운 팔봉이였지만 갑자기 목울대가 후끈거리면서 울컥 울음이 솟구치려고 하였다. 돌림병으로 아버지가 세상을 뜨자 어머니는 올망졸망한 네 아이들을 꿰매 차고 나이 많은 홀아비 피쟁이한테 시집을 갔는데, 전처의 자식들이 어찌나 어린 팔봉이 형제들을 두들겨 패쌓던지, 그들은 눈도 제대로 못 뜨고 비루먹은 강아지처럼 주눅이 들어 살았었다. 그의 어머니는 어린 자식들이 천대를 받는 것을 번연히 알면서도, 한 살 터울의 어린 네 자식들 굶겨죽이지 않으려고 눈물과 한숨으로 나날을 보냈던 것이었다. "죽지만 말고 살아남기만 허그라. 뻐다귀가 굵어질 때까지만 참고 견뎌내거라. 네들 뻐다귀만 실해지면 에미는 죽어도 괜찮다." 팔봉이 어머니는 자식들이 전처의 소생들한테 얻어맞은 것을 볼 때마다 똑같은 말만을 되풀이했다. 뼈가 굵어지기도 전에 어머니의 곁에서 뛰쳐나와, 철원의 장터 쇠전머리 주막에서 심부름을 하고 지내면서 얼핏 고향에 가서 어머니와 형제들을 만난 후로는 여태껏 다시 찾아가본 일이 없었다.

팔봉이가 짝귀와 대불이에게 언제 떠날 것이냐고 물었으나 그들은 한동안 대답을 하지 않았다. 기실 아직은 떠날 날짜를 확연히 정해놓지 않았기 때문이다.

"요새 아랫녘으로 내려가는 화륜선은 댕기는가?"

대불이가 대답 대신 되물었다.

"현익호라는 배가 군산, 목포, 부산포까지 댕기는 모양입디다."

팔봉이가 여전히 쇳덩이에 눌린 듯한 목소리로 말했다. 그러면서 그는 고향으로 떠나는 뜨내기들을 위해 축배를 들자면서 거푸 술잔을 기울였다. 그날 밤 팔봉이는 흥건히 취하고 싶었다. 취해서 고향을 잊어버리고 싶었다.

5

그 무렵, 제물포 앞바다에는 일본 군함 여러 척이 모습을 나타냈다. 그리고 군함에서 많은 일본군들이 상륙하였다. 제물포 거리는 순식간에 일본 군인들로 벅신거렸다. 사람들은 일본군이 조선을 치러 왔다고들 하였다. 그러나 일본군은 조선사람들을 해치지는 않았다.

일본과 러시아 사이에 싸움이 일어났다는 소식이 제물포 선창거리에 짜하게 퍼진 것은 일본 군함이 제물포 앞바다에 떠 있기 시작한지 며칠 후였다. 설날을 보름쯤 앞둔 제물포 선창거리는 마치 조선이 일본과 싸우기라도 하는 것처럼 민심이 술렁거렸다. 그로부터 며칠 후, 바다에서 하늘을 찢는 듯한 대포소리가 그치지 않았다. 러시아 함대와 일본 함대가 서로 맞붙어 포를 쏘아대는 것이라고 하였다. 일본 군함이 러시아 군함 두 척을 격침시켰다는 소문이 나돌았다. 바다에서 대포 소리가 하늘을 찢는 동안 제물포 사람들은 방문 밖에 나가지 않고 집안에 붙어 있었다.

바다에서 대포 소리가 잠잠해지자 일본군의 군수품을 실은 배들이 제물포항에 속속 입항하였다. 선창에는 온통 일본 군대의 군수품들이 가득 쌓이고 있었다. 제물포지역에는 많은 남정들이 일본의 군수품을 옮기는 일을 하였다. 농사철이 되기 전이라 많은 사람들이 군수품을 옮기는 일에 몰려들었다. 군수품은 북쪽으로 옮겨간다고 하였다.

들려오는 소문으로는 부산, 군산, 진남포, 원산에도 일본군대가 득실거린다고 하였다. 제물포 선창거리 일본사람들은 말끝마다 일본군은 조선을 보호해주기 위하여 러시아와 전쟁을 일으켰다고 하였다. 그것은 일본공사 하야시 곤스께(林權助)가 경운궁으로 고종을 배알한 자리에서 한 말이었던 것이다.

일본군이 러시아와 싸우기 위해 조선에 상륙할 즈음인 1904년 2월 23일에는 이른바 한일의정서(韓日議定書)라는 것을 체결하기에 이르렀다. 의정서의 내용이란 한일 양국 간에 항구불변의 친교를 유지하며, 대일본제국은 대한제국의 독립과 영토를 보전하고, 한국의 영토 보전이 위험을 느낄 때 일본은 즉각 조치를 취하며, 그러기 위해서 한국정부는 일본군을 어떤 지점에라도 수용하고, 양국 정부는 서로 승인 없이는 제삼국과의 협약을 할 수 없다는 등이었다.

일본군대가 북쪽으로 옮겨가자 제물포는 다시 잠잠해졌다. 사람들은 러시아가 이길 거라느니 일본이 이길 거라느니, 남의 나라 싸움에 관심들을 쏟았다. 그것은 러시아가 이기면 조선 땅은 러시아 차지가 될 것이고 일본이 이기면 일본 땅이 될 것이라고들 하였기 때문이었다.

"아라사가 이기면 좋겠나, 일본이 이기면 좋겠나?"

사람들은 만나면 서로 그렇게 물어보았다. 러시아가 이겼으면 좋겠다는 사람이 일본이 이기면 좋겠다는 사람보다 훨씬 많았다.

대불이는 서둘러 아침을 먹고 빽보네 미곡전으로 나가서 한 영감을 만났다. 한 영감은 해가 떠오르도록 미곡전에 나오지 않고 있었다. 여느 때 같으면 미곡전에 나와 질화로를 품고 앉아 있게 마련인데 이날따라 늦도록 안방에 몽그작거리고 있는 데에는 그만한 이유가 있었다.

새벽같이 쇠뿔고개의 권만길이가 엄장한 사내들을 앞세우고 찾아와서 한바탕 휘젓고 간 때문이다. 권만길은 대야에서 대불이와 짝귀한테 얻어맞고 박이 터진 사람들을 둘씩이나 앞세워 한 영감네 미곡전으로 데리고 와서는, 대야에 마바리 호위꾼으로 따라간 사람들을 내놓으라고 한바탕 떼를 쓰다가 돌아갔다. 권만길은 다행히 대불이와 짝귀가 한 짓이라는 것을 모르고 있었다. 권만길은 대야에서 자기네 미상들한테 손찌검을 한 사람이 대불이라는 것을 알면 가만있지 않을 것이었다. 권만길이 응신청 옆에서 미곡전을 할 때, 한집에 달린 그의 형네 주막에서 아침저녁을 먹으러 다니면서 자주 얼굴을 마주친 적이 있었기에, 대불이를 알아볼 수 있을 것이었다. 더구나 권만길은 대불이가 하야시를 제물포 앞바다에 띄워 보낸 일도 잘 알고 있는 터이라, 대야에서 난장판을 친 사람이 대불이라는 것을 아는 날에는 결코 가만두지 않을 것이었다.

대불이는 미곡전에서 심부름을 하는 아이한테서 권만길이가 찾아와 한바탕 어거지를 쓰고 갔다는 이야기를 듣고, 아침을 먹고 오기를 잘했다고 생각했다. 서둘러 왔다가 자빡 마주치기라도 했다면 어찌했을까 생각하니, 저절로 한숨이 흘러나왔다.

더욱이나 권만길은 옛날에 대불이와 순영이가 가깝게 지낼 때에도 여간 못마땅하게 생각했던 사람이 아니었던가.

"그래서, 영감님이 권 씨한테 뭐라고 허시더냐? 잘못되었다고 허시더냐?"

대불이가 궁금한 얼굴로 미곡전 담살이한테 물었다.

"잘못되었다고 허시기는요? 누가 먼첨 이편을 건드렸냐면서, 되레 큰 소리로 그 사람들을 나무라시던데요?"

"영감님 기분이 상하셨겠구나."

"글쎄, 그러시나봐요. 권 씨 그 사람 야쿠자패들과 가깝다면서요?"

"권 씨가 무슨 말을 허고 갔느냐."

"기어코 두 사람을 찾아서 가만두지 않겠다고 허데요."

대불이는 그냥 돌아가 버릴까 하다가, 자기 일로 한 영감까지 봉변을 당한 것이 죄스러워, 용서를 빌 겸 안마당으로 들어서서 안방 토마루 아래 섰다.

"영감님, 저 대불이옵니다."

대불이가 헛기침을 하고 나서 입을 열자 안방에서 한 영감이 나지막한 목소리로 들어오라고 하였다.

한 영감은 생각대로 찜부럭한 얼굴로 장죽을 빨고 엇비슷하게 상반신을 기대앉아 있었다.

"저 땜시 심려를 끼쳐드려 죄송합니다요."

대불이가 무릎을 꿇고 허리를 굽히며 진심으로 용서를 빌었다. 그러나 한 영감은 눈을 천장에 던진 채 아무 말도 하지 않았다.

"제가 쇠뿔고개 권 씨네 미곡전으로 찾아가서 용서를 빌깝쇼."

그러자 한 영감이 고개를 획 돌리며 무서운 눈으로 대불이를 쏘아보았다.

"이런 멍청한 놈. 권가 놈한테 뭣을 잘못했다고 용서를 빌어!"

한 영감이 대불이를 향해 버럭 고함을 질렀다. 대불이는 한 영감이 화를 내는 바람에 아무 소리 못하고 고개를 무겁게 떨어뜨렸다.

"자네가 잘못한 건 아무것도 없어."

한 영감의 목소리가 한결 누그러졌다. 그리고 한동안 말없이 장죽만 뻐억뻐억 빨아댔다. 대불이는 고개를 들지 못한 채 숨을 죽였다. 말을 꺼냈다가는 또 무슨 지청구를 들을지 몰랐기 때문이다.

한 영감은 놋쇠 재떨이가 쩡쩡 울리도록 장죽의 대통을 거칠게 털고 나서 천천히 대불이를 바라보았다.

"이제는 이 한대두도 늙었구만. 그만한 일로 마음을 상해서야……."

그러면서 한 영감은 대불이에게 무슨 말인가를 할 듯하다가는 입을 다물어버렸다.

"이 한대두도 늙었어!"

한 영감은 탄식하듯 같은 말을 뱉으며 대불이를 뚫어지게 바라보았다.

"내가 자네만큼만 젊고 힘이 있어도 권가 놈쯤은 상대도 안될 것을……."

대불이는 여전히 고개를 박은 채 잠자코 있었다.

"나한테 자네 같은 사람이 필요허네."

한 영감의 목소리가 힘이 빠져 있었다. 대불이는 천천히 고개를 들어 한 영감을 보았다. 한 영감이 씁쓸하게 웃고 있었다.

"당분간 밖에 나오지 말고 피신을 해 있두룩 허게."

한 영감이 말했다.

"피신을 허다니요?"

"권가 놈이 자네한테 무슨 해꾸지를 헐지 몰라."

"그런 것 따위는 상관하지 않습니다요."

"상관을 않다니! 자네를 생각해서 허는 소리여!"

"그것은 압니다요."

"그리고 자네, 어저께 내가 헌 말에 대해서는 아직 결심이 안 섰는가?"

한 영감이 대불이의 얼굴에서 눈을 떼지 않은 채 물었다.

"실은 그 일로 왔구만요."

"어쩌기로 했는데?"

"이르신네 말씀대로 하겠구만요. 헌디 잠시 고향에 내려갔다 와서 착수를 했으면……."

"고향이 아랫녘이라고 했든가?"

"네, 나주올습니다요."

"언제 내려갔다가 언제 올라올 텐가?"

"시방이래두 갔다가 정월 보름 쇠고 올라오겠구만요. 올라올 때 값이 어지간하면 미곡을 사서 배에 싣고 왔으면 헙니다요."

"그 생각은 누가 했는가."

"네, 짝귀 성님의 생각입니다."

"그 사람 장사 해먹겠구만. 돈이 필요하면 말을 하게, 떠날 때 줌세."

"돈은 필요치 않습니다요."

"자네들 좋을 대로 허게나."

"허락을 해주시는 겁니까요."

"좋네. 꼭 오기만 한다면야, 언제 와도 좋네. 그렇게 되면 피신이고 뭐고 당장에 고향으로 내려가게."

"우리 없을 때 권 씨가 또 행패를 부리면 어쩝니까요."

"그런 건 걱정할 것 없네."

그러면서 한 영감은 두 사람이 고향에 내려갈 때 보태 쓰라고 여비까지 내주었다. 대불이가 한사코 받지 않겠다고 했으나 한 영감이 버럭 화를 내는 바람에 슬며시 집어서 고의춤 속에 넣었다.

이날 밤 대불이는 짝귀와 함께 미곡전 한 영감을 찾아와 하직인사를 하고 돌아갔다.

한 영감에게 하직인사를 한 뒤, 대불이는 짝귀를 먼저 보내고 그는 세관청 쪽으로 내려갔다. 봉선이에게도 말을 해두고 떠나야 할 것 같았기 때문이다. 어차피 돌아올 터에 말을 하지 않고 떠난다고 해도 상관은 없겠지만, 여자라는 것은 조그마한 일에 앙칼을 부린다는 것을 알고 있었기에, 얼핏 얼굴이라도 비치고 가고 싶었던 것이다.

봉선이는 집에 없었다.

그냥 돌아 와버릴까 하다가 그렇게 되면 새벽에라도 다시 찾아와야 할 것 같았기에 그녀가 돌아올 때까지 기다릴 셈으로 봉선이의 방으로 들어갔다.

대불이는 이불을 덮고 아랫목의 벽에 등을 기대어 반쯤 누워서 봉선이가 돌아오기를 기다렸다.

한겨울의 바닷바람이 달려와 봉창을 흔들어댔으며, 바람에 못 견뎌 문풍지가 바르르 울었다.

대불이는 날이 밝기 전에 봉선이의 방에서 나와 곧장 싸리재로 갔다. 그는 배편을 알아보고 당장에라도 제물포를 떠날 생각이었다.

세관창고 뒷길을 지나오는데 새벽바람이 칼날처럼 매서웠다. 차가운 새벽바람에 바다가 요동을 쳤다. 파도 소리가 요란한 것으로 보아 바람이 드세어질 듯싶었다.

싸리재로 올라가자 윙윙거리는 한겨울 새벽바람에 소나무 가지들이 너울너울 춤을 추었다. 희번하게 동이 터왔으나 하늘은 여전히 칙칙하게 내려앉아 있었다. 눈이라도 내릴 듯이 찌푸린 새벽이었다.

대불이는 살금살금 주막 안으로 들어가, 짝귀 혼자 잠들어 있을 골방 문을 열었다. 봉창이 없는 골방은 바깥보다 더 어두웠다.

발끝으로 더듬어 방안에 들어선 대불이는 입은 채로 조용히 누웠다. 그러자 잠든 줄만 알았던 짝귀가 벌떡 일어나 앉았다.

"일찍 깨셨구먼요."

대불이는 혼자만 외박을 한 게 겸연쩍은 듯 그냥 벽을 향해 돌아 누워버렸다. 그는 새벽까지 봉선이와 함께 엉겨 붙어 있느라 잠시도 눈을 붙이지 못했다. 눈알이 씀벅거리고 온몸이 우뭇가사리처럼 흐늘흐늘해졌다.

"순영이가 왔어!"

짝귀가 지나가는 말투로 말하자, 모로 누워 있던 대불이는 놀란 얼굴로 벌떡 일어났다.

"순영이가 오다니요?"

"내가 한 영감 집에서 돌아와 보니 와 있더구만."

"몇년 만에 왔당가요?"

대불이가 다시 몸을 뉘며 건성으로 혼잣말처럼 중얼거렸다. 그는 되도록이면 짝귀에게 태연한 척하였다.

"하야시허고 같이 왔드만."

"하야시허고?"

대불이가 다시 불총 맞은 사람처럼 화들짝 놀라며 일어나 앉았다.

"하야시허고 혼인이라도 했당가요? 그런 소문이 들립디다요."

대불이가 짝귀 옆으로 바짝 다가앉으며 되물었다.

"모르겄어!"

"시방, 어디 있어요?"

"순영이는 큰방에서 부모님들허고 같이 자고, 하야시는 밤이 깊어서야 쇠뿔고개 순영이네 작은집에 간다고 나갔어."

짝귀는 말을 하면서도 무엇인가 못마땅한 듯 쩝쩝 입맛을 다셔댔다.

"참말로 오랜만에 왔구만요."

"자세허게는 모르겠네만 얼핏 듣자허니 함께 일본으로 건너간다고 허는 것 같데!"

"함께 일본으로요?"

"순영이가 일본으로 유학을 간다는 게야."

그 말은 대불이도 언젠가 순영이한테서 들은 기억이 있었다. 그러나 그때까지만 해도 그녀는 죽어도 일본으로는 가지 않겠다고 하지 않았던가.

"내 말 안 묻습디까요?"

대불이는 목구멍 속이 바싹 타는지 계속 침을 삼켰다.

"누가?"

"순영이와 하야시를 봤남요?"

"그 쪽발이 나헌테 아주 친절허드만."

"그래 내 말은 안 묻습디까?"

"하야시는 자네 이야기는 끄내지도 않고 순영이만……."

대불이는 하루라도 빨리 서둘러 제물포를 떠나지 않았던 것이 후회스러웠다. 대불이는 순영이가 오랜만에 집에 왔다는 말을 듣자 잠이 어둠 밖으로 달아나버렸다. 더구나 순영이가 하야시와 함께 일본으로 간다는 말에 놀라지 않을 수 없었다.

대불이는 순영이가 일본을 가건 말건 상관하지 말자고 스스로에게 타일렀다. 그러나 어찌된 심산인지 자꾸만 순영이에 대한 생각이 꼬리를 물고 여러 갈래로 흩어져 머릿속이 혼몽해졌다.

대불이는 벽에 등을 기댄 채 두 발을 쭉 뻗대고 앉아서 희번하게 밝아오는 죽창문을 바라보았다. 어쩐지 배신당한 기분이었다. 그는 담배에 불을 붙이고 연기를 푸우푸우 허공에 내뿜었다.

"이 사람아, 왜 그리 심란하게 앉아 있는가."

짝귀가 대불이를 놀리듯 말했다. 짝귀도 왜 대불이가 갑자기 소태 껍질을 씹는 얼굴로 앉아서 별로 좋아하지도 않는 새벽담배를 빨아 대고 있는 것인지 번연히 알면서도 이죽거리듯 말했다.

"여자라는 것은 참 요물단지 같어요."

대불이가 혼잣말처럼 중얼거렸다.

"자네, 우리 순영이를 두고 하는 말 같구만."

"암턴 장사꾼허고 여자덜은 꼭 우렁잇속 같어놔서 무슨 생각을 허고 있는지 알 수가 없다니께요."

대불이는 담뱃불을 손으로 눌러 끄고 벌렁 누우며 맥없이 말했다. 그나저나 날이 새면 순영이의 얼굴과 마주치게 될 터인데, 대불이는 어쩐지 그녀를 만나고 싶지가 않았다. 차라리 순영이가 일어나기 전에 다시 봉선이 집에나 가 있다가 배 시간이 되면 훌쩍 떠나버릴까 하는 생각도 해보았다. 하야시와 일본으로 떠나는 마당에 순영이를 만나서 시답잖게 무슨 말을 한단 말인가.

"순영이는 남다른 데가 있는 아이여."

한참 후에 짝귀가 말했다.

"그 여자 팔자가 워낙 드세어놔서 순탄허게 살지는 못헐 거로구만요. 지금이 어느 세상인듸 왜놈과 뜻이 맞아갖구 일본으로 건너가요?

시방 나이가 몇살인디?"

대불인는 짝귀를 향해 불컥 쏘아붙였다. 짝귀는 이종누이동생이 되는 순영이에 대해 나쁘게 말하는 대불이가 마땅찮았던지, "허허, 이사람. 그 애도 다 생각이 있을 거여. 순영이는 제 앞을 가릴 줄 아는 아이구만" 하고 한사코 순영이를 감싸고 나섰다.

날이 완연히 밝았는지 죽창문 쪽에서부터 방안의 어둠이 안개처럼 서서히 걷히기 시작했다. 큰방 문 열리는 소리와 함께 술청 쪽에서 달그락거리는 소리가 났다. 순영이 어머니가 아침을 지으려고 나온 모양이었다.

윙윙 바닷바람이 죽창문을 거칠게 흔들어댔다. 구들이 식어버렸는지 방바닥에 온기가 가셨다. 대불이는 헌 이불 속으로 파고들며 잠시만이라도 눈을 붙이려고 하였다. 그러나 어찌된 일인지 잠이 오지 않았다. 삭신은 물 묻은 솜뭉치처럼 나른했으나, 머릿속이 휑뎅그렁하게 비어 있는 기분이었다.

"일찌감치 뱃시간이나 좀 알아 보슈. 기왕지사 떠날 것 지체해봐야 별 볼일 있겠수?"

대불이가 이불을 배 위로 끄집어 당기며 말했다.

"바람이 요동을 치는 모양인디, 배가 떠날라는가 모르겠구만."

짝귀는 걱정스럽게 말하며 일어나 앉았다. 밖에서 순영이 아버지의 기침소리가 들렸다.

"짝귀 일어났느냐?"

잠시 후 순영이 아버지가 골방 문을 열고 어두컴컴한 방안으로 그림자 같은 얼굴을 디밀었다.

이불을 덮고 뭉그적거리고 있던 대불이는 순영이 아버지가 방문을 열자 벌떡 일어나 앉았다.

"들어오셔요."

짝귀가 일어서며 말했다.

"날이 맹그렁하게 춥구만. 바람도 칼끝 같고, 눈이 올라는가……."

순영이 아버지는 아직 완연히 어둠이 걷히지 않은 방안으로 더듬거리며 들어섰다.

"아랫목으로 앉으시지요."

대불이가 앉을 자리를 비켜주었다.

"어이쿠, 이 방도 돼진 놈 콧구멍만도 못하구만. 방바닥이 사람 덕 볼라고 허네."

순영이 아버지는 손바닥으로 방바닥을 쓸어보며 말했다. 대불이는 순영이 아버지가 이른 아침부터 찾아들어온 것은 필시 무슨 할 말이 있어서겠지 하고 잠자코 앉아 있기만 하였다.

"순영이는 언제 떠난답디까요?"

대불이가 묻고 싶은 말을 짝귀가 대신 물었다.

"실은 그것 때문에 걱정이다."

순영이 아버지는 한사코 대불이의 눈치를 살피며 낮은 목소리로 입을 열었다. 그는 아직도 대불이를 사윗감으로 맞고 싶은 생각에는 변함이 없었으며, 그러기에 대불이가 가끔 봉선이 집에서 자고 오는 날이면 은근히 그것을 밝히려 들기까지 하던 것이었다.

"참, 순영이가 왔담서요?"

대불이는 순영이가 왔다는 것을 모른 척하고 있기가 무엇해서, 뚜벅 지나가는 말투로 물었다.

"그렇다네."

대답을 하는 순영이 아버지 권대길의 말소리가 맥이 빠져 있었다.

"하야시 놈허고 같이 왔다는디……."

대불이는 약간 배알이 틀린 얼굴로 순영이 아버지를 보며 혼잣말처럼 얼버무렸다.

"대불이 자네가 좀 말려주소."

순영이 아버지가 대불이 쪽을 돌아앉으며 애원을 하듯 말했다.

"제가 뭘 말려요?"

"유학인가 뭣인가 가는 것 말이여? 그년이 서울로 학교를 댕기더니 간뎅이가 얼마나 커졌는지 원. 암만혀도 옛날 순영이가 아니란마시. 간밤에 제 에미하고 밤새도록 설득을 해봤지만 우리 늙은이들 말을 도무지 들어주지를 않으니……."

순영이 아버지는 말을 마치지 못하고 애간장이 녹아내리는 듯 생기침과 함께 한숨을 길게 토해냈다.

"순영이도 다 생각이 있겠지요 머."

대불이가 말했다.

"그래도 대불이 자네 말이라면 들을지도 모르지 않는가. 그러니 순영이를 한 번 만나서 설득을 해보소. 제 나이가 시방 몇인데, 시집갈 생각은 않고 엉뚱한 생각을 하는지 모르겠어. 몇 년 안 있으면 서른이 되는데두. 계집년이 존 남편 만나서 아들 딸 잘 낳고 살림 잘하면 되는 거재, 만리타국 유학이라니 가당하기나 하는가 말이시."

"너무 걱정 마셔요. 어린애기도 아닌듸, 비미니 알아서 작량을 허겠어요?"

짝귀가 그의 이모부를 위로해주었다.

"말하는 본새가 내 딸이 아닌 것 같어! 제 에미가 눈물바람을 하면서 그렇게 사정을 해도……."

"알겠구만요. 제가 한 번 만나서 이야기나 해볼랍니다요."

대불이가 말했다. 어차피 한 번은 순영이를 만날 터인데, 만나게 되면 무슨 연유로 하야시와 함께 일본으로 건너가는 건지 알아보고 싶기도 하였다.

방안이 완연히 밝아오자 대불이는 소세를 할 양으로 두 손으로 얼굴을 문지르며 방에서 나갔다. 간밤에 잠을 한잠도 못 잔 탓으로 얼굴이 까칠까칠하게 느껴졌다.

밖으로 나간 대불이는 쌩한 바닷바람에 목을 움츠렸다. 해가 뜨지 않으려는 듯 동편 하늘이 무겁게 내려앉아 있었다. 그는 두 팔을 홰기치듯 빙빙 돌려 뻑적지근한 삭신을 풀며 거무튀튀하게 하늘인지 바다인지 분별하기조차 힘든 월미도 쪽을 내려다보았다. 대불이는 아침마다 일찍 일어나는 대로 맑게 갠 월미도 앞바다를 내려다보면서, 그날 하루 해야 할 일들을 머릿속에 추스르곤 하였다. 월미도 앞바다가 맑게 갠 날이면 그의 기분도 쾌적하여 하루의 일도 술술 잘 풀렸으나, 거무튀튀하게 흐려 있는 날에는 그의 마음까지도 음울하게 가라앉곤 하여 온종일 찜찜한 기분이었다.

이날 아침도, 바다가 흐려 있자 그의 마음에도 먹장구름이 가득 끼여 있는 듯싶었다.

대불이는 흘긋 안방 쪽을 훔쳐보았다. 순영이가 일어났는가 싶어서였다. 그러나 순영의 모습은 보이지 않고 그녀의 어머니만이 잠이 부족해 푸석푸석하게 뜬 얼굴로 아침을 짓느라 덤벙거렸다.

안방 토마루 위에 순영이의 검정고무신이 가지런히 놓여 있었다. 대불이는 순영이의 고무신을 보자, 이상하게 마음이 울렁거렸다. 대불이는 일부러 순영이 들으라는 듯 큼큼 헛기침을 하며 술청 앞뜰을 왔다갔다 서성거렸다. 그래도 안방 문이 열리지 않았다. 아마 간밤에 부모들한테 시달리다가 늦게야 깊은 잠이 들었는지도 몰랐다.

짝귀가 고의춤을 추어올리며 뒷간엘 가려는지 짚신을 직직 끄집고 나오자, 대불이는 무 캐먹다 들킨 사람처럼 놀라며, 양치질을 하기 위해 소금이 들어 있는 종지를 집어 들고 대추나무 밑으로 어정어정 걸어갔다. 그는 소금으로 양치질을 하면서도 시선은 계속 안방 문 쪽에 드리우고 있었다.

순영이가 하야시와 함께 일본으로 떠난다는 말을 처음 짝귀한테서 들었을 때까지만 해도, 울컥 역겨움 같은 것을 느끼며 순영이의 상판대기도 보고 싶지 않았으나, 막상 날이 밝고 보니 웬일인지 심신이 바짝 긴장하면서 자꾸만 신경이 쏠렸다.

대불이가 여느 아침과는 달리 한사코 미적거리며, 입안의 소금이 다 녹도록 오랫동안 양치질을 하고 물로 입을 헹구려고 하는데 안방

문이 삐그시 열렸다. 허드레옷을 입고 눈을 비비며 신발을 꿰고 일어서던 순영이가 얼핏 대불이의 모습을 발견하더니 흠칫 놀라는 얼굴이었다. 대불이는 그녀의 눈동자 움직임 하나까지도 놓치지 않으려는 듯 팽팽한 시선으로 순영을 바라보았다. 대불이가 입안의 소금기를 다 헹구고 나자 순영은 손으로 머리를 누르며 대추나무 가까이로 걸어왔다.

"잘 계셨어요?"

순영이 쪽에서 먼저 어색하게 웃으며 알은 체를 해왔다.

"왔다는 이야기는 들었구먼. 이거 몇년 만이여?"

대불이는 대야에 바가지로 소세물을 퍼 담으며 무겁게 말을 받았다.

"전, 고향에 내려가신 줄 알았어요."

대불이는 순영이의 말에 얼핏 고개를 돌려버렸다. 그리고 쭈그리고 앉아 두 손을 대야의 찬물 속에 담그며 천천히 그녀를 올려다보았다. 조금 야윈 듯했지만 얼굴의 살결은 예나 다름없이 발그레하게 홍조를 띠고 있었다.

"그렇잖어도 이제 내려갈 참이여."

대불이는 무뚝뚝하게 말했다.

대불이가 대강 소세를 끝내자, 어느 틈에 순영이는 안방에 들어갔다 나오더니 일본사람들이 사용하는 무명실로 짠 얼굴 수건을 들고 옆에 서 있었다.

"얼굴 닦으세요."

순영이가 수건을 내밀었다. 대불이는 얼굴에서 찬물방울이 뚝뚝

떨어지는 채 우두커니 순영이의 얼굴만 바라보고 서 있었다. 그러자 순영이가 수건을 대불이의 어깨 위에 걸쳐주고 돌아섰다.

"저…… 순영이."

대불이가 나지막하게 부르자 순영이는 발걸음을 멈추어선 채 고개만 돌렸다.

"저…… 조반 먹고 얼핏 만났으면 허는디……."

대불이는 지싯지싯 순영이의 눈치를 살피며 말했다.

"조반 먹고 돈들막 아래로 내려올 수 있남?"

"그렇게 해요."

순영은 담담하게 대답하고 돌아서서 안방 쪽으로 갔다. 대불이는 순영이의 뒷모습을 생각에 잠긴 시선으로 바라보면서 그녀가 어깨 위에 걸쳐주고 간 일본 수건으로 얼굴을 닦았다.

"아까 순영이허고 무신 이야기 했는가?"

아침 밥상을 받고 마주앉자 짝귀가 뚜벅 입을 열었다.

"조반 후에 좀 만나자고 했구만요."

짝귀는 더 묻지 않았다.

대불이는 서둘러 조반을 먹어치웠다. 미리 돈들막 아래에 내려가서 순영이를 기다리기 위해서다. 그는 숭늉이 들어오기도 전에 서둘러 방을 나가 돈단 아래로 내려갔다. 바람 끝이 더 날카로워진 듯싶었다.

월미도 앞바다는 여전히 칙칙하게 가라앉아 있었다.

하늘을 쳐다보니 눈 머금은 먹장구름이 머리 위까지 바짝 내려와 있었다. 대불이는 두 손으로 귀를 싸맨 채 칼날처럼 매서운 바람을 그대로 받고 서서 순영이가 내려오기만을 기다렸다. 그러나 순영이가 돈들막 아래로 얼굴을 나타낸 것은 한참 후였다. 바람맞은 귀뿌리가 떨어져나갈 것처럼 아리고 코끝이 시큰해왔다.

"내가 너무 늦었지요?"

긴 바지에 검정치마와 흰 저고리를 입은 순영은 두꺼운 털실 목도리로 목을 칭칭 감고 내려오며 미안해하는 얼굴로 말했다.

"날씨가 되게 춥구만."

"전 추운 날씨가 좋아요. 추운 겨울이 있으니까 사람 마음도 강해지는 것 아니겠어요?"

"그렇다면 나흐고 화도진까지 걸어도 괜찮겄남?"

"좋아요. 오랜만에 겨울 바닷바람을 맞으며 화도고개에 올라가 보는 것도 좋겠지요. 언제 다시 와볼지도 모르니."

대불이는 순영이의 말은 듣는 둥 마는 둥 앞서서 돈들막을 내려갔다. 무겁고 칙칙하게 내려앉은 하늘에서 찔레꽃만큼씩한 눈송이가 하나 둘 바람에 날리기 시작했다.

"눈이 오네요."

순영이가 큰 소리로 호들갑을 떨었다.

"눈이 좀 오겄는듸?"

대불이는 눈을 뿌리는 하늘처럼 찌푸린 얼굴을 하고 말했다. 눈보라가 치게 되면 목포 가는 배가 출항을 하지 못할 것 같았기 때문에 다소 걱정이 되었다.

그들은 일본인 거리에 내려올 때까지 아무 말도 하지 않았다. 대불이는 그녀에게 무슨 말부터 해야 좋을지 몰라 잠시 말문이 막혀 버렸다. 그는 나란히 걷기가 부끄러워 몇 발짝 앞서 걸음을 빨리했다.

눈송이가 더욱 커지면서 바람이 잠들기 시작했다.

바람이 잠드는가 싶자 눈이 하늘 한구석이 무너지기라도 하듯 술술 내렸다.

대불이가 호텔 앞에 이르러 화도진 쪽으로 꺾어들려고 하자, 순영이는 선창 구경을 하고 싶다고 말했다. 그녀는 돈들막에서부터 화도진으로 곧장 넘어가자는 대불이의 말에 일본인 거리가 얼마나 달라졌는가 보고 싶다고 하더니, 이제 다시 선창을 구경하겠다는 것이었다.

대불이는 순영이가 하자는 대로 선창 쪽으로 내려갔다.

그들이 선창에 이르자 눈발이 더욱 굵어졌다. 눈이 눈앞을 가렸다. 겨울 들어 가장 포실하게 눈이 내리고 있었다.

"눈이 많이 올 모양인디, 어디 떡집에라도 들어갈까?"

대불이가 시린 손을 겨드랑이 속에 넣으며 순영이의 의향을 떠보았다.

그는 문득 그가 서울에 있을 때 진고개 떡집에서 그녀와 마지막 만났던 때가 생각났다. 그때 떡집에서 나온 그를 잡아간 하야시가 순영이와 함께 제물포에 왔다니, 기분이 걸레 씹은 심정이었다.

"그냥 걸어요. 눈이 오니 얼마나 좋아요? 이렇게 눈을 흠뻑 맞고 제물포 선창을 둘이 걷는 것이 후담에 좋은 추억거리가 될지 누가 알아요?"

순영이가 웃는 얼굴로 대불이를 보며 말했다. 대불이는 순영이의 말 중에서 후담에 좋은 추억거리가 될지 누가 알아요 하는 대목이 마음에 걸렸다. 그녀의 아버지 말대로 순영이는 그가 서울에서 만났을 때보다 훨씬 달라진 것 같기도 하였다.

"참, 하야시랑 같이 왔담서?"

화물 야적장 앞을 지나면서 대불이가 한껏 용기를 내어 물었다.

순영이는 잠시 눈에 덮이기 시작하는 화물 야적장을 바라보는 것 같더니, "함께 왔어요" 하고 무겁게 말했다.

대불이는 눈이 내리고 있는 바다 쪽을 보았다. 허공에 날리는 눈은 바닷물 속에 흔적도 없이 사라졌다. 땅 위에서는 그대로 길바닥과 지붕과 울타리, 앙상한 나뭇가지며 야적장의 화물, 얼어붙은 웅덩이 위, 그들 두 사람의 어깨와 머리 위에까지도 소복이 쌓이고 있는데, 바다에서만은 흔적조차 찾아볼 수가 없이 바다 속에 사그라져버렸다. 대불이는 마치 지나간 그들의 정분도 바다 위에 내리는 눈처럼 흔적조차 없어져버리지 않았을까 하는 허무한 생각을 해보았다.

"하야시는 자주 만났남?"

대불이는 순영이한테 말을 올려야겠다는 생각을 하면서도 그게 쉽게 되지를 않았다.

"대불 씨가 진고개에서 잡혀간 후로 몇 번 만났어요."

순영이의 표정이 갑자기 어두워졌다. 앞을 가리는 눈발 때문이거니 싶었는데 그게 아니었다.

그녀는 조금 전까지만 해도 손바닥을 벌리고 걸으면서, 손바닥에 눈을 받아 혀끝으로 핥기까지 하지 않았던가. 순영의 머리 위에는 어느덧 눈이 수북이 쌓여 있었다.

"일본으로 간담서?"

"전 일본에 가지 않아요."

"순영이 아버님께서 그러시던듸?"

"일본을 지나서 미국으로 가요."

"미국으로?"

대불이가 놀라며 걸음을 멈추어 섰다. 순영이는 말을 하지 않았다. 그녀는 눈발을 그대로 맞으며 슬픈 생각에 잠긴 얼굴로 천천히 걸었다.

"그 머나먼 미국에는 왜?"

"교회에서 보내준대요. 저, 그동안 여학교를 졸업하고 주욱 교회 일을 봐줬거든요."

순영은 고개를 숙이고 천천히 걸으면서 낮은 목소리로 차분하게 이야기했다.

"살아생전에 다시 만나기는 어렵겠구만."

대불이는 착 가라앉은 목소리로 말하며 순영이의 모습을 찬찬히 지켜보았다.

대불이는 순영이가 하야시를 따라서 일본에 가는 것이 아니고 하야시의 귀국길에 일본까지만 같이 갔다가 그녀 혼자 미국으로 간다는 말을 듣고 마음이 가라앉긴 하였으나 순영이가 아주 머나먼 곳으로 간다는 것에는 여전히 씁쓸한 기분이었다.

대불이 생각에 가까운 일본이라면 쉬 다시 나올 수도 있겠지만 그의 상식으로는 미국이라는 나라가 어디쯤에 붙어 있는지도 모르는 터라, 지금 헤어지면 다시 만나기가 어렵게 될 것 같았다.

결코 마음이 약하지 않은 대불이였으나 헤어지는 아픔은 어느 누구보다 더 못견뎌하였다. 그는 헤어짐의 아픔이 얼마나 견딜 수 없는 것인가를 잘 알고 있었다. 더구나 그는 여태껏 수많은 헤어짐의 아픔 속에서 살아오지 않았는가. 많은 헤어짐 가운데서도 오래전에 헤어진 말바우 어미를 여태껏 잊지 못하고 있었다. 다시 만날 수 있는 헤어짐이란, 언제나 기대와 설렘으로 찾아낼 수 있지만 마지막 헤어짐은 죽음만큼이나 서러운 것이었다.

가령, 헤어진 가족들은 고향에 돌아가기만 하면 다시 만날 수 있다는 생각에 값진 보물을 숨겨놓은 기분이기도 하였으나, 아무리 다시 만나고 싶어 발버둥을 쳐도 만날 수 없는 헤어짐이란 죽음과 같은 것이 아니겠는가 싶었다.

그래서 대불이는 헤어짐의 아픔을 싫어했다. 그렇기 때문에 만나는 즐거움보다 헤어짐의 아쉬움을 더 어렵게 생각했다. 그는 잘 만나는 것보다 잘 헤어져야 한다고 생각하였다. 잘 헤어진다는 것은 다시 만날 수 있는 기대와 설렘을 간직하는 것이었다.

"왜 유학을 갈려구 그러남? 여기서도 배울 것이 많을 텐듸."

대불이는 순영이를 붙잡고 싶었다. 장차 두 사람 사이가 어떻게 되는가 하는 문제에 대해서 생각하기 전에 우선 순영이와 함께 같은 하늘 밑에 살아가고 싶은 것이다.

"우리는 너무 약해요. 더 많이 배워야 해요."

순영이는 힘을 주어 말했다.

"내 소견으로는 시방 급한 것은 배우는 것이 아니고, 나라를 지키는 일이라고 생각허는디? 이대로 뒀다가는 외세에 밀려 조선은 자멸을 허고 말 거여. 그러니 물밀듯 밀려들어오는 외세버틈 막아야 헌다고 믿고 있는디."

대불이는 평소에 그가 생각해온 바를 순영이한테 말했다. 그녀에게 그와 비슷한 이야기를 벌써 여러 차례 해왔었다.

"외세가 너무 강해서 막을 수가 없는 걸요."

"무슨 소려? 막을 수가 없다고 귀경만 허자는 말이여?"

"비가 많이 와서 큰 홍수가 질 때는 물을 막을 수가 없지 않아요? 큰물이 지나가기를 기다려야지요."

"귀경만 함서?"

"구경이 아니지요. 그동안에 힘을 길러야지요. 힘을 기르기 위해서는 무엇이 힘인가부터 알아야 해요. 전 그래서 지난번 만민공동회 때도 냉담했던 거예요."

대불이는 순영이의 이야기에도 일리가 있다고 생각했다. 그러나 그녀가 멀리 미국까지 유학을 간다는 것에는 찬성할 수가 없었다. 그것은 도피와 같은 것이라고 생각했다. 외세를 막아낼 힘이 부족하다는 이유를 들어 소용돌이를 피해 멀리 도망을 치는 것이라고 생각할 수밖에 없었다.

대불이는 문득, 지난날 동학도들과 함께 장성 입암산에 있을 때, 기수선 교장이 그에게 한 말이 떠올랐다.

공자가 그의 제자 안회(顔回)에게 말하기를 "잘 다스려지고 있는 나라에서는 떠나고 어지러운 나라에는 가거라. 그것은 환자의 집에 의

사가 많이 모이는 것과 같아서 치료가 필요하기 때문이다라고 했다는 내용이었다.

그러면서 기수선 교장은, 사람이 탁세(濁世)를 피해 홀로 살아가기란 오히려 쉬운 것이며, 속진(俗塵) 속에 있으면서 그것을 견디고 이겨내기가 어렵다고 하였다.

"언제 떠날 거여?"

대불이가 찝찝한 목소리로 물었다.

"배편이 나는 대로요. 하야시가 배편을 알아보겠다고 했어요."

"하야시하고 일본에서는 얼매나 같이 있게 되는겨?"

묻는 대불이의 목소리가 여전히 불컥거렸다.

"오래 머무르지 않을 거예요. 미국에서 로드 서장님이 기다리고 계시거든요."

"로드 서장인가 허는 양코배기는 제 나라에서 뭣허는감?"

"교회 재단 일을 하시는가 봐요. 작년엔가 부인이 돌아가셨다고 허데요."

대불이는 잠시 발걸음을 멈추어 섰다가 다시 걸었다. 그들은 화도 고개 밑까지 왔다. 눈보라는 휘몰아쳐 눈앞을 가렸으며, 고갯길에는 어느 틈에 눈이 폭신하게 깔렸다.

"언제 나오게 될지도 모르겠구만."

대불이가 혼잣말처럼 중얼거리는 말투로 물었다.

"가봐야 알겠어요. 그곳에서 살기가 괜찮다 싶으면 뭣하게 나와요?"

"그렇다면 미국사람이 되겠다는 게여? 양코배기헌테 시집을 가서 양코배기 아들딸을 낳겠다는 게여?"

대불이가 벌컥 화를 냈다. 대불이가 갑자기 화를 내자, 순영이는 의외라는 듯한 눈으로 대불이를 보았다.

"누가 미국사람한테 시집을 간다고 했어요? 전 아무한테도 시집을 가지 않고 혼자 살기로 했어요. 혼기도 지났고요."

"혼자 살어?"

"대불 씨도 혼자 사시면서 그래요."

"나는 달러."

"다르다뇨?"

"혼인을 해볼까 허는디……"

"그래요? 색시감이 있어요?"

"아직은…… 이번에 고향에 내려가서 결정을 지을 거로구만."

"고향에는 아주 내려가시는 거예요?"

"글씨…… 제물포바닥에 나를 끌어당기는 사람도 없고."

"고향에는 언제 내려가세요?"

순영이가 무심히 물었다.

"오늘이라도 당장에 내려가야겄어."

"다시 오시지 않으시겠어요?"

"순영이가 미국에 오래 살고 싶은 것 모양으로, 나도 고향에 뿌리를 내리고 싶구만."

"그렇다면, 우리는 다시 만나기가 어렵게 되겠네요."

"사노라면 또 만나게 될지도……"

대불이는 희미하게 말했다.

대불이와 순영이는 술술 무너져 내리는 눈을 옴씰하게 맞고 화도 고갯마루까지 올라갔다. 고갯마루에 올라서니 제물포 앞바다의 바람들이 한곳으로만 불어오는 듯 드세었다. 눈발 때문에 바다가 제대로 보이지 않았다. 두 사람은 한동안 말이 없이 막힌 데 없이 불어 닥치는 눈보라를 그대로 맞으면서 서 있었다.

대불이는 문득 수년 전 순영이와 함께 이곳에 왔을 때를 떠올렸다. 지금 순영은 완전히 딴 사람이 되어버린 듯싶었다. 생각도 각기 달랐다.

대불이는 기껏 고향으로 돌아갈 생각을 하고 있는데 순영은 미국으로 갈 생각을 하고 있는 것이다. 그만큼 두 사람의 생각이 멀었다.

"무슨 생각을 해?"

잠시 후에 대불이가 물었다.

"옛날 일이 생각나네요."

"옛날 일이라니?"

"두 사람이 여기 왔던 일 말예요."

"잊지 않었남?"

"잊다니요. 대불 씨는 잊었어요?"

"나는 지나간 일들은 하나도 잊지 않아."

"그때가 좋았던 것 같아요."

"그렇게 생각해?"

대불이는 순영이의 말에 옥죄어들었던 마음이 다소 풀린 듯싶었다.

"그동안에 너무 많이 달라진 것 같재?"

"달라지다니 뭐가요?"

"우리 두 사람 말여. 나는 기껏 고향 새끼내로 돌아갈 생각을 허는디, 순영이는 일본도 아닌 미국 유학을 가게 되었으니 두 사람 사이가 구만 리나 멀어진 것이 아녀?"

대불이는 우울하게 가라앉은 목소리로 말했다.

"전 미국이 아니라, 이 세상 끝까지 간다고 해도 마음은 달라지지 않아요."

"무슨 뜻이여?"

"옛날 마음 그대로예요."

"옛날과 같이 나를 좋아허고 있다는 말인감?"

"그래요."

순영이는 눈발 사이로 대불이를 똑바로 쳐다보면서 말했다.

"참말이여?"

대불이는 감격한 듯 큰 소리로 물었다.

순영이가 대답 대신 천천히 고개를 서너 차례 끄덕였다.

"그렇다면 순영이, 미국에 가지 말어. 미국에 가지 말고 나하고 혼인을 해줘. 순영이가 나하고 혼인만 해준다면 나 말여 딴 생각 다 집어치우고 돈을 벌 거여. 미곡전 한 영감이 내 뒤를 봐주기로 했으니께 돈을 벌 수 있을 거여. 나도 부자가 될 수 있다니께. 나는 큰 부사가 될 거여. 제물포에서 제일가는 부자가 될 거라니께."

대불이는 두 손으로 순영이의 어깨를 잡고 흔들며 흥분한 목소리로 말했다.

그러나 순영은 아무 말 없이 큰 눈만 껌벅이며 대불이를 쳐다보기만 하였다.

"미국에 가야 해요. 아무하고도 혼인 같은 건 안 해요. 저는 이미 혼기를 놓치고 말았잖아요. 혼인을 하기에는 너무 늦었어요."

순영이는 갑자기 얼음장처럼 싸늘하게 굳어져버린 듯 냉엄하게 잘라 말했다.

대불이는 그녀의 어깨 위에서 손을 내리며 무안을 당한 얼굴로 바다를 내려다보았다.

"그래, 순영이가 결심했던 대로 해. 내가 괜헌 소리를 했는갑구만…… 나는 말이여, 덩치만 크고 뚝심만 세었지 배운 게 없어갖고 생각이 쥐창자만도 못허다니께. 그러니 내 말은 없었던 걸로 한 귀로 흘려부러."

대불이는 순영이한테 등을 보이며 풀 죽은 목소리로 말했다. 역시 그가 가야 할 곳은 영산강변의 새끼내뿐인 듯싶었다.

"섭하게 생각 말아요. 대불 씨가 싫어서 혼인을 안 하겠다는 건 아니니까요. 전 제 운명 대로 살아가기로 했어요. 내 운명은 한 남자의 아녀자가 될 수 없게 미리 정해져 있어요. 그러니 오해는 말아요. 미국에 가 있으면서도 대불 씨 잊지 않을 거여요. 그리고 훗날 다시 귀국을 하게 되면 꼭 대불 씨를 찾아볼께요."

순영이의 말에, 대불이는 다시 몸을 돌려 그녀의 얼굴을 보았다. 미국에 가서도 자기를 잊지 않겠다는 말, 그리고 다시 귀국을 하게 되면 찾아주겠다는 말에 또 마음이 움직인 거였다.

"나를 찾아주겠다고?"

"그래요. 오 년 후가 될지 십 년 후가 될지 모르지만 조선에 다시 나오면 대불 씨를 찾을 거여요."

"그땐 내가 어디서 뭣흐고 있을지 알고……."

"짝귀 오빠를 찾다 보면 대불 씨 소식도 알 수 있겠지요. 중년이 되거나 늙어서 만나는 것도 재미있을 거예요."

순영이가 가볍게 웃으며 말했다.

"늙어서 만난다고?"

"그럴 수도 있겠지요. 다시 만났을 때는 대불 씨가 다복하게 살고 있기를 바라겠어요. 그러니 어서 혼인을 해서 그때는 자식들을 내게 보여주셔요."

대불이는 씁쓸하게 웃고만 있었다. 먼 훗날 늙어서 다시 만나는 장면을 생각해보았다. 대불이 자신은 새끼내의 농사꾼이 아니면 제물포 바닥에서 어지간히 기반을 잡은 미곡상 주인이 되어 있을 것이고, 순영이는 서양여자처럼 알록달록한 비단옷에 콩나물처럼 머리를 볶고, 굽 높은 가죽구두에 양산을 쓰고, 신식 귀부인이 되어 있을 것이다.

두 사람의 모습이 너무 격에 맞지 않게 달라, 나란히 서서 다정하게 이야기하고 있는 것을 보고 구경꾼들이 둘러쌀지도 모를 일이었다. 그렇게 된다면 차라리 다시 만나지 않는 것만 못할 듯싶었다.

괜히 대불이 자신이 웃음거리가 될 것만 같았다. 다시 만나지 말아야겠다고 생각했다. 더구나, 대불이 자신은 그때까지 혼인을 하지 않고 혼자 살게 될지도 모르는 일이지만, 미국에 가서 공부를 한 순영이는 양코배기 미국신사가 아니더라도, 돈 많은 조선부자나, 권세 높은 고관대작의 마나님이 되어 있을지도 모르지 않겠는가.

"훗날 다시 만나게 되면 참 우습겠구먼. 내 몰골이 말이 아닐 텐디."

대불이는 여전히 씁쓸하고 공허하게 웃으며 말했다.

눈은 잠시도 멎지 않고 술술 내렸다.

대불이와 순영은 추위 때문에 화도고개에서 내려왔다. 두 사람의 얼굴이 빨갛게 얼었다.

대불이는 순영이와의 만남이 마지막이라는 생각에, 그날 하루만이라도 더 오랫동안 함께 있고 싶었으나 갈 만한 곳이 없었다. 순영이도 처음엔 눈을 맞는 기분이 좋다면서 머리 위에 수북이 쌓인 눈을 털 생각도 하지 않더니, 시간이 오래 경과하자 추위를 견뎌내기 힘 드는지 빨리 화도고개를 내려가자고 하였다.

그들은 화도고개에서 내려와 선창으로 나왔다. 그리고 대불이 쪽에서 잡아끌다시피 하여 순영이와 함께 세관창고 옆에 있는 국밥집으로 들어갔다. 점심때가 이른 탓인지 국밥집에는 술손님 하나 없이 썰렁했다.

그들은 옷과 머리의 눈을 털고 방으로 들어갔다. 아랫목이 쩔쩔 끓었다.

대불이는 국밥 두 그릇과 탁배기 한 사발을 시키고 순영이와 나란히 앉아 있었다. 따뜻한 방에 가깝게 앉아 있으려니 마음이 야릇하게 일렁거렸다.

"나, 제물포에 와서 여자 하나 알았구만."

대불이가 뚜벅 입을 열며 여들없게 배시시 웃었다. 그는 순영이한테, 순영이도 그동안 가깝게 지낸 남자가 있었느냐고 묻고 싶었지만 참았다.

"그래요? 어떤 여자여요?"

순영이가 관심을 보이며 물었다.

"요릿집 기생이여. 음사끼 있는 기생."

"음사끼라뇨?"

"남자를 좋아허는 여자라는 말이여. 그런 여자는 논다니가 될 수밖에 없어!"

"그런 여자라면 얼굴도 이쁘겠네요?"

"이쁜 것도 아녀."

"둘이서 가까운 모양이죠?"

대불이는 순영이가 단순한 호기심으로 묻고 있는 것이라고 생각하면서, "가까울 것도 멀 것도 없어. 그냥 필요하면 만나니께" 하고 말았다.

대불이는 말을 하면서도 자꾸만 어색하게 웃었다.

눈이 녹은 순영이의 머리칼이 유난히도 새까맣게 윤기를 발했다. 대불이는 한동안 윤기 나는 순영이의 까만 머리와 길고 짙은 눈썹을 보고 있었다. 추위에 얼었다가 녹은 그녀의 두 볼과 입술도 탐스럽게 보였다.

"필요하면 만날 수 있는 여자가 있으니 얼마나 다행이여요. 그러다가 정이 들겠지요."

순영이가 큰 눈으로 대불이를 보며 말했다.

"필요하지 않게 되면 만나지 않아도 상관없겠재."

"고향에 같이 가세요?"

"누구허고?"

"그 여자."

"택도 없는 소리!"

"데리고 가시지 그러세요."

"그런 여자는 한 남자만으로는 살 수 없다니께. 자식 낳고 살림 헐 수 있는 여자가 아니여."

대불이의 말에 순영은 희미하게 웃었다. 그 사이에 국밥을 차린 상이 들어왔다. 대불이는 우선 탁배기를 사발에 가득 따라 단숨에 비웠다.

뜨끈뜨끈한 국밥에 탁배기까지 털어 넣고 나자 몸과 마음이 훈훈하게 녹아내렸다. 순영이의 얼굴도 발그레해졌다.

국밥 상을 물린 두 사람은 쩔쩔 끓는 아랫목의 벽에 등을 기대고 느긋하게 앉아 있었다. 이따금 눈이 마주치면 어색하게 웃기도 하면서…….

"나는 낼 떠나야겠구만."

대불이가 순영이 쪽으로 고개를 돌리며 낮은 목소리로 말했다.

"왜 그리 갑작스럽게 떠나요?"

"순영이가 떠나는 모습을 뵈기 싫으니께 나 먼첨 배를 타뿌려야겠어."

"그렇게도 순영이가 보기 싫으세요?"

"이 땅이 싫다고 떠나는 순영이가 뭣이 뵈기 좋겄남?"

그는 팔을 내밀어 순영이의 포동포동하고 부드러운 손을 꽉 잡았다. 순영이는 대불이의 손을 뿌리치지 않았다. 둘이는 마주보며 웃었다. 그리고 한동안 눈으로 말을 주고받았다. 서로 무엇을 말하고 있는지 알 수가 있었다. 대불이는 다른 한 팔로 순영이의 허리를 감고 힘을 주어 죄었다. 순영이는 뿌리치지 않았다. 그녀는 눈이 뜨겁게 빛나고 있었다.

"순영이흐고 헤어지고 싶지가 않구만. 오늘이 마지막이라고 생각허니 헤어지고 싶지가 않어. 먼 훗날 다시 만나기도 싫고…… 먼 훗날 다시 만나느니 보담 오늘 하루만이라도 함께 있고 싶구만. 이건 내 진심이여. 나는 후담에 순영이를 다시 만나고 싶지가 않어. 내 초라한 모양을 다시 뵈이기가 싫구만. 오늘이 마지막이라고 생각해보란 말이여. 얼마나 가슴이 미어지는지…… 순영이는 내 맘 모를 거여."

"이 손 놓으세요."

순영이의 목소리가 갑자기 쌀쌀하게 굳어졌다.

"하야시 때문인감?"

대불이가 내뱉듯 물었다.

"그 사람하고는 거래가 끝났어요."

순영이는 싸늘하게 굳어진 얼굴로 대불이를 쏘아보며 말했다. 그제야 대불이는 순영이의 허리를 감았던 팔을 풀었다.

"저는 이제 어떤 남자하고도 상관이 없는 자유스러운 몸이여요."

쏘아붙이듯 말하는 순영이의 눈에 눈물이 크렁하게 젖어 있었다.

국밥집에서 나온 대불이와 순영이는 그길로 곧장 싸리재 쪽으로 향했다. 순영이가 집에 돌아가고 싶다고 하여, 대불이도 그녀를 붙잡지 않았다.

선창을 지나 일본인 거리까지 오는 동안 두 사람은 아무 말도 하지 않았다. 대불이는 쓰렁한 기분으로 시종 입술을 굳게 닫고 있었으며, 순영이는 깊은 생각에 잠긴 얼굴로 고개를 푹 떨군 채 걸었다.

대불이는 순영이와 함께 눈이 수북이 쌓인 싸리재를 올라가고 있었다. 대불이는 싸리재 주막 가까이까지 순영이와 함께 갔다가 순영에게 먼저 들어가라는 말을 하고 그냥 몸을 돌려세웠다. 어디 가서 탁배기라도 한잔 하면서 조용히 생각을 좀 추슬러보고 싶었다. 그는 고개를 떨어뜨리고 고갯길을 내려오고 있었다.

헤어지는 것은 죽음만큼이나 고통스럽고도 허무한 것이었다. 대불이는 이별은 곧 죽음과도 같은 것이라고 생각하였다. 영산강 큰물 때문에 파란 보랏빛의 물달개비꽃을 머리에 꽂고 죽은 필순이를 생각할 때마다, 그는 이별은 죽음과 같은 것이라고 여겨왔다. 말바우 어미와의 이별도 마찬가지였다. 다시 만날 수 없음은 곧 생명이 없는 죽음 그것인 것이었다.

싸리재 고갯길을 내려오면서 대불이는 몇 번이고 걸음을 멈추고 서서 그의 심사처럼 거무죽죽하게 구겨져 있는 하늘을 올려다보았다. 그러면서 그는 되도록이면 하루빨리 서둘러 남녘으로 내려가야겠다고 작정을 하였다. 이번에 내려가면 다시 돌아오지 못하게 될지도 모른다는 생각이 들었다. 미곡전의 한 영감이나 웅신청의 친구들,

그리고 봉선이한테까지도 다시 돌아올 것이라고 말했지만, 대불이는 자신의 마음이 어찌 변하게 될지 자신이 없었다. 기실은 그가 여태껏 고향에 한 번도 내려가지 않았던 것도 따지고 보면 다시 올라오지 못하게 될까 싶었기 때문이었던 것이었다.

대불이가 싸리재까지 순영이를 바래다주고 시궁창 속같이 꾸정꾸정해진 심사를 달래기 위해 맥 빠진 걸음으로 싸리재 고갯길을 터덜터덜 내려오고 있는데, 누가 그의 앞을 막아섰다. 봉선이였다. 봉선이는 팔짱을 끼고 대불이의 앞에 서서 다소 뒤틀린 눈빛으로 그를 쳐다보았다. 대불이는 순간 봉선이가 필시 순영이와 함께 고개를 올라가던 그들을 보고 심사가 어지러워 있는 것이라고 짐작했다.

"워쩐 일이여? 쫌 전에 같이 걸은 여자, 주막집 주인 딸이여. 낼 모레면 미국으로 유학을 간다누만."

대불이는 자신도 봉선에게 궁색한 변명을 하고 있다는 사실에 적이 실망하였다.

"내가 뭐라고 하요?"

봉선인 애써 태연한 척하였다.

"요 아래서 우연히 만나서 바래다주고 오는 길이여."

대불이는 다시 변명을 하였다. 그는 봉선의 마음을 상하게 해주고 싶지가 않았던 것이다. 이번에 고향으로 내려가면 다시는 못 만날지 모르는 여자인데, 헤어지는 순간에 마음을 끄적여 놓고 싶지가 않았다. 더구나 봉선이는 대불이에게 심신을 다 기울여 잘해주고 있지 않은가. 그런 여자의 마음에 투기라고 하는 더러운 상처를 남겨주기가 싫은 것이었다.

"헌듸, 여그는 워쩐 일이여?"

대불이는 애써 다정한 목소리로 물었다.

"옷 한 벌 갖다 놨어요. 번갯불에 콩 궈먹듯 워낙 급하게 마련한 옷이라 품이나 제대로 맞을란가 모르겠어요" 하고 상냥하게 말했다.

"옷이라니 누구 옷?"

"오랜만에 고향에 가시면서 그 몰골로 가시려우?"

"봉선이가 내 옷을 지었단 말이여?"

"새벽같이 삯바느질 꾼을 셋이나 불러다가 부랴부랴 지었어요."

"허! 허허!"

대불이는 눈이 쏟아지는 하늘을 쳐다보며 기분 좋게 웃었다. 고향을 떠나온 이후로 여자한테 옷을 받아본 일이 처음이었기 때문이다.

대불이는 봉선이한테 고마운 마음을 어떻게 표시해야 좋을지 몰라 벙싯벙싯 웃고만 있었다. 웃으면서 그는 자신의 초라한 몰골을 쓸어보았다. 희치희치 낡고 땟국이 꾀죄죄한 핫바지에 중대님을 매고, 위에는 소매가 넓고 무가 없이 옆이 터지고 누덕누덕 누빈 중치막을 걸치고, 짚신감발에 머리는 흰 수건으로 질끈 동여 영락없는 떠돌음하는 비렁뱅이의 차림이었다.

"그러고 보니 내 몰골이 말이 아니구먼."

대불이는 어색하게 웃었다.

"오랜만에 고향에 가시면서 그런 차림으로는……."

봉선이가 대불이를 안쓰럽게 바라보았다.

"솜버선 한 켤레는 짝귀 형님 드리셔요. 그분 옷도 한 벌 지어드렸으면 좋았을 것을 워낙 시간이 촉박해서……."

"말이라도 고맙구먼. 짝귀 형님한테 봉선이 말 그대로 전허지."

"선편이 내일 새벽에 있다든디……."

봉선이가 아쉬운 얼굴로 대불이를 바라보며 차마 말끝을 맺지 못했다.

"누가 그려?"

"주막에 찾아갔다가 짝귀 형님을 만나 뵀는디, 그분이 그러시데요."

"형님이 선편을 알아 봤구만 그려."

"선가는 있어요?"

봉선이가 물었다.

"뱃삯 없을까봐서 그려? 그런 건 걱정 말어."

"그러면 내일 새벽 배 떠날 때나 만나겠네요."

"선창에 나올려고?"

"나가면 안 되나요?"

"안될 것은 없지만…… 추운 새벽에 나와서 눈물 짜고 콧물 짜고 헐 것 없어."

"새벽에 선창에서 만나요."

봉선이는 서둘러 몸을 돌려세우고 걸음을 재촉했다.

대불이는 한동안 그대로 서서 봉선이의 뒷모습만을 바라보았다.

그러다가는 다급하게 봉선이 뒤를 따라 뛰어갔다.

"봉선이!"

대불이가 봉선이의 등을 가볍게 툭 치며 부르자 그녀가 소스라치게 놀라며 걸음을 멈추어 섰다.

"봉선이 고맙구만. 봉선이 안 잊을께."

대불이의 말에 그녀는 희미하게 웃었다.

"그 말 헐려구 뛰어왔어요?"

"그려. 봉선이 안 잊을께."

"싱거운 양반이네."

"아니여, 보잘것없는 이놈을 생각해준 사람은 그래도 봉선이뿐이로구만. 참말로 안 잊을껴."

"다시는 못 만날 사람같이 말하시네. 이번에 내려가면 다시 제물포엔 안 올란가요? 꼭 그럴 사람 같네요."

봉선이가 다그치듯 물었다.

"그런 것이 아니여."

"어서 들어가셔요. 들어가셔서 옷이 품이 맞는가 한 번 입어 봐요. 그리고 내일 새벽에는 꼭 내가 지어다 준 옷을 입고 배를 타야해요. 그러면 나는 가보겠어요."

그러면서 봉선이는 종종걸음으로 탱자울타리 모퉁이를 돌아가 버렸다.

대불이는 천천히 싸리재 언덕을 올라갔다. 눈은 좀처럼 멎지 않을 것 같았다. 두꺼운 구름장 사이로 한 줄기 햇살이 뻗질러 내렸으나, 눈은 햇살 속에서도 흩날렸다. 눈을 흠씬 맞고 싸리재를 올라가는 대불이의 마음은 축축하게 녹아내리고 있었다. 순영이의 냉혹함과 봉선이의 뜨거움이 마음속을 어지럽게 헤집었다.

대불이가 추연한 기분으로 주막에 들어와 골방 안으로 들어서자, 순영이가 짝귀와 함께 앉아 있었다.

대불이가 방문을 벌컥 열자 짝귀와 순영이가 무슨 말인가 주고받다가는 입을 다물어버렸다.

대불이는 육감적으로 그들이 봉선이의 이야기를 하고 있었다는 것을 알아차렸다.

"그 여자가 대불 씨를 좋아한다는 기생이예요?"

대불이가 짝귀 옆에 앉자마자 순영이는 약간 비아냥거리는 말투로 물었다.

"화류계에 있는 여자이긴 해도 마음 하나는 착혀!"

대불이의 말에 순영이가 야릇하게 미소를 말아 올렸다.

"그 여자가 놓고 간 거래요."

순영이는 여전히 알 수 없는 미소를 머금은 채 옷 보퉁이를 대불이 앞으로 옮겨놓았다.

"내 옷이라는듸? 품이나 맞을라는가."

대불이는 순영이의 얼굴은 거들떠보지도 않고 옷 보퉁이를 풀었다.

평량자(平涼子)에 검은 칠을 한 흑립(黑笠)이 나왔다. 보부상들이나 상인들이 쓰는 것처럼 끈에 목화송이가 달려 있었다.

"웬 흑립인가?"

짝귀가 물었다.

"글쎄요. 어디 한 번 써볼까요."

그러면서 대불이는 흰 머릿수건을 질끈 동여맨 위에 그대로 흑립을 비뚜름히 쓰고 끈을 죄어 맸다.

"어울립니까요?"

대불이가 짝귀를 보며 물었다.

"이건 두루마긴 모양인데 한 번 입어보게나."

짝귀가 옷 보퉁이를 가리켰다. 대불이는 옷 보퉁이에서 검정두루마기를 펼쳐들었다. 세목(細木)에 검정 물을 들여서 만든 것이었다.

"어디, 한 번 걸쳐볼까요."

대불이는 흑립을 쓰고 일어서서는 검정두루마기를 꿰어 입고 고름을 접었다. 그리고 뒷짐을 지어 아랫배에 힘을 주고 목을 빳빳하게 세우며 방안을 서성댔다.

"딱 어울리네!"

짝귀가 부러운 눈으로 쳐다보며 말했다.

"형님 보기에 장차 제물포바닥에서 땅땅거릴 미곡상 같으우?"

대불이가 억지웃음을 얼굴 가득히 뒤발질하며 물었다.

"이건 핫바지 저고리 아닌가? 솜버선도 있구만."

짝귀가 펼쳐진 옷 보퉁이를 다시 뒤적거리며 말했다.

"참, 솜버선 한 켤레는 형님 드리라고 헙디다."

그러면서 대불이는 조금 전 봉선이가 말했던 대로 짝귀 형의 옷을 짓지 못한 것을 미안해하더란 말까지 전했다. 짝귀는 대불이가 건네준 솜버선을 받아들고 벌름벌름 웃었다.

대불이는 입었던 두루마기와 머리의 흑립을 벗어 다시 보퉁이에

쌌다.

"아주 호사를 하시게 됐네요."

순영이가 다시 입을 열어서야 대불이는 옷 보퉁이를 방구석으로 밀쳐두고 서먹한 얼굴로 그녀를 물끄러미 보았다.

"그려! 봉선이 덕분에 호사를 하는구만."

"오빠는 뭐했수? 오빠도 그 흔한 기생이래두 하나 주워서 핫바지 저고리나 한 벌 얻어 입구 고향에 가시지 않고!"

순영이가 짝귀를 보며 대불이를 찍는 말로 튕겨댔으나 대불이는 그냥 허허롭게 웃고만 있었다.

6

개항 이후 세상은 급변하였다. 해를 반으로 쪼개놓은 것처럼 급변하는 세월은 빨리도 흘렀다. 어두운 거리에 전등이 켜져 밤이 낮과 같이 밝아지고, 제물포에서 서울까지엔 경인선이, 서울에서 부산까지는 경부선의 화륜차가 철도 위를 달리기 시작했으며, 전화가 가설되고, 신문이라는 것이 날마다 나라 안팎에서 일어난 소식을 전해주었다.

그런가 하면 일본 해군이 쓰시마(對馬島) 해협에서 러시아의 발틱 함대를 격침시킨 것을 계기로 일본은 싸움을 승리로 이끌었으며, 그 해 9월 5일에는 미국의 군항 포츠머드에서 미국 루즈벨트 대통령의 주선으로 일본과 러시아 간에 강화조약이 체결되기에 이르렀다. 결국 이 포츠머드 조약이란 미국이 일본으로 하여금 조선을 침략해도 좋다는 묵인을 해주는 것이 되고 말았다.

포츠머드 조약이 체결된 지 두 달 후, 일본 수상을 지내고 중추원 장이며 후작인 이또 히로부미(伊藤博文)가 경부철도 특별열차로 남대문 역에 도착했다. 이른바 보호 조약을 체결하기 위해 이 땅에 발을 들여놓은 것이다. 그리고 얼마 지나지 않아 1905년 11월 17일 한밤중에 무장한 일본 헌병들로 둘러싸인 국무회의에서 치욕적인 을사보호 조약이라는 것이 체결되었다.

일본 측이 내놓고 국무회의를 소집하여 대신들에게 강제로 찬성을 요구했던 조약문의 내용은 모두 다섯 가지 조항으로 되어 있었다.

1. 일본정부는 일본 외무성에 의하여 금후 한국의 외국에 대한 관계 사무를 감시 지휘하기로 하며, 일본국의 외교 대표자 및 영사는 외국에 있는 한국 신민 및 이해를 보호한다.

2. 일본정부는 한국과 타국과의 사이에 현존하는 조약의 실행을 완전하게 하고, 한국정부는 금후 일본정부의 중개 없이는 국제조약의 성질을 가진 어떠한 조약이나 약속은 하지 못한다.

3. 일본정부는 그 대표자로서 한국 황제 궐하에 1명의 통감을 둔다. 통감은 외교에 관한 사항을 관리하기 위해 경성에 주재하고, 한국 황제에게 내알(內謁)할 권리가 있다.

4. 일본과 한국과의 현존하는 조약이나 약속은 본 협약에 저촉되지 않는 한 그 효력이 계속된다.

5. 일본 정부는 한국 황실의 안녕과 존엄을 유지할 것을 보증한다.

이 조약에 대해서 이또 히로부미와 주한 일본군 사령관인 하세가와 요시미찌(長谷川好道)의 위협과 협박 속에서 찬성한 대신은 학부대신 이완용(李完用), 내부대신 이지용(李址鎔), 외부대신 박제순(朴齊純), 군부대신 이근택(李根澤), 농상공부대신 권중현(權重顯) 등 다섯 명이었고, 일본 헌병들이 권총을 덜거덕거리는 살벌한 분위기 속에서도 끝까지 이를 반대한 대신은 법부대신 이하영(李夏榮), 탁지부대신 민영기(閔泳綺), 참정대신 한규설(韓圭卨) 등이었다.

이튿날 이완용의 집에 불이 났다. 그 불길 속에서 장안이 온통 통곡소리에 흔들리고, 조약을 반대하는 상소가 빗발쳤으며, 거리의 여기저기에 격문이 돌았다.

사흘 후, 『황성신문(皇城新聞)』에는 사장 장지연(張志淵)이 「시일야방성대곡(是日也放聲大哭)」이라는 비분에 찬 논설을 실어 장안의 식자들의 가슴을 저미게 하였다.

동양 삼국의 안녕을 솔선 주선하기로 나선 이또가 천만 뜻밖에 어이 오 조약을 내놓았는가.

개가죽을 쓴 우리 대신들은 일신의 영달만 위하여 황제폐하와 이천만 동포를 배반하고 사천 년 강토를 왜인에게 주었도다. 슬프다! 우리 이천만 노예 동포여! 살아야 할거나 죽어야 할거나.

거리마다 군중들이 모여들어 조약을 성토하였으며 상점들은 모두

철시하고 말았다. 시종무관장으로 있던 민영환(閔泳煥)과 일개 병정인 윤두병이 통분함을 참지 못해 자결했다는 소문이 나돌았으며, 잠시 후에는 조병세(趙秉世) 대감과 전 참판 홍만식(洪萬植)도 자결을 했다고 하였다.

개항지 목포. 오까모도 미곡창의 등짐꾼 웅보가 망국의 조약이 체결되었다는 것을 안 것은 장지연이 비분에 찬 논설을 쓴 닷새 후, 염주근이 꾸적꾸적해진 『황성신문』을 구해온 것을 읽고 나서였다.

"나라가 일본 것이 되고 말았구만."

웅보가 장지연이 쓴 논설을 읽고 나서 한숨을 섞어 말했다. 등짐일을 끝내고 미곡창에서 가까운 거적주막에 들러 탁배기로 하루의 피곤을 털어내고 있던 새끼내 친구들은 웅보의 말을 이해하지 못하였다. 그들은 얼핏 들리는 이야기로 서울에 큰 난리가 났다는 소문은 들었지만 보호조약이라는 것이 무엇인지조차 몰랐다.

"꼼꼼허게 좀 말해봐. 어찌된 게여?"

신문쪼가리를 구해온 염주근이가 관심을 가지고 물었다.

"이 나라가 일본 손아귀에 들어가뿌렀당께!"

웅보는 누구에게랄 것도 없이 애매하게 화를 내고 있었다.

"임금님이 또 어찌되었는가?"

지금이라도 소리꾼이 되어 훨훨 떠돌음하면서 살고 싶다는 판쇠가 건성으로 물었다.

"그러니께 멋이냐 허면…… 그러니께, 지난 열이렛날 밤에 대신들이란 작자들이 이 나라를 일본에 넘겨주겄다 허는 문서에다가 도장을 찍어주었다는 거여. 그러니 이제부텀 이 나라는 일본사람들 것이라 이거여. 땅덩어리도, 강물도, 나무도, 풀도 죄다 일본사람들 것이 되어부렀다 이거라니께! 그래도 내 말 못 알아묵겄어!"

웅보는 거듭 큰 소리로 신경질을 내고 있었다.

"멋이? 나무랑 풀이랑? 그것은 택도 안 닿는 소리네. 번연히 우리가 살고 있는듸 대신들 도장 하나로 이 나라 땅덩어리랑 강물이랑 나무랑…… 어찌케 일본사람들 것이 된당가? 그것은 웅보가 멋을 잘 모르고 허는 소리구만."

덕칠이가 술잔을 단숨에 쫙 비우며 웅보의 말을 무질러버렸다.

"요런 천치! 대신들이랑 임금님이랑 이 나라를 팔기로 하고 문서에다가 도장을 찍어주어뿌렀당께 깝깝헌 소리를 해쌓는구만잉."

"임금님도? 임금님께서도 조인을 했다는 말이여?"

등짐꾼 노릇 집어치우고 지리산에 들어가서 포수나 되고 싶다는 염주근이가 조인이라는 말을 썼다.

"이제부텀은 임금은 허재비가 되고 일본 통감이 이럭저럭허게 생겼어."

웅보가 신문쪼가리를 여러 겹으로 접어 허리춤에 쑤셔 넣으며 푸념처럼 말했다. 웅보의 말에 염주근이, 판쇠, 덕칠이 등은 아무래도 나라가 일본사람들 손으로 넘어가버려 일본사람들이 주인 행세하는 세상이 돌아올지 모른다는 생각들을 하기에 이르렀다.

"참, 나는 암만해도 개득이 안 가네. 이것은 말이시, 일본이 총칼을 들고 우리허고 싸와서 이긴 것도 아닌듸, 어째서 이 나라를 차지헐 수 가 있당가?"

판쇠는 여전히 웅보의 말을 이해하지 못하였다.

"팔아묵었당께! 우리가 땅이나 집을 팔아묵드끼, 이 나라를 일본에 팔아묵었다 이거야! 그래도 내 말을 모르겄어?"

"그렇다면 우리덜도 일본사람덜 것이 되는감요?"

웅보의 말을 귀담아 듣고 있던 늙은 주모가 조심스럽게 물었다.

"우리는 모두 일본사람덜 종이 되는 게지요."

웅보는 그렇게 말하면서 땅바닥에 침을 카악 뱉았다.

"참말로 그런다면…… 옜수 다 가져가씨요, 허고 백성들이 가만히 있으까? 일본사람들이 맘대루 차지허게시리 귀경만 허고 있으까?"

"다시 종이 되고 싶지 않은 사람들은 싸우겄재. 그러고 피를 흘리겄재. 다른 나라 사람들 종노릇 허기가 쉽지 않을 테니께 싸우겄재."

염주근이가 묻고 웅보가 대답했다.

그날 밤 그들은 탁배기 한사발로 허기와 피곤을 달래고 집으로 돌아가면서, 아쉬움과 불안함 그리고 울분을 감당하지 못하고 비틀거렸다. 그들은 마치 새끼내 집에 불을 지르고 야행을 칠 때처럼 허전함을 느꼈다. 그들은 나라가 무엇인지는 몰랐어도 땅이 어떤 것인가에 대해서는 잘 알고 있었다. 그때문에 그들은 일본에 땅을 빼앗긴다는 사실에 분노했다. 그들은 새끼내에서 그랬듯이 한 번 땅을 빼앗기면 다시 찾기가 얼마나 힘들다는 것을 잘 알고 있었다.

"나라는 애시당초부텀 우리들 것이 아니었응께 맴이 덜 아프지만 땅을 뺏긴다는 거이 분통 터질 일이구만."

웅보와 함께 집으로 돌아가던 염주근이가 말했다.

"땅은 뭐 우리 것인감?"

"그래도 우리들 땅도 있재 잉. 시방 우리가 밟고 있는 땅도 그렇고, 우리가 죽어서 묻힐 땅도 그렇고…… 또 산과 강과 나무와 풀들은 우리 것도 되는구만."

웅보가 묻고 염주근이가 대답했다. 웅보는 염주근의 그 말에 마음속으로 고개를 끄덕였다. 염주근의 말마따나 새끼내 논이 아니더라도 이 나라 안에 그들의 땅은 얼마든지 있다는 생각이었다. 그리고 그 땅 위에 살고 있는 모든 초목과 짐승들은 그들의 것일 수도 있다는 생각이었던 것이다.

선창의 등짐꾼들이 십장 사무실 앞에 한 줄로 주욱 늘어서 있었다. 한 달 동안 일한 품삯을 받기 위해서였다. 등짐꾼들이 하루하루 받은 전표(錢票)를 내밀면 전표대로 현금을 지급해주었다. 웅보와 염주근, 판쇠, 덕칠이 등 새끼내 친구들은 나란히 서서 자기 차례가 오기를 기다렸다. 그들은 저마다 전표들을 손에 꼭 쥐고 있었다.

"이 달에는 몇장이나 되는감?"

앞에 서 있던 염주근이가 웅보를 돌아보며 물었다.

"열다섯 장 뿐이로구만."

웅보가 손에 쥐고 있던 전표를 머리 위로 올려 보이며 찜부럭한 목소리로 말했다.

"이 달에도 마에가리를 많이 했구먼."

"우리 모친 땜시…… 한동안 앓아누우셨었구만……."

대답을 하는 웅보의 목소리에 맥이 빠져 있었다. 그런 웅보를 위로해주기라도 하는 듯 염주근은 "나도 요본에는 열일곱 장뿐이로구먼" 하고 무기력하게 말했다.

뉘엿뉘엿 서쪽의 고하도 하늘에 노을이 타고 있었다. 노을은 하늘에서 바다로 뻰질러 내려왔다. 웅보는 열다섯 장의 전표에 대한 품삯 5원을 받아들고 대열에서 비껴 섰다. 그는 다른 등짐꾼들과 같이 양철집 사무실의 처마 밑으로 기어들어가서 한 달 동안의 품삯으로 받은 돈을 몇 번이고 다시 세어보곤 하였다. 5원이면 쌀 두 말 값이다. 그 돈으로 온 식구가 한 달간을 살아가야 할 일을 생각하면 머릿속이 아찔해졌다. 한 달 품삯 10원을 옴씰하게 받기만 한다면 쌀이 다섯 말 값이니, 잡곡을 사서 죽을 끓여 연명을 할 수는 있었다. 그런데 미리 전표 열다섯 장을 전표장수들한테 이 할을 떼고 선매해버렸으니 그 돈밖에는 받지 못한 것이다. 이 달에도 목줄 지탱하고 살아남자면 미리 전표를 파는 도리밖에 없을 듯싶었다.

품삯을 받은 그들은 삼학도가 마주 건너다보이는 해변의 느티나무 아래 앉아 있었다. 그들은 일이 끝나고 탁배기라도 한잔씩 하는 날이면 선술집엘 들르지만, 그렇지 않은 날에는 이곳 늙은 팽나무 밑에 모였다가 헤어지곤 하는 것이었다. 그들은 모두 송충이 씹은 얼굴로 앉아서 애꿎은 곰방대만 빠금빠금 빨아댔다. 전표를 미리 선매해버렸기 때문에 고작 쌀 두서너 말 값을 품삯으로 받은 그들은 앞으로 그

돈으로 한 달 살아갈 일이 아뜩하여 저절로 힘이 빠져버렸다. 살아갈 기력을 잃은 그들은 흐물흐물 어둠속에 묻혀갔다.

"무신 수를 써야재 이대로는 못살겄구만."

판쇠가 어둠속에 침을 뱉으며 말했다.

"무신 수를 쓰다니? 등짐꾼 집어치우고 소리꾼이 될란가? 판쇠 자네가 소리꾼이 된다치면 나도 지리산으로 들어가서 포수나 될라네."

염주근이가 판쇠의 말을 받았다. 웅보와 덕칠이는 곰방대만 빨고 있었다.

"우리들 말이시, 품삯이 이래가지고 어뜨케 살겄능가. 품삯을 좀 올려달라고 떼를 써보면 어쩔까? 이러고 뒈진 좆같이 가만히 있으면 어느 세월에 우리 품삯이 올라가겄능가?"

찜부럭한 얼굴로 애꿎은 곰방대만 연신 빨아대고 있던 웅보가 뚜벅 말을 꺼냈다. 그러자 "내 말이 바로 그거여" 하고 판쇠가 맞장구를 쳐주었다.

"품삯을 올려주라고 떼를 써보자고? 그러다가 그나마 등짐꾼 자리도 놓치면 으쩌게?"

매사에 조심성이 많은 덕칠이가 트적지근한 반응을 보였다.

"누구 한 사람이 떼를 쓰면 목이 잘리겄재. 그렇지만 전체 등짐꾼이 똘똘 뭉쳐서 따진다면 함부로 목을 자르지 못헐 것 아니여."

"그건 그리여. 웅보 말이 맞는구만. 당장 배에 쌀을 선적해야 할 판에 등짐꾼 모두 한꺼번에 목을 자를 수는 없는 일이구만."

염주근이가 웅보의 말에 찬동하였다.

"그렇다면 한 번 일을 저질러봐?"

판쇠가 어둠속으로 친구들의 얼굴을 둘러보며 말했다.

"나라가 몽땅 일본사람들 손에 넘어간 판국에 우리들이라고 뒈진 좆같이 가만히 있을 수는 없지 않겄는가? 오늘 듣자 허니 서울에서는 난리라데. 시종무관장 민영환 대감과 의정대신을 지낸 조병세 대감이 나라를 빼앗긴 울분을 참지 못해 자진을 했다더구만. 서울에서는 저 난리들인디, 아무리 무지렁이 등짐꾼들이라고 원, 두 눈 뻔히 뜨고 귀경만 허고 있을 수는 없지 않겄능가."

웅보가 약간 흥분된 목소리로 길게 말했다. 그는 그렇게 말해놓고 친구들의 의견을 기다렸다.

"웅보 말이 맞네. 마침 때가 좋구만. 우리가 뭐 나라의 녹을 묵는 베슬아치도 아니고, 되레 설움만 받어온 천한 출신이기는 허지만 말여, 우리도 한 번 꿈틀해보세."

염주근이었다.

"나는 나라가 넘어가건 말건 그런 것은 생각허고 싶지도 않네. 언제 우리가 나라 덕 보고 살았간디 나라 걱정을 혀? 어디까지나 우리의 명분은 우리들 품삯을 올려주라는 요구일세. 그래야만 전체 등짐꾼들의 찬동을 얻을 수가 있네. 똑 깨놓고 말해서 나라가 일본사람들 손에 넘어갔응께로 한 번 우리도 으쌰으쌰허자고 한다치면 따러줄 등짐꾼이 몇이나 될지 의심이네. 등짐꾼들 신세에 나라일 걱정허게 생겼는가? 그리고 우리가 언제 나라 덕 보고 살었능가?"

덕칠이의 말에 판쇠가 고개를 끄덕거렸다. 그 역시 나라일은 국록을 받아먹는 사람들이나 걱정해야 할 문제라고 생각하고 있었다.

"좋네. 명분은 우리들 품삯을 요구허는 것으로 허세. 품삯을 올려 줄 때까지 일을 중지허는 것일세. 허나……."

웅보가 그렇게 말하고 일단 친구들을 둘러보았다.

"허나 말이시, 명분은 품삯을 올려주라는 것이지만서도, 우리 마음속에 담배씨만치라도 나라를 잃은 것에 대한 생각도 허자 이 말이구만. 그러고 또 한 가지는 쌀을 몽땅 일본으로 실어가뿌러 굶는 사람이 더 많다는 것도 생각험시로, 요번 일을 추진허자 이것이구만."

웅보는 그 말을 하는 순간 전에 야적장의 쌀을 훔치다가 맞아죽은 서천이의 말을 떠올렸다. 서천이는 웅보에게 왜 조선의 쌀을 일본으로 실어가는 것을 구경만 하고 있는 것이냐고 따졌던 것이었다.

"그러면 당장 내일부텀 일을 시작허세. 먼첨 해야 헐 일은 많은 인부들이 우리 일에 행동을 같이해주어야 쓸 것잉께, 내일부텀 포섭을 펴나가세."

잠시 후에 웅보가 친구들에게 말했다.

"좋네. 그러나 우리들 네 사람 힘으로는 안 되니께, 믿을 만헌 사람들로 여남은 명쯤 더 모으세. 내일 이맘때 여그서 모이면 쓰겄구만. 그러니 한 사람당 한두 사람씩 뜻을 같이헐 사람을 데리고 오기로 허세. 그러고 절대로 이 일이 미리서 밖으로 세어나가지 않도록 조심들을 허소."

염주근의 말에 모두들 고개를 끄덕였다.

"품삯 올리자고 떼를 쓰자는디 마다헐 사람이 누가 있겄능가?"

처음부터 이 일에 약간 뜨악한 반응을 보였던 덕칠이도 종당에는 친구들과 뜻을 같이하기로 마음을 굳히고 나서 그렇게 말했다.

선창 하역인부들은 사흘 밤 동안 삼학도가 건너다보이는 해변의 늙은 팽나무 밑에 모였다. 두 번째 밤에는 아홉 사람이 모였고, 세 번째 밤에는 스물두 사람이 모여, 사흘 후 정오부터 실력행사를 하기로 결의하였다.

세 번째 모인 스물두 사람들은 사흘 뒤의 일에 대해서 저마다 각기 한 가지씩의 일을 맡았다. 그들의 의사를 십장대장과 객주조합에 전달할 대표들과 방을 붙일 사람, 그리고 파업의 시간을 알리는 징을 칠 사람과 우왕좌왕하는 인부들을 유도할 사람 등이었다. 웅보는 징을 치는 일을, 그리고 염주근을 제외한 판쇠와 덕칠이는 웅보가 치는 징의 신호에 따라 인부들을 오까모도 미곡창 쪽으로 모으게 하는 일을 맡았다.

파업을 하루 앞둔 날 밤, 스무 남은 명 남짓 되는 인부들이 팽나무 밑에 모여서 마지막 회의를 하고 있는데 객주조합장이 무안 감리로부터 감찰증 허가를 받은 십장 열네 명과 함께 그곳에 나타났다. 인부 대표들은 객주조합장과 십장들을 보자 깜짝 놀랐다. 물론 객주조합장과 같이 온 열네 명은 염주근과 마찬가지로 일본사람들과 반대의 입장에 있다는 것을 알고 있는 터라, 다소 안심이 되기는 하였다. 그러나 인부 대표들은 십장들의 출현을 보고 그들의 기밀이 새어나간 것에 적이 놀라지 않을 수가 없었다.

"여러분들 염려하지 마씨요. 우리도 여러분들과 똑같은 마음이오.

우리 객주조합은 일본사람들에 반대하여 우리 조선사람들을 돕기 위해서 만들어진 것이오. 그때문에 일본 측에서는 우리 객주조합을 없앨려고 하는 것입니다. 그리고 여기에 오신 십장들은 조선 무안 감리로부터 감찰증을 허가받은 조선사람들 편으로, 거류지 경찰서장으로부터 감찰증을 받은 일본사람 측에 대항해서 싸울 사람들이오. 우리도 여러분들과 같이 투쟁을 할 것이니 우리 모두 힘을 합칩시다. 그리고 이 기회에 우리 조선사람들의 본때를 보여줍시다."

객주조합장이 인부대표들에게 연설조로 말했다. 인부들은 객주조합장의 말을 듣고 모두 고개를 끄덕였다.

이렇게 하여, 처음에 웅보, 염주근, 판쇠, 덕칠이 등 네 사람이 일을 꾸몄던 임금인상을 위한 쟁의는 객주조합과 무안 감리 허가의 십장들까지 가세를 하게 되었다. 그리고 다음날, 점심때가 지나고 저녁나절의 일이 시작된 지 한 시간쯤 후에, 웅보가 두들긴 징소리에 맞춰서 목포 선창의 전체 하역인부들이 임금인상을 내걸고 총파업에 들어갔다.

봉수대(烽燧臺)가 있었다고 해서 봉산(烽山)이라고도 부르는 유달산은 목포 선창거리 서쪽에 솟은 높지도 낮지도 않은 산으로, 기암괴석이 삼지창처럼 하늘을 찌르고 있다. 무안반도의 끄트머리에 노령(蘆嶺)의 마지막 지맥(支脈)이 바위로 옹골차게 뭉뚱그려진 칠백 척 남짓 높이의 이 산에 오르면, 서쪽으로는 장좌도와 눌도 너머의 서해바다가 트이고, 남으로는 해남, 영암반도가 두 팔을 벌려 고하도를 감싸 안은 듯하며, 아침마다 해가 떠오르는 동쪽으로는 삼학도가 바닷물을 박차고 창공으로 날아오르는 학의 모습으로 떠 있다.

목포 사람들은 이곳에 개화바람이 불어 닥치기 훨씬 전부터 삼학도의 전설을 가슴에 품고 살아왔다.

옛날, 유달산에서 한 청년이 무예를 닦고 있었다. 그는 힘이 장사였을 뿐만 아니라, 바위에서 바위로 건너뛰기도 하고 날아가는 새라도 활을 쏘아 한 시위에 떨어뜨리는가 하면, 맨손으로 호랑이를 잡기도 하였다. 힘이 센 청년이 무예를 닦고 있는 유달산 기슭에는 아리따운 세 자매가 살고 있었다. 그녀들은 어둠이 벗겨지는 새벽마다 바위틈에서 흘러내리는 석간수를 받기 위해 물동이를 이고 유달산에 오르곤 하였다. 세 자매는 물을 길러 유달산에 오를 때마다 무예를 닦고 있는 젊은 장사와 눈이 마주쳤으며, 그녀들은 다 같이 늠연한 모습의 이 젊은이를 마음속으로 사모하기 시작했다. 젊은 장사도 세 자매들을 보는 순간부터 연모하는 정이 움트게 되었다. 그러나 그는 뜻을 이루기 전에는 마음속에 연모의 불길이 타오르지 않도록 하겠다고 결심하고 어느 날 아침 세 자매들을 불렀다. 그리고 그는 세 자매들에게 자신의 무예수업이 끝날 때까지 보이지 않는 곳에 가 있으면 후일 기필코 찾아가서 한 여인을 아내로 택하겠다고 하였다. 세 자매는 젊은 장사의 말을 듣고 돛배에 몸을 실었다. 젊은 장사는 유달산 위에서 연모하는 그녀들이 떠나가는 모습을 바라보고 있었다. 젊은이는 순간 그녀들이 이 지상에 살아 있는 한 뜻을 이루지 못할 것만 같아, 그녀들을 죽여 버리기 위해, 바람에 미끄러져가기 시작하는 배에 시위를 당겼다. 화살이 세 자매가 타고 있는 돛배에 맞아 배가 두 동강 나서 가라앉기 시작했다. 그리고 배가 완전히 바닷물 속으로 자취를 감춰버린 순간이었다. 갑자기 바다 속에서 세 마리의 학이 솟아오르더니 구슬픈 울음과 함께 날갯짓을 멈추었고, 그 자리에 섬이 생겼다. 이것이 삼학도라는 것이다.

웅보는 목포에 옮겨와서 처음으로 친구들과 함께 유달산에 올라 삼학도를 발부리 아래로 내려다보았었다. 그는 함께 온 판쇠한테 삼학도의 전설을 듣고 문득 막음례를 떠올렸다. 마치 그 자신이 무예를 닦던 젊은 장사처럼 막음례의 가슴에 화살을 쏜 기분이 들었다. 그가 막음례네 주막에 발길을 끊은 지도 꽤 오래되었던 것이다.

"주근이는 왜 여태 소식이 없는겨?"

덕칠이가 산기슭 아래를 내려다보며 말했다. 웅보, 판쇠, 덕칠이 등은 염주근이를 기다리고 있었다. 그들 선창 등짐꾼들은 벌써 닷새째나 일을 하지 않고 선창 주위를 배회하였다. 하역인부들이 품삯을 올려달라고 요구하고 나선 것과 때를 같이하여 일본 하주(荷主)들이 화물운반 임금을 내리려 하자 이백여 명의 등짐꾼들이 파업을 한 것이다. 파업이 계속되면서 곡식을 실어가기 위해 일본에서 온 십여 척의 화물선이 발이 묶인 채 부두에 화물이 산적되자, 다급한 일본인들은 부산에까지 가서 하역인부들을 구해오려고 하였으나 부산의 사정도 마찬가지였다.

선창의 등짐꾼들이 임금인상을 요구하기 위해 쟁의를 벌이기 시작한 것은 객주조합이라는 것이 생기면서부터였다. 일종의 거간조합인 객주조합을 만들어 통변료(通辯料)를 받기 시작하자 일본상인들과 객주조합 사이에 마찰이 생겼다. 객주조합은 등짐꾼들을 부추겨 임금인상을 요구하게 하고 은근히 일본인들에 대한 배일감정을 나타내게 하였다.

목포가 개항된 지 사 년 만에 감리 민영채가 허가를 해주어 만들어진 객주조합은 목포의 상권을 장악하는 데 큰 이권단체로 발전하기에 이르렀다. 더욱이 객주조합 때문에 하주들은 수수료를 이중부담하게 된 데다가 한일 간 분규의 불씨가 되자 상업회의소 회두(會頭)는 일본영사 앞으로 객주조합을 허가해준 무안 감리 민영채에 대해 조치를 취하도록 요청하였다. 일본영사는 한국정부를 통해 무안 감리에 압력을 가했다. 무안 감리는 아직 객주조합이 일본인 거류민들에게 피해를 준 일이 없으니 객주조합을 철폐시킬 수 없다고 맞섰다. 그러자 일본영사는 한국정부를 통해 무안 감리에 대한 압력을 계속 가해왔다. 그때문에 하는 수없이 감리는 한국인들이 중심이 되어 만든 객주조합의 업무를 정지시키고 말았다. 이 같은 일본 측의 조치에 대해 객주조합 조합원들은 일본인들에 맞서 노골적으로 반일감정을 드러냈다.

선창 등짐꾼들이 임금인상을 내걸고 파업을 한 것도 따지고 보면 일본이 한국인들 중심의 객주조합을 철폐시키도록 한 것에 대한 반발로 시작된 것이기도 했다.

"아니 우리 염 십장 안 오는 거 아녀?"

염주근이를 기다리느라 산기슭 아래를 내려다보고 있던 덕칠이가 다시 푸념을 하였다. 그들은 염주근이를 염 십장이라 불렀다. 염주근이가 십장이 된 것은 한 달도 못되었다. 새끼내 웅보 친구들이 모두 오까모도 미곡창을 그만둔 것은 일 년 전의 일이었다. 언젠가 영산포에 있는 오까모도의 싸전 일을 맡고 있는 손칠만이가 목포에 와서, 새끼내로 돌아가서 오까모도의 소작인이 되라는 것을, 일본사람의 소작인은 되기 싫다고 한 것에 대한 보복으로 결국 미곡창 등짐꾼 일자리에서 쫓겨나고 말았던 것이다.

그들이 선창의 등짐꾼이 된 것은 염주근의 덕분이었다. 염주근이 유달산에서 나무를 해서 일본조계 사람들에게 팔아 목구멍을 지탱하며 살던 때, 일본인 상점에서 점원으로 일하고 있던 부산 출신 노름꾼 정병욱이 객주조합장이 되자, 그 연줄로 염주근이를 비롯하여 그의 친구들이 모두 선창 하역부로 들어갈 수 있었던 것이다. 그리고 염주근은 정병욱의 입김으로 무안 감리도 부럽지 않다는 하역인부들의 십장이 되었다.

목포에는 선창 하역인부들을 통솔하기 위해 열다섯 명의 십장이 있었다. 이들 십장은 무안 감리의 인가를 받아 감자감찰(監字監察)이라는 증명을 가지고 있으면서 인부들을 통솔하는 한편 일본인들을 상대로 하역인부들의 임금 조정까지 하여, 일본인들에게는 눈 안의 가시 같은 존재였다.

이때 친일파의 한 사람인 홍종견 경무관이 새로 열 명의 십장을 임명하여, 무안 감리의 허가를 받아 감사감찰증을 소지한 열다섯 명의 기존 십장을 무시하기에 이르렀다. 거류지 경찰서로부터 영자감찰증(領字監察證)을 발급받은 이들 열 명의 새 십장들은 친일파 홍 경무관의 지시대로 일본상인들의 앞잡이 노릇을 하였다. 거류지 경찰서 일본순사들이 부두에까지 들어와 이들을 보호해주었다. 이렇게 되자 무안 감리로부터 감자감찰증을 허가받은 열다섯 명 십장들은 조선인 인부들의 편에 서서 반일감정을 부추겼고, 거류지 경찰서로부터 영자감찰증을 발급받은 열 명의 십장들은 조선인이면서 일본상인들의 앞잡이 노릇을 하였다. 이들 신구 십장들은 걸핏하면 맞서서 으르렁거리기 일쑤였다.

객주조합장 정병욱의 입김으로 십장이 된 염주근은 물론 감자감찰증을 가진 반일파로, 이번 하역인부들의 임금인상을 내건 파업을 주동한 사람 중의 하나다.

“염 십장이 늦는 걸 보니께 일이 잘 안 풀리는 모양이여.”

“물러서서는 안 되재. 열흘이고 한 달이고 이대로 버티는 게 상수여.”

“그 아까운 곡식이 단 며칠 동안이라도 일본으로 실려 가지 못해 선창에 가득 쌓이니께 일은 못해도 기분이 좋구먼 그랴. 내 기분 같어서는 등짐꾼 노릇 그만둬도 좋으니께, 왜놈덜이 우리 곡식 싹싹 긁어가는 것 좀 안 봤으면 쓰겄어.”

“나도 그려. 곡식을 하루라도 덜 실어가면 애잔헌 우리 동포들 한 사람이라도 덜 굶어죽을 것이 아닌가.”

“그러니께 우리 등짐꾼들이 한 덩어리로 똘똘 뭉쳐갖고 자꼬자꼬 임금을 올려주라고 떼를 씀시로 이르케 버텨야 헌당께.”

“그런듸 그 쓸개도 없는 영자감찰증을 갖고 있는 낮도깨비 같은 놈덜 땜시…….”

새끼내 웅보 친구들은 염주근이를 기다리면서 말을 주고받았다. 그들은 일을 쉬고 있는 것이 조금도 불안하지 않았다. 그리고 한두 사람의 힘으로는 감히 임금을 올려달라는 말을 꺼내지도 못할 터인데, 여럿이서 힘을 모으면 조금도 겁이 나지 않는다는 것을 알게 되었다. 그들은 그렇게 하여 여러 차례 그들의 요구를 관철시켰기 때문에, 아무리 약하고 보잘것없는 등짐꾼들이라 할지라도 한 덩어리로 뭉치면 이루어지지 않을 일이 없다는 것을 알게 된 것이다. 그리고 그들이 가장 중요하게 생각하는 것은, 그들이 그렇게 일본사람들에게 대항하는 일이 곡식을 한 톨이라도 일본으로 덜 실어가게 하여, 굶어 죽어가는 동포를 한 사람이라도 더 살려낼 수 있을지 모른다는 것이었다.

"저기, 염 십장이 오는구만."

다복소나무에 등을 기대고 산 밑을 내려다보고 있던 덕칠이가 바위등걸에 앉아 있는 친구들을 보며 소리쳤다. 염주근이가 그들 가까이에 이른 것은 그로부터 한참 후였다.

"자, 그만덜 내려가세."

염주근이가 숨을 헐떡이며 말했다.

"일이 잘 해결되었는가?"

웅보가 물었다.

"우리가 요구한 대로 올려주겠다네."

"얼마나 올려주는디?"

염주근의 말에 판쇠가 물었다. 판쇠는 그들의 임금이 올랐다는데도 떨떠름한 기분이었다.

"칠 문에서 구 문으로 올려주기로 했다네."

"일본 놈덜 되게 똥끝이 탔구만. 칠 문을 오 문으로 내리려고 했다가 되레 구 문으로 올려주게 되었으니 을매나 속이 짤까?"

웅보였다. 그 역시 판쇠와 같은 심정이었다. 선창에 그들먹하게 쌓여 있는 곡식들을 일본 화물선에 실을 것을 생각하자 마음이 쓰려왔다.

"왜놈덜 앞으로 즈그 나라에서 등짐꾼들을 불러오기 전에는 우리를 맘대루 못헐 것일세."

염주근이가 곰방대에 불을 붙여 삐억삐억 빨아대며 자신 있게 말했다.

"왜놈덜, 이 나라를 즈그덜 맘대루 주물럭거리고 있재만, 우리덜만은 쉽지 않을 거여."

"잘난 양반님네덜보다 우리같이 천한 무지렁이덜이 훨씬 강허다는 것을 뵈어주어야 혀."

웅보와 판쇠가 주고받았다.

그들은 서둘러 선창으로 내려가 일을 다시 시작했다. 감자감찰증의 십장들은 신바람이 나서 콧노래를 불렀으나, 영자감찰증을 가진 십장들은 도끼눈을 하고 등짐꾼들을 노려보며 심하게 닦달하였다.

그러나 일은 그것으로 끝나지 않았다. 감자감찰증을 소지한 열다섯 명의 십장이 주동이 되어 임금인상을 내걸고 파업을 종용했다는 이유로 민영채 무안 감리가 파면을 당한 것이었다. 민영채 감리 대신 새 감리가 된 사람은 김성규였다. 김 감리 역시 감자감찰등을 가진 열다섯 명의 십장들을 옹호해주었다. 그렇게 되자 일본인들의 비호를 받는 영자감찰증을 가진 열 명의 친일파 십장들은 노골적으로 하역 인부들을 괴롭혔다. 그들은 걸핏하면 인부들을 해고시켰으며 갖가지 명목으로 돈을 뜯어갔다. 또한 감자감찰증 십장들과 영자감찰증 십장들 사이에 싸움이 벌어졌다. 싸움이 벌어질 때마다 인부들의 절대적인 지지를 받는 감자감찰증 십장들이 이겼다.

그날도 두 파의 십장들 사이에 싸움이 벌어졌다. 영자감찰증 십장이 이유도 없이 웅보를 해고시키자, 염주근을 비롯한 감자감찰증 십장들이 웅보를 해고시킨 영암 출신의 친일파 십장을 잡아다가 초주검이 될 만큼 두들겨 패주었다. 점심때가 되어 영자감찰증 십장들이 일본순사들을 끌고 와서 감자감찰증 십장들을 잡아가려고 하였다. 그때 인부들이 떼를 지어 순사들에게 돌을 던지며 달려드는 바람에 순사들과 영자감찰증 십장들이 도망치고 말았다.

이유 없이 해고를 당할 뻔하다가 십장들과 인부들 덕분으로 다행히 일자리를 놓치지 않게 된 웅보는 일이 끝나자 친구들과 함께 주막으로 갔다. 친구들이 한사코 막음례네 주막으로 가자고 하는 것을 마다하고 오까모도 미곡창 뒤쪽에 있는 버드나무집으로 갔다. 그런데 그들이 막 미곡창 모퉁이를 돌아섰을 때, 그들의 앞을 막아서는 사람들이 있었다. 칼을 찬 야쿠자들이었다. 그들은 여섯 명이나 되었다. 네 명의 웅보 친구들로서는 당해낼 수가 없다 싶었다.

"누가 염 십장이냐?"

코밑수염을 여덟팔자 모양으로 기른 야쿠자가 거만스럽게 팔짱을 끼고 그들을 노려보며 퉁겨댔다. 염주근은 미적거리지 않고 한발 앞으로 나서며, "내가 염 십장이다" 하고 큰 소리로 말했다.

"이노무 새끼!"

팔자수염의 옆에, 여우눈처럼 눈초리가 긴 야쿠자가 염주근을 노려보며 뱉았다.

"왜들 이러시우?"

웅보는 아무래도 분위기가 심상치 않음을 알고 되도록 그들과 맞부딪치고 싶지가 않았다.

"너, 염 십장! 우리하고 갈 데가 있다."

그러면서 팔자수염의 사내가 다짜고짜로 염주근의 멱살을 잡아끌었다.

"아니 왜들 이러시우? 무슨 짓들이오?"

염주근이 팔자수염에게 끌려가지 않으려고 안간힘을 쓰고 버티면서 항변을 하고 웅보와 판쇠, 덕칠이도 다른 야쿠자들을 노려보며 한바탕 맞붙을 기세로 으르렁거렸다. 그때 여우 눈의 엄장한 야쿠자가 칼을 뽑아들고 험한 눈으로 그들을 노려보았다. 그 사이에 팔자수염이 염주근을 끌고 미곡창 옆 큰길 쪽으로 사라졌다. 웅보와 그 친구들은 여우 눈과 키가 깡똥한 두 명의 야쿠자가 칼을 뽑아들고 당장 그들을 베기라도 할 것처럼 무섭게 노려보는 바람에 다른 야쿠자들에게 끌려가는 염주근을 구할 수가 없었다.

"이노무 새끼들, 우리를 따라오기만 하믄 이 칼로 목을 잘라버릴 게다!"

여우 눈의 야쿠자가 빠른 일본말로 으름장을 놓으며 천천히 뒷걸음질을 쳤다.

"도대체 무신 일이시오? 그리고 우리 염 십장은 어디로 끌고가는 게요?"

웅보가 큰 소리로 다급하게 물어보았으나 여우 눈의 야쿠자는 칼을 뽑아든 채 미곡창 옆길로 서서히 모습을 감추었다.

"따라가세! 염 십장이 끌려가는 것을 보고만 있을 수는 없지 않은가?"

판쇠가 말하며 여우 눈이 사라진 미곡창 옆길 쪽으로 뛰어갔다. 웅보와 덕칠이도 판쇠 뒤를 따랐다. 그러나 그들이 미곡창 옆길 어물전머리에 이르러 사방을 둘러보았으나 야쿠자들의 모습은 보이지 않았다. 그들은 한동안 어찌할 바를 모르고 어물전머리에서 우왕좌왕하고 있었다.

"큰일이구만. 도대체 놈덜이 염 십장을 워디로 끌고 간 겐지 알 수가 없으니."

"죽으나 사나 맞붙어볼 건듸 그랬어."

그들은 그러면서 한동안 미곡창 주변과 어물전머리, 선창거리의 주막들을 살펴보았으나 염주근의 행방은 알 길이 없었다.

염주근의 행방을 찾기 위해 선창바닥을 모두 뒤지고 다니다가 지친 그들은 종당에는 객주조합으로 찾아가서 조합장 정병욱을 만나기로 하였다. 염주근을 뒤에서 봐주고 있는 그에게 이 사실을 알려야 할 것 같았기 때문이었다. 그들이 객주조합에 가보았으나 조합장 정병욱은 요릿집에 가고 없어, 다시 요릿집을 찾아 나섰다. 당시 목포에는 세 곳에 큰 요릿집이 있었다. 무안통의 승승관(勝勝館), 복산통(福山通)의 일이삼정(一二三亭), 선창거리의 일양정(一揚亭)이 목포의 이름난 요정들이다. 이들 세 요릿집에는 기생들과 작부들이 있었는데 주로 일본사람들이 출입을 하였다.

그들은 먼저 무안통 암하여관(巖下旅館) 옆에 있는 승승관으로 가보았다. 승승관에는 비교적 일본상인들 출입이 뜸한 편이라 한국인 거상들이 자주 이용하였다. 웅보와 친구들이 승승관에 들어섰을 때, 안에서 일본노래가 들렸다. 한국인 기생이 서투른 일본말로 불러대는 노랫소리가 그들의 귀에는 비명처럼 슬프게 들렸다.

웅보 친구들이 찾고 있는 객주조합장 정병욱은 마침 승승관에서 십장 두목 이명서(李明瑞)와 술을 마시고 있던 중이었다. 이명서는 전 무안 감리 민영채와 이종사촌지간으로 목포 바닥에서는 정병욱과 함께 완력이 강한 사십대 초반의 호남이었다. 본디 그는 정병욱처럼 부산, 원산, 제물포 등 개항지를 떠돌아다니던 노름꾼으로, 목포가 개항되자 한밑천 긁으려고 왔다가 빈털터리가 되었다. 그는 선창거리를 어정거리며 애잔한 등짐꾼들 등이나 처먹고 논다니패거리들의 기둥서방 노릇을 하며 지내다가, 이종동생이 되는 민영채 도움으로 감자 감찰증을 손에 넣은 지 이 년 반에 십장 두목이 되었다. 말하자면 이명서와 정병욱은 개항지 목포에서 만난 노름친구였다. 이제는 노름판이라면 말만 들어도 고개를 휘젓는 정병욱이지만, 그도 한때는 목포바닥에서 알아주던 노름꾼이었다. 그는 부산이 개항했을 때 노름판에 뛰어들어 쏠쏠한 재미를 보아 한동안 흥청망청 지내다가 목포가 개항되었다는 소문을 듣고 달려와 종당에 노름 돈을 몽땅 날리고 알거지가 되었다. 빈털터리가 된 그는 목줄 지탱하기 위해 어쩔 수 없이 모리다 상점에 땔나무를 해주고 간신히 기식을 하게 되었다. 어느 날 유달산에 나무를 하러 올라간 정병욱은 목포 시가지가 호리병의 모양인 것을 발견하고 잘록한 호리병의 목 부분을 막아 바닷물이 들어오지 않도록만 한다면 넓은 개펄 땅을 몽땅 얻을 수 있을 것이라고 생각했다. 그러나 그에게는 개펄을 막을 만한 힘이 없었다. 그러던 어느 날 육십 고령의 모리다가 정병욱에게 유달산 안내를 해달라고 하여, 함께 산에 올라가 호리병의 목에 해당하는 부분을 가리키며 “저기를 막을 수만 있다면 넓은 땅이 생기겠지요?” 하고 넌지시 말을 꺼냈다. 그러자 모리다는 갈대가 우거진 호남정 개펄을 굽어보며, “그렇구나. 저기에 제방만 쌓는다면 큰 부자가 되겠구나” 하면서 무릎을 쳤다. 모리다는 그길로 호남정 개펄 밭으로 내려와 현지답사를 한 후에 인부들을 사서 호리병 목에 해당되는 부분에 말뚝을 박았다. 그 후 모리다는 조선은행으로부터 자금을 받아 대림토목공사에 둑을 막는 일을 맡겼다. 결국 모리다는 십만 평의 간석지를 일구어 조선은행, 대림토목과 더불어 삼등분하여 차지하였다. 정병욱에게도 적으나마 이익이 있었다. 모리다는 그를 점원에서 일약 모리다 잡화점 동업자로 우대해준 것이었다. 정병욱은 매월 모리다 잡화점의 이익금을 배당받게 되었다. 그는 이익금을 축내지 않고 차곡차곡 모았다. 그에게는 꿈이 있었다. 돈을 모아서 연동 일대와 유달산 후편 뒷계의 개펄을 막을 수만 있다면 넓은 땅을 얻을 수 있다고 생각하고 마음속으로 그 일을 계획했다. 그는 연동 일대와 뒷계 일대에 모리다처럼 표가 나게 말뚝을 박아놓은 것이 아니라, 석공을 불러 돌에 정병욱소유(鄭炳旭所有)라고 새기게 하여, 그것을 아무도 몰래 개펄 속에 파묻어두었다. 그가 목포의 여기저기에 묻어놓은 돌만도 수백 개가 되었다. 정병욱은 모리다 상점으로부터 자산의 반에 해당되는 돈을 받고 떨어져 나와 선창거리의 객주조합으로 뛰어들었고 얼마 후에는 조합장이 되었다. 그는 지금 개펄을 막을 자본가를 찾고 있는 중이었다. 그는 십장 두목 이명서가 많은 돈을 모았다는 소문을 듣고 있었기에, 그에게 넌지시 출자를 부탁해볼 심산으로 승승관에 술자리를 만들었던 것이다.

"그래 나를 찾은 이유가 뭬요?"

이명서와 대작을 하면서 분위기가 무르익기를 기다리고 있던 차에 찾는 사람이 있다는 통기를 받고 마루에 나온 정병욱이 눈을 내리깔고 웅보와 그의 친구들을 쓸어보며 물었다.

"즈이들은 선창 등짐꾼들이옵니다요. 송구스러운 일이나, 조합장님께 급히 알려드려야 할 일이 있어서……."

웅보가 친구들을 대표하여 마루 끝에 서서 마뜩찮은 눈빛으로 그들을 내려다보고 있는 정병욱을 향해 어두를 텄다.

"당신네들이 하역인부들이라는 것을 알고 있으니 내게 헐 말이나 털어놔보시우."

정병욱은 바쁘다는 듯 이명서가 들어 있는 방을 자꾸만 돌아다보며 재촉했다.

"염 십장이 저녁때 야쿠자들한테 붙들려갔습니다요."

판쇠가 허리를 굽적이고 두 손을 비비며 매달리는 목소리를 쥐어짰다.

"이미 알고 있소."

정병욱이 그까짓 일로 여기까지 찾아와서 귀찮게 하느냐는 투로 말했다.

"알고 기시다니요?"

웅보가 미심쩍은 눈빛으로 정병욱을 쳐다보며 반문했다. 웅보는 남포 불빛에 비쳐 보이는 정병욱 얼굴을 쳐다보면서 마음속으로 참 잘생긴 남자로구나 하고 생각했다. 훤칠한 키에 이마가 시원스럽고 검고 휘움한 눈썹 아래 안광이 유난히 빛이 났으며, 실하게 솟은 콧날과 적당히 큰 입 등 이목구비가 분명한 얼굴이었다.

"염 십장 일은 내가 다 알아서 처리를 하겠으니 그리들 아시고 돌아가시우."

정병욱은 퉁명스럽게 말하고 이명서가 기다리고 있는 방으로 들어가 버렸다.

"그 양반이 어떻게 염 십장이 끌려갔다는 것을 알고 있을까?"

웅보와 그의 친구들은 고개를 갸웃거리며 승승관 골목을 휘어 나왔다. 그러나 어찌되었든지 정병욱으로부터 해결을 해주겠다는 말을 들은 그들은 일단 마음이 놓였다. 그들은 정병욱을 믿고 있었다. 정병욱은 하역인부들이 우상처럼 생각하고 있었을 뿐만 아니라, 그의 유창한 일본어와 호인다운 인상, 붙임성 좋은 사교술 때문에 일본인들 사이에서도 평판이 좋아서 무자비한 야쿠자들도 그를 함부로 하지 않았다.

그러나 다음날 아침까지도 염주근은 집에 돌아오지 않았다. 그리고 선창에 나간 새끼내 사람들은 간밤에 염 십장뿐만 아니라 다른 십장 네 명도 야쿠자들한테 강제로 끌려가서 아직 소식이 없다는 것을 알았다. 하역인부들은 야쿠자들이 붙들어간 십장들을 내놓지 않으면 하역 일을 하지 않겠다고 하였으며, 결국은 인부들 농성으로 다섯 명의 십장이 모습을 나타냈다. 그러나 선창에 모습을 나타낸 이들 십장 다섯 명은 야쿠자들한테 폭행을 당한 탓으로 제대로 걸을 수조차 없었다.

염 십장이 새끼내 친구들에게 한 이야기로는 야쿠자들은 십장 다섯 명을 그들의 본거지인 다니가끼 집 창고에 가둬놓고 집단으로 매질을 해댔으며 소지하고 있던 감자감찰증까지 빼앗아갔다고 했다. 그 자리에는 친일파 홍종견 경무관도 있었다고 하였다.

염 십장 등이 납치를 당한 지 닷새 후에 이명서가 야쿠자들의 우두머리인 다니가끼에게 돌연 십장 두목의 자리를 팔아넘겼다. 풍문으로는 이명서가 야쿠자의 협박에 못 이겨 자진해서 자리를 내주었다고도 하였고, 쌀 일천 가마니 값에 해당하는 거액을 받고 팔아넘겼다고도 하였다. 아무튼 이명서는 갑자기 십장 두목자리를 내놓고 어디로인가 홀연히 행방을 감추어버린 것이었다.

하역인부들에게는 보호자와 같았고 감자감찰증 십장들에게는 힘있는 우두머리였던 이명서가 십장 두목의 자리를 일본인에게 넘겨주고 자취를 감춰버리자, 하역인부들과 열다섯 명의 구 십장들은 끈 떨어진 망석중이 신세가 된 셈이었다.

이 일이 있자, 무안 감리 김성규는 야쿠자들과 한 패가 되어 감자 감찰증 십장 다섯 명을 납치하여 감찰증을 빼앗고 매질을 했던 사건의 책임을 물어 친일파 경무관 홍종견을 파면시키고, 영자감찰증을 회수하여 찢어버렸다. 그리고 열 명의 십장을 각 동에서 한 사람씩 선출하도록 하였다. 그러나 이 일은 그렇게 간단하게 끝나지만은 않았다. 친일파 홍종견을 파면시킨 데다가 홍종견의 앞잡이 십장 열 명으로부터 감찰증을 빼앗아버리고 그들 대신 각 동에서 한 사람씩 십장을 뽑게 되자, 야쿠자들이 김성규 감리에게 보복을 자행한 것이다. 야쿠자들은 그들 앞잡이인 한국인 인부들을 앞세워 김성규 감리의 집을 습격하고 집안 살림들을 박살내고야 말았다. 이 사건으로 한국정부와 일본영사관 사이에 심각한 마찰이 예상되었으나 결국 야쿠자들의 처벌 문제는 흐지부지 끝났다. 이렇게 되자 결국 대부분의 십장들은 자연히 새 십장 두목이 된 다니가끼의 범아귀에 잡혔고, 인부들도 두 패로 갈라졌다. 이명서가 십장 두목을 할 때까지만 해도, 열 명의 영자감찰증 십장들이 홍종견 경무관의 사주를 받아 걸핏하면 인부들을 해고시키고 매질을 해대는 가운데서도, 대부분의 하역인부들은 친일파 노릇을 하거나 그들의 앞잡이질을 하는 것에 대해 비난을 하면서 반일감정을 지켜왔었다. 그러던 것이 십장 두목이 바뀌고 야쿠자들이 판을 치기 시작하면서부터는 인부들이 정면으로 반일감정을 드러내는 것조차 두려워하였다. 이를 계기로 일본인들은 당초 임금을 올려주겠다는 약속을 지키지 않고 자꾸만 뒤로 미루고 있었다.

새 십장 두목 다니가끼의 범아귀에 잡히지 않고 끝까지 자신들의 위치를 지키면서 배일감정을 드러내는 십장이란 이제 염주근을 비롯한 네댓 사람에 불과했다. 그들은 다니가끼로부터 여러 차례 협박을 당하고 있는 터라 언제 목이 잘리게 될지도 모를 일이었다.

염주근과 가까운 십장과 인부들이 선창의 버드나무집 주막 안방에 모였다. 십장이 다섯 명이고 하역인부는 여섯 명이었다. 그들은 초저녁부터 자정이 가깝도록 머리를 맞대고 숙덕거렸다. 하역인부 대표로 웅보도 끼여 있었다. 그들은 다시 파업을 종용하기 위해 모인 것이었다.

"이번 파업에 동조할 수 있는 인부가 몇 명이나 될까?"

염주근이가 좌중을 둘러보며 물었다.

"반수도 어려울 겝니다."

턱수염이 거칠거칠하고 코가 뭉뚱하게 생긴, 해남이 고향이라는 또바우가 웅보의 눈치를 살피며 말했다. 또바우는 요즈막 웅보와 자주 어울리는 등짐꾼이었다. 또바우 역시 비자 출신으로 속량이 된 후에는 동학군에 참가하여 싸운 후 한동안 피해 다니다가 목포까지 흘러들어왔다고 하였다. 또바우는 자신이 동학군이었다는 것을 웅보에게만 조심스럽게 말해주었다.

"이 사람 말이 맞을 게요. 반수도 어려울 겝니다."

웅보가 또바우의 말을 거들어주었다.

"반수라면 겨우 백 명?"

염주근이와 함께 다니가끼 집에 붙잡혀가서 야쿠자들로부터 뭇매를 맞았던, 함평이 고향이라는 최 십장이었다.

"사정이 많이 달라졌습니다요. 자꾸만 친일파 쪽으로 붙는다니께요."

인부들 중에서 누구인가 푸념처럼 말하자, "그건 십장들도 마찬가지요. 믿을 수 있는 십장들이란 여기 모인 다섯 사람들뿐이오" 하고 염주근이 탄식하였다.

"언제부터 시작하는 것이 좋겠소?"

최 십장이 다른 십장들의 얼굴빛을 살피며 물었다.

"곡식 실을 배가 들어오는 날로 정합시다."

나이가 가장 많은 주 십장이었다.

"그렇다면 모레가 아니오?"

"그렇소. 배가 부두에 정박하는 그 순간부터 합시다."

염주근이가 묻고 최 십장이 대답했다.

"거번에 인상해주기루 헌 약속을 꼭 지키도록 허면 되겄지요?"

"소선하역 기선하역 일괄로다가 일 할씩을 요구합시다."

이번에는 최 십장이 묻고 주 십장이 대답했다. 인부들은 십장들 말을 듣고만 있었다.

"각오를 단단히 해야 할 게유. 앞으로는 파업을 했다 하면…… 야쿠자 놈들이 가만있지 않을 것이오."

잠자코 있던 혀짤배기 김 십장이 한마디 하였다.

"김 십장 말이 맞소. 모든 것이 전 같지 않아요. 이번 일로 해서 우리 십장들은 그만둘 각오를 해야 할 게요."

"그러고 사전에 기밀이 새어나가지 않도록 조심들 하씨요."

염 십장과 최 십장이 한마디씩 당부를 하였다.

그들은 이번 일에 되도록이면 많은 인부들이 참여할 수 있도록 하자는 데 의견을 모으고 헤어졌다. 그들은 다음날 밤에 버드나무 주막에서 다시 만나기로 약속을 하였다.

웅보와 염주근은 밤이 깊어서야 달빛을 밟으며 뒷계로 휘어 도는 산자락 길을 더듬었다. 밤이 깊었는지 뒤척이는 파도소리가 어지럽게 귀를 핥아댔다. 한동안 그들은 말없이 파도소리를 들으며 걸었다. 두 사람의 심정이 몸살 나도록 뒤척이는 한밤의 파도처럼 심란했다. 그들은 마음속으로 어쩌면 이번 일로 등짐꾼 노릇을 그만두어야 할지도 모른다는 생각을 하고 있었다.

"나는 아마도 이번에 그만두게 될지도 모르겠네."

염주근이가 먼저 그 말을 꺼냈다.

"그건 우리 등짐꾼들도 마찬가지여."

"자네들보다 먼첨 그만두게 될 걸세."

"정병욱 조합장이 도와주시지 않을까?"

"그 양반도 요새는 별로 힘을 못 쓴다네. 얼마 전에 다니가끼한테 이명서가 십장 두목자리를 넘겨주게 된 경위를 따지러 갔다가, 야쿠자들로부터 곤냐꾸가 되도록 두들겨 맞은 후부텀 기가 꺾여부렀어. 그러고 요즘 그 양반 일본 들어갈 궁리 하느라 정신없다고 허드만."

"야쿠자 세상이로구먼."

"맞어, 야쿠자 세상이여. 그놈덜이 오지 않았을 때꺼정만 해도 왜놈덜이 꼼짝을 못했는듸 시방은 야쿠자들 세상이여."

그들의 말대로 그즈음 목포에는 하오리, 하까마 차림에 조리를 꿰고 칼을 찬 야쿠자들이 판을 치고 있었다. 그들이 판을 친 이후로 하역인부들의 임금인상 투쟁도 여러 차례 무산되고 말았다.

웅보가 뒷계에 있는 그의 집에 도착했을 때는 식구들이 모두 잠들어 있었다. 쌀분이만이 기름불을 밝히고 바느질을 하다가, 밖에서 기척이 있자 방문을 열고 얼굴을 내밀었다.

"왜 이리 늦었소?"

쌀분이가 토마루에 내려서며 걱정스럽게 물었다. 그녀는 요즈막 선창의 하역인부들 사이에 심상치 않은 일이 일어날 것 같은 불안에 싸여 있었다. 염주근이 일본 칼잡이들한테 붙들려가서 두들겨 맞고 나온 후부터 그녀의 그 같은 불안은 더했다.

"아니, 소바우가 왜 이 방에서 잔당가."

방에 들어선 웅보가 아랫목에 얼굴을 꾱겨박고 잠들어 있는 소바우를 내려다보며 물었다.

"큰아부지 오시는 것 보고 자겄담서 이 방에서 즈이 누와 같이 이녁을 기다리다가 잠이 들었다요. 오동네가 할머니 방으로 데려가려고 허는 것을 그냥 두라고 했구만이라우."

웅보는 잠시 소바우 옆에 앉아서 세상모르게 잠에 취해 있는 대불이의 핏줄인 조카를 물끄러미 내려다보았다.

난초가 소바우를 데려다 준 지도 어느덧 몇 해가 지났다. 난초가 소식도 없이 삽상한 가을 어느 날 여남은 살쯤으로 보이는 사내아이를 데리고 집안으로 들어서자, 웅보 어머니는 첫눈에 그 아이가 대불이의 핏줄임을 알아보았다.

"아이고 내 새끼. 어렸을 적의 즈 애비 대불이를 쏙 빼구만 잉. 어이고 내 새끼. 애미 애비는 워디다 두고 네 놈 혼자만 오는겨."

웅보 어머니는 난초가 그 아이를 데리고 온 사정을 저저이 말하기도 전에 첫눈에 대불이의 핏줄이라는 것을 알고 와락 소바우를 끌어안고 울음을 쏟던 것이었다. 간밤에 이마에 불도장이 찍힌 시아버지께서 유달산만한 부사리 한 마리를 끌고 들어오는 꿈을 꾸었다면서, 꿈에 본 부사리는 소바우가 틀림없다고 했다. 난초 말로는 웅보가 아버지와 함께 미곡선을 타고 영산포로 가다가 숨을 거둔 아버지의 시신을 새끼내에 묻고 구진나루로 그녀를 찾아간 지 한참 후에, 각설이 차림의 패거리들이 주막에 와서 "이 아이 이름은 소바운디 대불이라고 허는 사람의 자식이니 즈 애비한테 보내주우" 하고는 아이를 떨구어놓고 갔다는 것이었다. 난초의 이야기를 듣고 난 웅보는 소바우가 필시 대불이와 말바우 어미 사이에서 태어난 아이라는 것을 알았다. 말바우 어미가 대풍창병에 걸려 구진나루 뒷산에 움막을 짓고 숨어 살고 있을 때, 그는 아우의 부탁으로 약을 구해다 준 일이 있었는데, 그때 말바우 어미는 배가 불러 있었다. 웅보는 난초에게 아이를 데려다 준 각설이 패거리들이 대불이나 말바우 어미에 대한 소식을 말해주지 않더냐고 물었으나, 그들은 아이의 부모에 대한 말은 없었고, 소바우한테 어머니는 어찌되었느냐 물었더니 그냥 죽었다고만 하더라는 것이었다.

남편을 잃은 웅보 어머니에게 소바우는 큰 위안이 되었다. 웅보 어머니는 뜻밖에 얻은 손자 소바우에게 함빡 정을 쏟았다. 아버지를 잃고 집안이 비 머금은 새벽하늘처럼 침통하게 가라앉아 있던 차에 소바우의 출현은 한 줄기 햇살과도 같이 활기와 다사로움을 안겨준 것이었다. 쌀분이도 아들이 없어 늘 섭섭하던 차에 소바우를 만나게 되자 잃어버렸던 친아들을 다시 찾기라도 한 것처럼 찐덥지게 정을 붙였다.

"어머니 적적허실 텐디 소바우 깨워서 큰방으로 보내재 그런가."

웅보가 얼굴을 방바닥에 파묻고 자고 있는 소바우를 바로 뉘며 말했다.

"그냥 우리 방에서 자게 놔두씨요. 저놈이 그래도 우리 죽은 뒤에 제사를 지내줄 놈인디, 우리허고 정이 들어야 안 쓰겄소."

그러면서 쌀분이는 소바우의 머리에 베개를 받쳐주고 홑이불을 덮었다. 쌀분이는 소바우가 온 후로 막음례의 소생 장개동의 생각을 떨쳐버릴 수가 있었다. 장차 장개동한테서 제사를 받고 싶지가 않았던 것이었다.

그런데 이상하게도 쌀분이가 소바우한테 정을 쏟을수록 웅보는 장개동 생각이 더욱 간절해졌다. 웅보는 장개동만이 그의 대를 이을 수 있는 핏줄이라는 생각을 버릴 수가 없었다. 그 대신 나주 양 진사댁의 만석이에 대해서는 자신의 핏줄이라는 생각이 조금도 들지 않았다. 웅보는 장차 장개동을 데려올 생각이다. 막음례도 쌀분이한테 아들이 없다는 것을 알고 있기에 장개동을 놓아 줄 것처럼 말한 적이 있었다. 쌀분이만 좋다면 장개동이 더 장성하기 전에 데려오고 싶었다. 그런 생각을 하고 있던 터에 소바우가 나타났으니, 웅보로서는 쌀분이의 마음을 돌리기가 어렵게 되어버린 것이다.

다음날 아침 웅보는 여느 때보다도 일찍 서둘러 집을 나서 선창으로 향했다. 그는 집을 나와서야 바지춤에서 작은 보자기를 꺼내 손에 들었다. 그것은 아버지 장사를 지내고 얼핏 나주 양 진사 댁에 들렀을 때, 유 씨 부인이 한사코 싸주던 패물 보자기였다. 웅보는 그것을 받아가지고 돌아와서 식구들에게 말하지 않고 뒤꼍에 몰래 묻어두었다가, 오늘 새벽에야 꺼낸 것이었다. 웅보는 보자기를 들고 막음례네 주막으로 갔다.

오랫동안 발걸음을 뚝 끊고 있던 웅보가 불쑥 술청에 나타나자 막음례가 뜨악한 눈으로 그를 바라보고만 서 있었다.

"헐 말이 있는디 안방으로 좀 들어갑시다."

웅보가 존댓말로 말하자 막음례는 여전히 뜨악한 눈으로 웅보를 저울질하듯 쓸어보더니 술청의 덧문을 열고 안으로 들어갔다. 웅보가 그녀를 따라 안방으로 들어섰을 때 장개동은 성이 다른 두 형들과 아침을 먹다 말고 웅보를 처음 대하는 것처럼 흘긋흘긋 훔쳐보고만 있었다.

"늬들 새끼내 아자씨한테 인사 안 허냐?"

막음례가 아이들을 나무라듯 말해서야 장개동과 그 형들은 건성으로 고개를 꾸벅거렸을 뿐이었다. 그녀는 아이들에게 밥상을 치우게 한 다음 웅보에게 앉기를 권했다. 웅보는 막음례가 그를 대하는 태도가 예전 같지 않고 탱자나무 가시 같은 앙칼을 품고 있다는 것을 느꼈다.

그러나 그는 그러는 막음례에 대해서 서운한 마음을 갖지 않았다.

"그동안 한 번도 못 와봐서 참말로 미안허요. 그렇재만 내 생각은…….

웅보는 말끝을 흐렸다.

"나는 암시랑토 안 헝께 내 걱정은 말어유."

막음례의 말 속에는 여전히 가시가 박혀 있었다.

"이것 개동이 어멈 쓰라고 가져온 것이니 받으씨요."

웅보는 손에 들고 있던 패물 보자기를 막음례 무릎 가까이로 밀치며 말했다.

"이긋이 뭣이당가요?"

"나주 양 진사 댁 안방마님이 나헌테 주신 것인듸, 죽어도 나는 그것을 가질 수가 없어서……."

"아니, 이긋은?"

막음례가 보자기를 풀고 패물들을 보자 깜짝 놀라 웅보를 쳐다보았다. 보자기에는 금가락지며 금비녀, 옥가락지, 노리개, 금목걸이 등 값진 패물들이 들어 있었다. 웅보도 그것들을 그제야 처음 보고 놀랐으나 얼굴에 놀라움을 나타내지는 않았다.

"이긋덜을 몽땅 마님이 주셨다 이그요?"

막음례가 여전히 놀라는 얼굴로 웅보를 쳐다보며 물었다.

"나헌테 무신 빚을 졌담시로 이것을 주시기에 받지 않겠다고 했드니, 이것을 가져가지 않으면 죽을 때꺼정 마음이 빚에 눌린 채 살아가게 될 것이람서……."

웅보는 그렇게 말하고 다시 보자기를 싸 방 아랫목으로 밀쳐두었다.

"내가 그것을 갖게 되면 마치 만석이 도령을 내가 팔아 묵은 것같이로 생각되어, 평생 괴로와헐 것이 아닌가요. 그래서 그동안 땅속에 묻어두었다가 다시 꺼내온 거요. 그러니 개동 어멈이 대신 맡어주오."

"내가 왜 그것을 받어요? 나는 못 받겄소."

막음레가 쌩한 얼굴로 웅보를 쳐다보더니 아랫목에 밀쳐둔 보자기를 다시 웅보의 무릎 옆에 옮겨놓았다.

"그렇다고 바다에 던져버릴 수도 없지 않소."

"오동네 어머니 주씨요."

"무슨 소리를 그렇게……."

"그렇다고 내가 이긋을 받으면 마치 내가 우리 개동이를……."

막음레는 말을 하다 말고 입을 다물어버렸다.

"개동이를 부탁허는 뜻으로 이긋을 줄 테니 받어주씨요. 이긋을 팔어서 좋은 자리로 옮기든지 아니면 개동 어멈 소원대로 요릿집을 채리든지 알아서 하씨요. 그래서 돈을 많이 벌면 개동이헌테 물려주어도 좋고 또 그때는 나도 좀 보태주고 그러씨요. 그러고 인자부텀은 개똥이를 장개동이라고 부르씨오. 개똥이가 아니고 장개동이란 말이오."

웅보는 그러면서 웃는 낯으로 막음레를 보았다. 그리고 그는 일어섰다. 막음레는 웅보를 따라 나오지 않았다. 웅보는 오랜만에 무거운 짐을 부린 것 같은 홀가분한 기분으로 선창으로 나갔다. 선창에는 아무 일도 없었다.

웅보는 바다 건너 용당에서 실어온 미곡들을 창고로 옮기면서 그가 믿을 수 있는 등짐꾼들에게 다음날의 파업을 귀띔해주었다. 그는 먼저 판쇠와 덕칠이에게 알리고 그들에게 쟁의에 동조해줄 등짐꾼들을 파악해보도록 당부했다. 그러나 비밀을 유지하기 위해서 친일 기미가 있는 사람에게는 절대 입을 열지 말도록 일렀다. 웅보가 만난 대부분의 등짐꾼들은 임금인상을 내건 파업에 동조하는 입장을 보여주었다.

그들은 다시 버드나무집에 모여 그날 하루 동조자를 포섭한 결과에 대해 이야기를 나누었다. 이날은 십장과 인부들이 각기 하루의 활동성과에 대해 보고하는 형식으로 이야기하였다.

"나는 오늘 열두 명의 인부를 만나서 내일 일을 말했는데 모두들 찬성했습니다. 나는 쬐금이라도 미덥지 않은 사람한테는 이야기를 끄내보지도 않았기 땜시, 나흐고 이야기를 해본 사람들은 믿어도 될 것입니다."

웅보가 맨 먼저 그날의 포섭 결과를 이야기하였다.

"난 인부 다섯 사람과 이야기를 하였는듸, 네 사람은 찬성을 했으나 나머지 한 사람은 반대를 헙디다. 반대한 사람의 말은 파업을 했다가 야쿠자들한테 보복을 당하거나 아니면 일자리를 잃게 될 것이 걱정 되어 찬성할 수가 없다고 했습니다. 괜히 그자한테 이야기를 끄냈다 싶어 께림하네요. 만약 그자가 발설이라도 한다면……."

어제는 시종 말 한마디 없었던 강진 출신의 김기출이라는 인부가 조심스럽게 말했다.

"그 사람은 걱정할 것 없소. 반대한다고 분명히 자기 생각을 말한 사람은 절대 배신을 않는 법이우."

인부들과 십장들이 그날의 성과를 이야기하는 중에, 동조한 사람의 머릿수를 치부하고 있던 염주근이가 김기출을 안심시켰다.

"오늘 하루 다섯 명의 십장과 야들 명의 인부들을 접촉 한 결과 내일의 우리 일에 찬동한 수가 모두 야든 명이오."

염주근이가 치부한 종이쪽지를 들여다보면서 말했다.

"이백야든 명의 인부 가운데서 게우 야든 명이라면 머릿수가 너무 적구만. 나머지 이백 명이 우리 일에 협조를 안 해준다면 보나마나 실패가 뻔하지 않소."

최 십장이 침통한 얼굴로 좌중을 둘러보고 말하고 나서 한숨을 토했다.

"꼭 그렇게만 생각허지 맙시다. 나머지 이백 명 중에서도 우리가 일을 착수한다치면 동조해줄 사람이 많이 나올 거요. 사실 오늘 우리 열세 사람이 접촉한 인부들이 백 명도 못되지 않었습니까. 그러니 미리서 실망허지는 맙시다."

염주근의 말에 인부들과 십장들이 고개를 끄덕였다.

"암턴 우리 일에 찬동하고 행동을 같이헐 인부가 반수는 되어야 헙니다. 그렇지 않고서는 큰 보복을 당헐 것입니다."

다시 최 십장이 말했다.

"어채피 보복은 각오해야지요. 야쿠자들이 우리를 가만 보고만 있지는 않을 거니깐요."

평소 말이 없는 김 십장이 한마디 하였다.

"우리 십장들이야 목을 자를지도 모를 일이지만 하역인부들이야 어쩔라구요. 단 한 사람의 인부가 아쉬운 판인데요."

염주근이가 하역인부들의 얼굴을 둘러보며 말했다. 인부들은 십장들의 이야기만 듣고 있었다. 인부들은 말은 하지 않았지만 모두들 일자리를 잃게 될까 걱정인 것이었다. 그들은 하역인부의 일자리를 잃게 되면 다시 고향으로 돌아가서 도짓논을 지어야 할 판이었다.

그날 밤은 그쯤에서 헤어져 집으로 돌아왔다. 염주근은 그들이 버드나무집을 나서기 전에 마지막으로 각자 맡은 일에 대해서 저저이 당부했다.

"내일 내가 징을 치면 일제히 하던 일을 멈추고 오까모도 미곡창 앞 공터로 모이시오. 그러고 공터로 모일 때는 되도록 많은 인부들과 함께 오시오. 내가 징을 치는 시각에 맞춰서 우리의 요구사항을 적은 벽보를 붙여야 허는데 벽보는 오늘밤에 최 십장이 만들어 오고, 붙이는 일은 김 십장이 맡으시오. 그러고 나는 인부들이 모두 모이면 그들에게 우리의 뜻을 알리는 연설을 헐 것이오. 그 사이 세 사람의 십장은 십장 두목을 만나 우리들의 뜻을 분명히 알리도록 허시오. 마지막으로 당부헐 것은 우리는 어떤 일이 있어도 한 덩어리가 되어갖고 같이 행동을 해야 헌다는 것이오. 우리가 살아남을 수 있는 길은 끝꺼정 한 덩어리가 되어 힘을 합허는 일이오."

그들은 염주근의 말에 고개를 끄덕여 다짐을 표한 후에 하나씩 버드나무집을 나갔다.

"주근이 자네 많이 달라졌어 잉."

달빛을 밟으며 집으로 돌아오는 길에 웅보가 뚜벅 입을 열었다. 웅보는 그날 밤 염주근이가 내일 있을 일에 대해 치부를 하고 또 계획을 세워 각기 책임을 맡기는 등 빈틈없이 일을 추스르는 것을 보고 적이 놀랐던 것이다. 그가 생각키에 염주근은 얼마 전 야쿠자들한테 붙들려 가서 곤욕을 치르고 나온 후부터 사람이 몰라보게 달라진 것 같았다.

"누가 해도 해야 헐 일이 아닌가. 그리고 내 생각에는 이렇게라도 해서 우리가 살아고 있다는 것을 보여주자는 것일세. 가만히 죽은드끼 있으면 우리가 죽은 줄 알 것 아닌가."

염주근의 그 말에 웅보는 마음속으로 박수를 보냈다.

"나는 요새 뜽금없이 치근이 생각이 난당께. 치근이는 죽은 것이 아니고 남아 있는 우리들 중에서 그 누구보다 팔팔하게 살아 있는 것 같은 생각이여."

염주근이 목이 잠긴 목소리로 말했다. 웅보도 염주근과 같은 생각이었다. 그의 생각과 행동 속에 언제나 할아버지가 살아 있는 것과 같이, 그들이 어려운 일에 부딪히게 될 때마다 김치근이 그의 마음속에 살아 숨 쉬고 있는 듯한 느낌이었다. 그것은 그가 지금도 큰일을 결정할 때는 자신의 생각 속에 살아 있는 할아버지와 이야기를 하는 것과 마찬가지로, 김치근과도 마음속으로 서로 이야기를 나누고 있었기 때문이다.

다음날 아침은 유난히 가을햇살이 빛났다. 명주실처럼 윤기가 흐르는 햇살이 바다의 수면을 부드럽게 쓰다듬고 있었다. 인부들은 여느 날과 마찬가지로 곡식을 배에 싣고 있었다. 선창에는 일본 화물선이 다섯 척이나 정박해 선적을 기다렸다. 웅보는 염주근이가 징을 울리기만 기다리고 있었다. 징소리가 울릴 시각이 지난 듯싶은데도 조용하기만 하자 불안한 생각이 스멀스멀 머릿속에서 부스럭거리기 시작했다. 이날따라 선창에는 이상하게도 야쿠자들의 모습이 많이 보이는 것만 같았다. 웅보가 여러 차례 불안한 눈으로 주위를 둘러보았으나 뜻을 함께하기로 한 십장들의 모습이 보이지 않았다.

웅보가 곡식가마니를 등에 업고 네 번째 화물선을 오르내렸을 때까지도 염주근의 징은 울리지 않았다.

"염 십장 못 봤는가?"

웅보는 창고에서 곡식가마니를 업고 나오다 판쇠와 마주치다 다급하게 물었다.

"아침에 점고 때 보고 그 후로는 못 봤구먼."

판쇠도 걱정스러운 얼굴로 하늘을 올려다보았다. 해는 거의 정수리 위에 떠올라 있었다. 바로 그때였다. 오까모도 미곡창 쪽에서 징이 울렸다. 징소리는 징징징 꽹과리처럼 다급하게 울렸다. 웅보는 곡식가마니를 업고 배에 오르려다 말고 선창바닥에 팽개치고는 주위를 둘러보았다. 목청껏 소리를 쳤다.

"등짐꾼들은 오까모도 미곡창 앞으로 모이시오. 임금인상을 요구허기로 했으니 모두들 오까모도 미곡창 앞으로 모이씨요."

창고에서 곡식가마니를 업고 나오던 판쇠도 짐을 팽개치고 손나발을 만들어 입에 대고 큰 소리로 외치고 있었다. 미리 통지를 받은 인부들은 웅보나 판쇠처럼 다른 동료들을 챙기느라 소리를 질러댔고, 영문을 모르는 인부들은 일손을 놓고 우왕좌왕하기도 하였으며, 더러는 지금까지 그래왔던 것처럼 아무데나 짐을 팽개쳐버리고 징소리가 울려오는 쪽을 향해 뛰어가기도 하였다. 그런가 하면 친일 쪽에 가까운 십장들의 심복들은 쉬지 말고 배에 짐을 싣는 일을 서두르라고 소리치기도 하였다.

십장 사무실 쪽에서 호각소리가 들리면서 십장들이 선착장과 창고 근처로 뛰어왔다. 그리고 뒤이어 야쿠자들이 칼을 빼들고 조리를 끌면서 십장들의 뒤를 따라 나오고 있었다. 그들은 인부들을 선동하는 주동자들을 하나씩 붙들고 사무실로 끌고 가려고 하였으며, 이것을 본 동료인부들이 달려들어 십장과 맞붙었다. 십장들과 야쿠자들은 인부들이 오까모도 미곡창 쪽으로 가는 것을 말렸으나, 많은 인부들은 말리는 그들을 뿌리치고 징소리가 울리는 쪽으로 몰려갔다. 십장들과 야쿠자의 편을 들어 오까모도 미곡창으로 가는 길을 막는 인부들도 수십 명이 되었다. 결국 인부들이 두 편으로 갈라져 선적 일을 하자거니 못하겠다거니 옥신각신하다가는 주먹다짐까지 하기에 이르렀다.

"친일파를 죽여라. 친일파 십장과 야쿠자놈들을 죽여라."

인부들이 소리쳤다. 어느 틈에 파업할 것을 외친 인부들이 야쿠자들의 칼에 맞서 대항하기 위해 몽둥이를 들고 나왔다. 만약 야쿠자들이 조선인 한 사람이라도 다치게 하는 날에는 큰 싸움이 벌어질 기세였다. 야쿠자도 그것을 알기 때문에 막상 칼을 뽑아들기는 했어도 사람들을 해칠 수가 없어 그들의 편을 들어주는 인부들 뒤에 서서 위협만 하고 있을 뿐이었다.

"야쿠자 놈들을 줙여라."

인부들이 소리치며 야쿠자들을 향해 돌을 던졌다. 돌멩이들이 쏟아지자 인부들 앞을 막고 있던 야쿠자들이 주춤주춤 뒤로 물러섰다. 이에 맞서 야쿠자들 편에 있던 인부들도 돌을 던졌다. 인부들의 수가 친일 쪽과 반일 쪽에, 대충 반반으로 갈라져서 서로 돌멩이를 던졌다.

잠시 후 십장 두목 다니가끼가 모습을 나타내더니 야쿠자들을 한쪽에 모아놓고 무엇이라고 지시를 하는 것 같았다. 십장 두목 다니가끼의 지시를 받은 야쿠자들이 인부들 쪽으로 몰려왔다. 그들은 돌멩이를 무서워하지 않고 칼을 뽑아 머리 위로 치켜든 채 앞으로 앞으로 나아갔다. 그대 스무 살 안팎의 젊은 인부 하나가 군중들 앞으로 나서더니, 칼을 뽑아들고 다가오고 있는 야쿠자를 겨냥해 주먹만 한 돌멩이를 던졌다. 퍽 하는 소리와 함께 야쿠자 한 명이 돌멩이에 맞아 쓰러졌다.

"줙여라. 야쿠자놈들을 줙여라."

야쿠자 한 명이 돌에 맞아 쓰러지는 것을 본 인부들이 여기저기서 소리쳤다. 그때 체구가 엄장한 야쿠자 한 명이 방금 돌멩이를 던진 젊은 인부를 향해 돌진하더니 칼로 내리쳤다. 젊은이는 땅바닥에 주저앉아 피를 흘리며 그에게 칼질을 한 야쿠자를 노려보았다.

"야쿠자가 사람을 죽였다. 야쿠자를 줙여라."

젊은 인부가 야쿠자의 칼에 맞아 피를 흘리며 쓰러지는 것을 본 인부들이 소리소리 지르고 야쿠자들을 향해 돌을 던지며 달려들었다.

인부들이 돌을 던지고 몽둥이를 휘두르며 일시에 달려들자 야쿠자들은 잠시 뒤로 물러섰으나 그 대신 친일 쪽의 인부들과 십장들이 맞섰다. 이렇게 되자 결국 조선인들끼리 맞붙어 치고받고 짓밟으며 얼크러져 피를 흘렸다. 친일하는 쪽의 십장들 영향권에 있는 인부들과, 반일감정의 입장에 있는 인부들끼리의 싸움에서 많은 사람들이 박이 터지고 팔다리가 부러졌다. 이것은 임금인상 쟁의를 주도하던 사람들이 원하는 바가 아니었다. 이것을 깨달은 다섯 명의 반일 쪽 십장들이 선창으로 나와, 맞붙어 싸우는 것을 막기 위하여 그들 편의 인부들을 처음 집결장소였던 오까모도 미곡창 앞 공터로 유도하였다. 이리하여 오까모도 미곡창 앞에 모인 인부 숫자가 다섯 명 십장을 제외하고 모두 일백스물두 명이었다. 전체 하역인부들 중에서 반수가 조금 못되었다. 그리고 일백스물두 명 인부들 중에서 팔에 칼을 맞은 젊은이를 비롯해서 일곱 명이 박이 터지고 열두 명이 팔다리가 부러지는 등 부상자가 스무 명이나 되었다. 양편의 부상자 수가 비슷했다.

"동지 여러분! 오늘 우리가 여기 모이자고 한 것은 우리의 임금을 일 할 폭으로 올려줄 것을 요구하기 위해서입니다. 동지 여러분들이 잘 아시는 바와 같이 십장 두목이 바뀌면서 옴니암니 뜯기는 것이 많아졌습니다요. 문둥이 콧구멍에서 마늘씨를 빼 묵는 거와 진배없이 십장 두목은 야쿠자를 먹여 살리기 위해 우리 하역인부들의 수당에서 강제로 달달마다 복지기금이라는 지금껏 들어보지도 못한 명목으로 돈을 떼어갔습니다요. 곡가는 오르는데 인부들의 수당은 오히려 이것저것 뜯기는 것만 많아졌소. 그러기 줄레 임금을 일 할 폭으로 올려달라고 헌 것이오. 그런데 십장 두목은 일본의 악소배 야쿠자를 동원하여 우리의 정당한 주장을 묵살시키기 위해 폭력을 썼습니다. 오늘 양측에서 부상자가 생긴 것은 전적으로 야쿠자 놈들한테 책임이 있는 겁니다. 야쿠자 놈이 칼을 휘둘러 우리 동지의 팔을 상했기 땜시 불상사가 발생한 겝니다요. 우리는 어떤 위협이 닥쳐올지라도 일본 놈들과 맞서서 싸울 것입니다요. 가급적이면 우리 동포끼리 피를 흘리는 일은 삼가 허겠지만 야쿠자놈들의 무례하고도 발악적인 폭력에는 죽음을 각오하고 싸워야 헐 것입니다. 우리는 끝까지 우리가 살아있음을 행동으로 보여줍시다. 그래야만 이 나라가 왜놈의 나라가 되지 않을 겝니다요. 얼마 전까지만 해도 여러분들 중 상당수는 비자였소. 그러나 앞으로는 두 번 다시 종이 되고 싶지가 않을 것이오. 시방 왜놈들은 우리를 종으로 만들려고 합니다. 그러니 우리는 싸워서 왜놈들의 종이 되지 않도록 헙시다. 우리는 우리들의 요구가 관철될 때까지 물러서지 말고 한마음 한뜻이 되어 싸워야 헙니다."

염주근이 일장연설을 하자 군중들이 옳소 옳소 외치며 손바닥이 아프도록 손뼉을 쳤다. 웅보는 염주근의 연설을 듣는 순간 목구멍이 후끈거리면서 눈물이 솟구치려는 것을 참느라 애를 썼다. 염주근의 연설이 그를 감동시킨 것이었다.

"당장 십장 두목의 사무실로 몰려가서 야쿠자 놈들을 잡아 죽입시다."

"야쿠자 놈들과 일본 놈의 앞잽이들을 먼첨 죽입시다."

인부들이 여기저기서 소리를 쳤다.

"그것은 안 될 일이오. 우리는 이 자리에서 우리의 요구가 관철될 때까지 연좌를 하는 것으로 행동을 보여줍시다."

염주근은 감정이 격해 있는 인부들을 진정시키느라 애를 먹었다.

"자 그러면 누구든지 헐 말이 있으면 허시오."

염주근은 앞으로 어떻게 대처하며 그들의 요구를 관철시킬 것인지 인부들의 의견을 물었다. 그러자 인부들이 중구난방으로 한마디씩 자기의 생각을 말했다. 그 중에는 당장 십장 두목의 사무실로 몰려가서 야쿠자 놈들과 맞싸우자는 의견이 많았다. 더러는 염 십장의 말대로 선적 일을 쉬면서 파업만을 밀고나가자는 의견과, 이 기회에 십장 두목을 몰아내어 야쿠자들이 인부들 일에 끼어들지 못하게 하자는 사람도 있었다.

"나도 헐 말이 있소."

웅보가 손을 번쩍 쳐들고 소리치자 공론을 주도하던 염 십장이 "장웅보 말해보씨요" 허고 언권을 주었다.

"우리가 당장 해결헐 것은 야쿠자를 몰아내기 위해 그들과 싸우는 일보다는 임금을 올리는 일인 것입니다. 어떤 일이 있어도 사람이 다치는 일은 삼가해야 헐 것이오. 오늘도 우리 측에서만도 스무 명 이상이 다쳤소. 오늘 헐 일은 부상자들을 당장 치료하는 일이라고 생각헙니다. 그리고 그 다음으로는, 시방 여기 모인 인부들은 전체의 반수도 못됩니다. 이래가지고는 우리의 뜻을 펴기가 어려울 겝니다요. 그러니 더 많은 인부들이 우리의 일에 참가하도록 해야 헐 것이오. 더 많은 인부를 참여시키기 위해서라도 야쿠자들과 정면충돌을 해서 싸우는 것보담은 임금인상만을 요구헙시다."

웅보의 말이 끝나자 찬동하는 소리와 비방하는 소리가 엇갈렸다.

염주근이 웅보의 의견을 전적으로 받아들여, 우선 부상자들을 의원으로 데리고 가서 치료를 하고, 밤을 이용하여 그들의 일에 방관하는 자세를 보인 인부들을 그들 쪽으로 끌어들일 수 있게 설득을 할 것, 만일 저쪽에서 달려들면 맞싸울 것이나 이쪽에서 먼저 싸움을 걸지 않을 것 등을 결의하였다. 파업 첫날은 그렇게 끝났다.

둘째 날에는 충돌이 없었다. 파업을 지지한 인부들은 오까모도 미곡창 앞에 모인 채 등짐일을 하지 않고 농성을 하였다. 그들이 농성을 하는 동안에 다른 인부들은 친일파 십장들의 감독 아래 하물을 선적하는 일을 하였다. 농성에 가담하는 인부의 숫자는 늘어나지 않았다.

셋째 날에는 농성을 주도한 십장 다섯 명이 그들의 요구를 강력히 주장하기 위해 다니가끼 십장 두목을 만나기로 하고 그의 사무실로 찾아갔다. 다섯 명의 십장들이 다니가끼 사무실로 찾아간 때가 정오쯤이었는데 일몰에도 돌아오지 않았다. 다섯 명의 십장들이 돌아오지 않자 농성을 하고 있던 인부들은 불안해하였다. 십장들의 신변에 무슨 일이 생긴 것으로 생각되었기 때문이다. 당장 다니가끼 사무실로 몰려가자는 측과 날이 어두워질 때까지 조금만 더 기다려보자는 쪽으로 의견이 갈라졌다. 인부들은 날이 어두워도 그들이 돌아오지 않을 때는 모두 다니가끼 사무실로 쳐들어가기로 하고 긴장된 마음으로 기다렸다. 그러나 해가 고하도 너머로 하루의 마지막 생명을 장렬하게 불사르며 사그라지면서 어둠이 바다안개처럼 대지에서 하늘로 퍼져오를 때까지도 다섯 명의 십장들은 모습을 나타내지 않았다. 농성에 참여하지 않고 선적 일을 계속하던 인부들도 어느덧 집으로 돌아가고 선창은 어둠과 함께 을씨년스러울 정도로 고즈넉하게 가라앉았다.

"더 기다릴 수 없으니 다니가끼 사무실로 몰려가봅시다."

"우리 편 십장들을 구해줍시다."

인부들이 여기저기서 소리치기 시작했으며 벌써 일부에서는 오까모도 미곡창 앞을 떠나고 있었다. 아무도 그들을 말릴 수가 없었다. 잠깐 사이에 대부분의 인부들이 선창의 물양장 쪽으로 몰려가기 시작했다. 염주근이가 걱정인 웅보도 언제까지나 오까모도 미곡창 앞 공터에 앉아 있을 수만도 없기에 인부들의 뒤를 따라 다니가끼 사무실로 향했다. 그들이 물양장을 지나 다니가끼 사무실이 있는 목조 이층건물이 마주보이는 하물 야적장 근처에 다다랐을 때까지, 그들을 방해하는 사람이 없었다. 일백여 명의 인부들은 어둠만이 가득 깔린 선창을 가로질러 하물 야적장을 비껴 목조 이층 건물로 향했다. 이상하리만큼 주위가 조용한 것에 불안을 느낀 웅보는 자신도 모르게 걸음을 멈칫거렸다.

"아무도 없소."

먼저 다니가끼 사무실로 올라갔던 인부들이 소리쳤다. 목조 이층 건물 안에는 정말 아무도 없었다. 다니가끼의 편에 선 십장 서너 명이 사무실을 지키고 있다가 반대편의 인부들이 몰려오자 사무실을 비우고 도망쳤을 뿐이다.

인부들은 다음에 어떤 행동으로 옮겨야 할지 몰라 목조 이층 건물 주위에서 우왕좌왕 서성거릴 뿐이었다. 웅보는 필시 야쿠자들이 반일 쪽의 십장 다섯 명을 어디론가 끌고 갔을 것이라고 생각했다. 그러나 어디로 끌고 갔을지 알 수가 없는 것이었다. 웅보는 그 순간, 누구인가 우왕좌왕하고 있는 인부들을 지휘하여 행동통일을 해야 할 것이라고 생각했다.

"자, 모두들 이리 와서 내 말을 좀 들어보씨요."

웅보는 주위를 둘러보며 큰 소리로 말했다. 웅보의 말에 하나 둘 그의 옆으로 다가왔다.

"우리가 언제까지 여기 이러고 있을 수가 없는 일이 아니겄소. 그러니 몇 사람만 남아서 우리 편 십장들의 행방을 알아보기로 허고 나머지는 집으로 돌아갔다가 내일 아침에 오까모도 미곡창 앞으로 나오는 것이 어떻겄소."

웅보의 말에 인부들이 옳소를 연발했다.

"그렇다면 나와 함께 우리 편 십장들의 행방을 알아보고 싶은 사람만 남고 모두 돌아가시오."

그러나 인부들은 자리를 뜨려고 하지 않았다. 웅보가 몇 번이나 큰 소리로 다들 돌아가라고 외쳐 대서야 그들은 서서히 몸을 움직였다. 그러고도 웅보와 함께 남겠다는 사람이 스무 명도 더 되었다.

"이르케 많은 사람이 필요하지 않소. 두서너 사람이면 족하니 모두들 돌아가씨요."

이렇게 하여 웅보가 인부들을 여러 차례 설득하여 돌려보내고 남은 사람이 여덟 명이었다. 버드나무집에 모여서 파업을 결의했던 인부 대표가 다 남은 것이다.

"자, 이제 우리끼리만 남았는데, 어찌하면 좋겠소."

웅보가 다른 인부들의 의견을 물었다.

"여기 이러고 있다가 일을 당할지 모르니 우선 다른 곳으로 갑시다."

어둠속에서 누구인가 불안해하는 목소리로 말했다. 사실 그들 여덟 명이 그곳에 어정거리고 있다는 것은 위험한 일이었던 것이다.

"그럽시다. 여기 있는 것은 좋지가 않소."

판쇠의 말에 모두들 오까모도 미곡창 쪽으로 발걸음을 옮겼다.

"어디 가서 십장들 소식들 알아봅네까?"

그들이 미곡창 앞에 이르자 누구인가 입을 열었다.

"우리끼리 이럴 것이 아니라 객주조합으로 가서 조합장한테 오늘의 사정을 말하고 도움을 청하는 것이 어떻겠소?"

웅보는 그 순간 정병욱 조합장을 떠올리며 인부대표들의 의견을 물었다. 그가 생각하기에 그래도 도움을 청할 사람은 정병욱 조합장뿐인 듯싶었다.

"그렇게 합시다."

"객주조합으로 가지요."

인부대표들이 웅보의 의견에 찬동해주었다. 그들도 정병욱 조합장이 그들 편이라고 생각했기 때문이다.

"자, 객주조합으로 갑시다."

웅보가 큰 소리로 말하고 앞장을 섰다. 여덟 명의 인부대표들은 미곡창 뒷길을 빠져나가 무안통 네거리에 있는 객주조합 사무실로 향했다. 마침 조합장 정병욱은 사무실에 있었다. 하이칼라 머리에 덕지덕지 기름을 바르고, 긴 나무의자에 다리를 꼬고 앉아서 궐련을 피우고 있던 정병욱은 인부대표들이 좁은 사무실로 우르르 몰려 들어가자 처음에는 다소 긴장된 얼굴로 그들을 훑어보더니, 선창의 하역인부들이라는 것을 알고 표정이 누그러졌다. 정병욱 조합장은 웅보를 알아보았다.

"또 염 십장 때문이구만."

정병욱이 궐련 연기를 푸우 내뿜으며 혼잣말처럼 뱉았다.

"염 십장뿐만 아니라 다섯 명 십장들이 정오에 다니가끼 사무실로 우리 요구를 주장하기 위해 면담을 하러 갔는데 여직 소식이 없습니다요."

"즈이가 잠시 전에 다니가끼 사무실로 가 보았으나 사무실에는 아무도 없었습니다."

웅보의 말에 판쇠가 덧붙여 설명을 해주었다.

"조합장님께서 우리 편 십장들이 으디에 있는지 좀 알아봐주십사 흐고 찾아왔습네다."

인부대표들 중에서 나이가 가장 많은 또바우가 매달리는 목소리로 말했다. 정병욱 조합장은 말없이 궐련의 연기만을 훅훅 내뿜고 있었다.

"지금은 때가 좋지 않소. 내 힘으로는 이제 야쿠자들을 당해낼 수가 없다오. 야쿠자들을 당할 조선사람은 아무도 없어요. 그자들은 사람이 아니오."

한참 후에야 정병욱이 나지막한 목소리로 말했다.

"그렇지만 우리가 믿을 분은 조합장뿐입니다요. 조합장님께서 우리를 도와주시지 않으신다면 즈이는……."

판쇠였다. 그는 정병욱의 말에 힘이 빠지는 듯하였다.

"야쿠자들과는 말이 통하지 않아요. 더욱이 그들의 오야붕인 다니가끼하고는 아무것도 통하지 않는답니다. 그렇지만 내가 한 번 손을 써보지요."

정병욱은 그렇게 말하고 사무실에 있던 젊은이를 불러 지금 다니가끼가 어디에 있는지 알아보라고 일렀다.

다니가끼의 소재를 알아보기 위해 객주조합 사무실을 나간, 젊고 눈치가 빨라 보이는 청년이 다시 숨을 몰아쉬며 들어섰을 때는 그로부터 한참 후였다. 젊은이의 말로는 다니가끼가 선창거리에 있는 일양정이라는 요정에서 저녁을 먹고 있다고 하였다.

"내가 일양정으로 가서 다니가끼를 한 번 만나보겠으니 당신들은 그냥 돌아가시오."

그러면서 정병욱 조합장은 책상 위에 놓아둔 담뱃갑을 양복 호주머니에 넣고 일어섰다.

"우리 십장들이 어디 있는지 알고 돌아가겠습니다요. 조합장님이 다니가끼를 만나고 오실 때까지 우리는 예서 기다리고 있겠구만요."

웅보는 염주근의 행방을 알지도 못한 채 집에 돌아갈 수가 없다고 생각했다. 더구나 다른 인부들에게 행방불명이 된 십장들의 소식을 알아보겠다고 약속까지 하지 않았는가.

"십장들이 어디 있는지 나는 알고 있어요. 지금은 십장들의 소재를 아는 것이 문제가 아니지 않소."

정병욱 조합장이 사무실을 나서며 말하자 웅보를 비롯한 인부대표들이 자기네 편의 십장 다섯 명이 어디 있는지 알려달라고 매달렸다.

"소재를 알면 어쩔 테요?"

정병욱 조합장이 따지듯 물었다.

"우리가 가서 구해야지요."

"그들이 어디에 있습니까요?"

판쇠와 덕칠이가 거의 동시에 말했다.

"구하다니 어떻게?"

"인부들을 몰고가서 빼내와야지요."

정병욱이 묻고 판쇠가 대답했다.

"그 사람 같지도 않은 야쿠자들이 그래 십장들을 데리고 가라고 길이라도 비켜준답디까? 이것 보씨요들, 이 정병욱이 부산이 처음 개항되었을 때 선창거리를 휩쓸고 댕겼고, 목포에 와서도 완력 하나로 이만큼이나마 자리를 잡은 사람이외다. 그런데 말이우, 이 정병욱이도 어쩔 수가 없는 그 무도한 야쿠자들을 당신네들이 맨손으로 해보겠다는 게요? 이러시지들 말고 내 말대로 오늘밤에는 집에 돌아가시오. 보나마나 다섯 명의 십장들은 시방 다니가끼의 집 창고에 갇혀 있을 텐데, 당신들 여덟 사람이 맨손으로 가서 어쩌겠다는 게요? 수십 명의 야쿠자들이 다니가끼의 집에 진을 치고 있을 것이 뻔한데 당신들이 어쩌자는 것이오?"

정병욱은 인부대표들을 나무람 하듯 말하고 나서 단신으로 사무실을 나섰다. 그리고 그 길로 선창거리 쪽으로 발걸음을 재촉했다. 그는 다니가끼를 만나서 십장 다섯 명을 풀어달라고 사정을 해볼 생각이었다. 그는 선창 하역인부들이 지나치게 그 자신을 믿고 의지하는 것에 부담을 느끼고 있었다. 그렇다고 그들의 기대를 저버리고 싶지는 않은 것이었다. 인부들이 그를 믿고 의지해오는 것, 그들에게서 신망을 얻고 있는 것도 일종의 재산이라고 생각하고 있었다. 그가 그동안 하역인부들을 도와주고, 그들 앞에서 은근히 배일감정을 드러내는 것은 그가 남달리 애국심이 강한 때문이 아니었던 것이다. 그렇게 하는 것이 많은 인부들의 신망과 존경을 받을 수 있다고 생각했기 때문이다.

정병욱이 선창거리에 있는 고급 요릿집 일양정에 갔을 때는 다니가끼가 그의 심복 야쿠자 세 명과 함께 술을 마시고 있었다. 그 자리에는 얼마 전에 파면된 홍종견 경무관도 끼여 있었다. 홍종견은 경무관 자리에서 쫓겨나자 다니가끼의 통역으로 빌붙어 지내고 있으면서 조선사람들을 일본인보다 더 표독스럽게 괴롭혀오고 있었다.

"히사시 부리데스, 다니가끼 사마.(오래간만입니다, 다니가끼 님)"

정병욱이 다니가끼가 들어 있는 방의 문을 조심스럽게 열고 들어서며 인사를 하였다.

"여, 구미아이쬬!(여, 조합장)"

다니가끼는 정병욱을 보자 약간 뜻밖이라는 표정을 하였으나 정병욱이 살피기에 기분이 상한 것 같지는 않아 보였다.

"혼자 출출해서 술 한 잔 할까 하고 왔는데 마침 다니가끼 사마께서 와 계시다기에 제가 술을 한잔 살까 하고 들어왔소이다."

그러면서 정병욱은 큰 소리로 요릿집 주인을 불러 특별히 술상을 더 봐오라고 이르고 일양정 안에서 제일가는 일색들을 모두 그 방으로 불러들이라고 하였다.

"지체 높으신 손님이다. 정중히 대접해야 한다. 알았나?"

정병욱은 유창한 일본말로 나이가 지긋한 요릿집 주인에게 말했다. 정병욱이 그렇게 말하고 얼핏 다니가끼의 얼굴을 살폈는데 다니가끼는 빙긋이 웃고 있었다.

이윽고 새 술상이 나오고 기생들이 나붓나붓 절을 하면서 들어왔다. 정병욱은 기생들 중에서 가장 얼굴이 반반한 아이를 골라 특별히 다니가끼 옆에 앉도록 하고 세 명의 야쿠자와 홍종건에게도 하나씩 안겨주었다.

"야, 벳삥다네. 야, 벳삥다네.(야, 좋구나. 야, 좋구나)"

다니가끼는 옆에 앉은 몸매가 야리야리한 기생의 허리를 감은 채 중얼거렸다.

"야 이년아, 그 양반 오늘밤 술 좀 취하게 해드리고 끝까지 잘 모셔라. 해웃값은 내가 두둑이 주겠다."

정병욱은 홍종건의 눈치를 살피면서 한국말로 다니가끼 옆에 앉은 기생에게 일렀다. 몸피가 야리야리한 그 기생은 정병욱이 해웃값을 많이 주겠다는 말에 다니가끼의 술잔에 거듭 술을 부었다. 정병욱은 다니가끼와 술잔을 거푸 주고받았다. 다니가끼의 주량도 대단했지만 정병욱의 주량에는 미치지 못하였다.

술에 취한 다니가끼는 옆에 앉은 기생의 속곳 가랑이 사이로 손을 집어넣고 희죽거리며 어쩔 줄을 모르면서 "벳뻥다네"를 연발하였다. 술자리의 분위기가 어지간히 무르익자 정병욱은 인부들의 임금인상 쟁의에 대한 이야기를 꺼냈다. 그러나 다니가끼는 손을 휘저으면서 그 일 때문에 골치가 아프다고 하였다.

"다니가끼 사마, 제가 그 일을 해결해볼까요? 당장 내일부터 파업에 들어간 인부들이 선적 일을 시작하도록 손을 써볼까요?"

정병욱이 다니가끼의 귀에 대고 소곤거렸다.

"조합장이? 조합장이 그 일을 할 수가 있소?"

다니가끼는 취중인데도 정병욱의 말에 관심을 갖고 그렇게 물었다.

"나는 일본사람들을 손가락 하나도 까딱할 수 없으나 조선사람들은 잘 다룰 줄 압니다."

정병욱이 다니가끼에게 술잔을 권하며 는질맞게 웃었다.

"그거이 뭣이오. 조센징을 잘 다룰 줄 아는 방법이 뭣이오?"

다니가끼는 취한 듯싶으면서도 정신은 멀쩡했다.

"그 일을 한 번 나한테 맡겨보시겠습니까? 맡겨주신다면 손을 써보겠소이다."

"그 대가가 뭣이오?"

"다섯 명의 십장들을 풀어주십시오."

정병욱의 그 말에 다니가끼는 술잔을 입에 대려다 말고 상 위에 놓으며 날카로운 눈으로 정병욱을 쏘아보았다. 갑자기 다니가끼의 얼굴빛이 변했다.

"실은 다섯 명의 십장 가운데 내 고향사람이 있어서 그럽니다."

정병욱은 다니가끼의 표정에서 살기처럼 섬뜩한 냉기를 느끼며 사정조로 말했다.

"누구요?"

"염 십장입니다."

다니가끼가 묻고 정병욱이 대답했다.

"그자는 아주 나쁜 놈이오. 이번 일을 주동한 놈이오. 그런 놈은 풀어줄 수 없소."

다니가끼는 냉혹하게 말했다.

"지금 어디에 있습니까?"

정병욱은 그들의 소재라도 알아야겠다 싶어 그렇게 물었다.

"그건 말할 수 없소."

그 말과 함께 다니가끼가 벌떡 일어섰다.

"먼저 인부 놈들이 파업을 중지하도록 하시오. 파업을 주동한 십장들은 인부들이 선적 일을 하기 전에는 풀어주지 않을 것이오."

다니가끼는 정병욱에게 큰 소리로 그렇게 말하고 방문을 걷어차듯 열고 밖으로 나갔다. 세 명의 야쿠자와 홍종견도 술잔을 팽개치듯 하고 일어서서 다니가끼를 따라 나갔다.

"오레와 덴까노 로닌다.(나는 천하에 낭인이다)"

다니가끼는 토마루로 내려서서 신을 신으며 얼핏 고개를 들어 무서운 눈으로 정병욱을 쏘아보며 말했다. 정병욱은 다니가끼가 화가 나서 그의 심복들과 요릿집의 마당을 가로질러나가는 모습을 보며 그대로 서 있다가 다시 방으로 들어가, 여섯 명의 기생들과 자리를 같이하여 계속 술판을 벌였다.

그 사이에 염주근을 비롯한 십장 다섯 명은 일본영사관 감방에서 야쿠자들로부터 심하게 두들겨 맞고 있었다. 그들이 정오에 다니가끼 십장 두목의 사무실로 찾아갔을 때, 그곳에는 다니가끼와 십장 세 명만 있었다. 그러나 염주근이가 다니가끼에게 그들의 요구사항을 말하기 시작한 지 십 분도 안 되어 야쿠자들이 들이닥치더니 다짜고짜로 다섯 명의 십장을 묶고 입을 틀어막아 소리를 지르지 못하게 하여 꿇어앉혀두었다가, 날이 어두워지자 일본영사관으로 끌고 갔다. 야쿠자들은 다섯 명의 십장들을 영사관 뜰에 앉혀두고 한바탕 몽둥이찜을 해댄 후에 손발을 묶은 채 감방에 처넣어버렸다.

염주근을 비롯한 다섯 명의 십장들이 일본영사관 감옥에 감금당해 있다는 사실을 아는 사람은 일본영사관 직원들과 다니가끼의 부하 야쿠자들뿐이었다. 목포 안에서 일어난 일은 모두 알고 있다는 정병욱 조합장마저도 까맣게 모르고 있었다. 정병욱은 염주근과 뜻을 같이하고 있는 네 명의 십장들이 다니가끼의 집에 붙잡혀 있다는 것으로만 짐작하고 있었다.

다음날 아침 웅보와 판쇠, 덕칠이 등 등짐꾼 대표들이 정병욱 조합장을 찾아가서 다섯 명의 십장들이 있는 곳을 알려달라고 했을 때도 정병욱은, "내가 간밤에 다니가끼와 술을 마시면서 물어보았는데, 염 십장과 다른 네 명의 십장들은 다니가끼 집에 잘 있다고 했소. 그러나 다니가끼 말로는 인부들이 파업을 멈추지 않으면 다섯 명의 십장들을 내보내줄 수 없다고 합디다. 그러니 오늘부터라도 선적 일을 시작하는 것이 좋을 것이오" 하면서 인부들이 쟁의를 철회해줄 것을 주장했다. 그러나 웅보와 그의 친구들은 임금인상 요구를 철회할 수 없다고 하였다. 결국 일백 명의 파업인부들은 아침에 다니가끼의 집으로 몰려갔다. 마침 다니가끼와 야쿠자들은 아침을 먹고 모두 선창으로 나간 후라 다니가끼의 집에는 그의 가족들만 있어, 아무런 저항도 받지 않고 집안을 샅샅이 뒤질 수가 있었다. 그러나 다니가끼 집에는 염십장이 없었다. 그들이 염주근과 다른 네 명의 십장들을 구하러 다니가끼의 집에까지 몰려갔다가 염 십장의 그림자조차 찾지 못하고 오까모도 미곡창 앞으로 다시 왔을 때, 미곡창 벽에 방이 붙어 있었다.

일부 불순한 십장들과 하역인부들의 사주를 받은 선량하고 성실한 인부들이 또 임금인상을 내걸고 선적 일을 작파한 사건에 대하여 이십 명의 십장들은 매우 유감으로 생각한다. 임금을 올려 준 것이 여섯 달도 안 되었거늘 또다시 인상을 요구함은 그 이유가 나변에 있는 것이 아니고, 선량한 하역인부들을 유인하여 일본과 조선을 이간질 시키려는 음모가 분명한 것이다. 그러한 고로 불순분자들의 꾐에 빠져 사리를 분별하지 못하고 경거망동하는 선량한 인부들은, 오늘부터라도 즉각 불령지도(不逞之徒)의 대열에서 빠져나와 선적 일을 시작하면 지금까지의 과오에 대해서 따지지 않을 것이나, 잘못을 반성하지 못하고 파업에 동조할 시는 다소를 막론하고 모두 해고시키기로 한다. 또한 지금이라도 파업을 그만두고 일을 시작할 시는 다섯 명의 십장들을 석방시킬 것이니 더 이상 망동을 하지 말기를 바란다.

방의 내용을 안 인부들이 한동안 술렁거렸다. 파업을 계속하자는 측과 일을 시작하자는 쪽으로 갈라졌다. 일을 하겠다는 인부들은 해고가 두려운 것이었다. 그러나 그날 하루 파업을 하고 있는 대열에서 빠져나간 인부들은 한 명도 없었다.

다음날 아침, 웅보가 그의 친구들과 함께 오까모도 미곡창 앞으로 나와 보니 인부들 머릿수가 전날에 비해 반도 미처 안 되는 것 같았다. 그곳에 남아 있던 인부들의 말로는 상당수가 선착장으로 일을 나갔다는 것이었다. 그날 정오쯤에 오까모도 미곡창 앞에서 파업에 참가하고 있던 인부들의 머릿수를 헤아려보았더니 겨우 마흔일곱 명에 불과했다. 마흔일곱 명이라면 처음에 참여했던 수의 반에 훨씬 모자라는 수였다. 그리고 그 다음날에는 서른두 명으로 다시 줄어들고 말았다.

"이러다가는 열 사람도 안 남게 되겄는듸 어쩔 건가?"

임금인상을 요구하고 파업에 들어갔던 하역인부들의 수가 당초 일백스물두 명에서 엿새 만에 서른두 명으로 줄어들게 되자, 판쇠가 걱정스러운 얼굴로 웅보에게 물었다. 판쇠 생각에 다음날에는 그들 새끼내 친구들 몇 사람만 남게 될 것 같았기 때문이었다. 불과 이틀 사이에 아흔 명의 인부들이 파업을 포기하고 다시 일을 시작하게 되자, 나머지 서른두 사람은 더욱 불안해진 듯싶었다. 서른두 명 중에서 상당수는 이미 파업을 계속할 뜻을 포기해버린 듯, 웅보를 비롯한 인부대표들에게 빨리 대책을 세우라고 따지기 시작했다.

"남은 사람은 이제 서른두 사람에 불과합니다. 이 숫자로는 우리의 뜻을 더 이상 밀고나갈 힘이 없습니다. 그러니 어쩔 수 없이 각자 알아서 결행을 하도록 하겠습니다. 최후까지 힘을 모아 투쟁을 계속하고 싶은 사람은 남고, 그럴 의사가 없는 사람은 지금이라도 일을 시작하십시오. 각자 알아서 하시기 바랍니다."

웅보가 큰 소리로 인부들을 향해 말했다. 웅보의 말이 끝나자마자 서른두 명 중에서 반수 가까이 그곳을 떠나 선착장 쪽으로 가버렸다. 오까모도 미곡창 앞에 남은 사람은 열 명 남짓에 불과했다. 그 열 명 가운데는 당초 버드나무집에 모여 파업을 계획했던 인부대표 여덟 명 중에서도 다섯 사람만이 보였고, 나머지 세 명은 파업을 포기하고 선착장 쪽으로 모습을 감추어버렸다. 웅보는 이미 모든 것을 각오하고 있었다. 이제 그들은 더 이상 하역인부 노릇을 못하게 될 것이라는 생각이 들었다. 그는 새끼내를 떠올렸다. 목포에서 일자리를 잃게 되면 다시 고향으로 돌아갈 수밖에 없다는 것을 알고 있었다. 더구나 요즈막 웅보는 밤마다 영산강 꿈을 꾸었다. 아버지를 새끼내 그의 옛날 집터 오동나무 밑에 묻고 온 후로 영산강은 밤마다 그의 꿈속에서 거대한 짐승의 모습으로 꿈틀거리며 흐르고 있었다. 그리고 영산강이 꿈속에서 그와 함께 흐르는 꿈을 꿀 때마다 어김없이 그들이 일군 새끼내의 들판을 서성거리고 있는 할아버지의 모습이 영산강 물억새처럼 바람에 흔들렸다.

염주근과 다른 십장 다섯 명은 다니가끼를 찾아갔다가 행방이 묘연해진 지 닷새 만에 친구들 앞에 모습을 나타냈다. 염주근은 한밤중에 웅보의 집으로 찾아왔다. 잠을 자다 말고 그를 부르는 소리를 듣고 눈을 뜬 웅보는 방문을 열고 어둠속을 쑤석여보는 순간, 염주근 이름을 외치며 밖으로 뛰어나갔다.

"주근이가 아닌가? 어디서 오는겨? 그동안 어디 있었어?"

웅보는 염주근을 부둥켜안으며 숨 가쁜 목소리로 거듭 물었다.

"시방 오는 길이여. 일본영사관 감방에 있었구만."

염주근은 감방에서 풀려나오는 길로 그의 집에 가기도 전에 웅보한테 먼저 들렀다는 것이었다. 웅보가 염주근을 붙들고 흔들며 외쳐대는 소리에 온 집안 식구들이 모두 깨어 마당으로 나왔다. 웅보는 자세한 이야기는 날이 밝으면 하자면서 염주근을 그의 집에까지 데려다 주었다. 염주근의 집에까지 가는 동안 웅보는 그동안의 경위를 대충 이야기하였고, 염주근이도 일본영사관 감방에서 겪은 것을 간간이 말했다.

다음날 아침 일찍이 날이 밝기도 전에 염주근이가 다시 웅보의 집으로 찾아왔다.

"잠이나 좀 푹 자지 않고 뭣 땜시 이르케 일찌감치 왔는가."

웅보는 염주근의 몰라보게 야윈 얼굴을 들여다보며 혀를 찼다.

"시방 잠이 문젠가?"

그러면서 염주근은 웅보에게 그들 다섯 명의 십장들이 감찰중을 빼앗기고 십장자리에서 쫓겨난 사실을 이야기했다. 그것은 웅보도 예상했던 일이었다.

"인부들도 모두 저쪽으로 돌아서버리고 말았다네. 해고당허게 될까 겁이 나서……."

말끝을 흐리고 한참 있다가 웅보는 마지막 남은 인부들도 해고를 당하게 될 것이 분명하다고 말했다. 해고를 당하지 않게 되더라도 자신은 등짐꾼 노릇을 그만두어야겠다고 하였다.

"앞으로는 두 번 다시 인부들이 실력행사를 헐 수가 없을 것일세. 요번 일에 실패한 것은 우리가 왜놈들한테 영원히 지게 된 것이나 마찬가지네. 앞으로는 인부들이 절대로 왜놈들을 이기지 못헐 것이네. 우리들이야 그만두어베리면 상관이 없겠지만 남은 인부들이 걱정이구만. 이제부텀 목포 선창의 모든 하역인부들은 자기들 주장을 펴지 못하면서 일본 놈들의 종이 되고 말 게여."

염주근은 그러면서 한숨을 내뿜었다.

"내 탓이네."

웅보는 이번 일이 실패한 것을 자기 탓이라고 말했다. 그것은 웅보의 솔직한 심정이기도 하였다. 염주근과 다른 네 명의 십장들이 붙들려가지만 않았더라도 일이 이렇게 끝나지는 않았을 것이라는 생각이었다. 그리고 염주근 등이 없었다 해도 웅보 자신이 좀 더 인부들의 마음을 휘어잡을 수 있는 언변이나 통솔력이 있었던들 이렇게 무참히 박살이 나지 않았으리라는 생각이었다.

"이것은 누구의 탓도 아녀. 근본적으로다가 왜놈들 잘못인 게여.

야쿠자 놈들만 없었더라도 이렇게야 되었겠는가?”

웅보와 염주근은 함께 아침을 먹고 느지거니 선창으로 나가보았다. 염주근은 약간 다리를 절름거렸다. 웅보 생각에 염주근은 일본영사관 감방에 있는 동안 야쿠자들로부터 견딜 수 없을 만큼 곤욕을 치렀으리라 여겨졌다. 웅보는 염주근에게 왜 다리를 절름거리느냐고 묻지 않았다. 염주근은 다리만 저는 것이 아니라, 얼굴도 못쓰게 상해 있었다. 겉으로 보기에는 외상이 없는 듯하였으나, 눈이 퀭하게 들어갔고 두 뺨은 홀쭉해졌으며, 아직도 고통스러움을 참아내기 위해 온몸을 쥐어짜는 듯한 표정을 읽을 수가 있었다. 그러나 염주근은 자신의 그런 모습을 나타내 보이려고 하지 않았다.

그들이 오까모도 미곡창 앞 공터에 가서 보니 그곳에는 인부대표들 서너 명이 초라하게 서성거리고 있을 뿐이었다. 그곳에 나와 있는 인부들이란 맨 처음 버드나무집에 모여 파업을 모의했던 주동자들인 것이었다. 염주근과 함께 일본영사관에 감금되었다가 간밤에 풀려난 네 사람의 십장들 얼굴은 보이지 않았다.

“우리는 어찌하면 좋겠습니까요?”

오까모도 미곡창 앞에 나와 있던 인부대표 한 사람이 염주근을 보자 매달리는 목소리로 물었다. 웅보는 닷새 동안이나 일본영사관 감방에 감금되어 있다가 간밤에야 풀려나온 염주근에게 위로의 말 대신에 그렇게 묻고 있는 그 인부대표가 야속하게 생각되었다. 그러나 염주근은 전혀 그런 기색을 보이지 않고 “미안하게 되었소. 다른 십장들이 오면 같이 의논을 해봅시다” 하고 부드럽게 말했다.

염주근과 함께 감금당했다가 풀려난 나머지 네 명의 십장은 해가 떠오를 때까지도 그곳에 나타나지 않았다. 염주근과 웅보, 판쇠, 덕칠이 외에 인부대표 네 명은 해가 설핏하게 기울 때까지 기다렸으나 나머지 십장들은 끝내 얼굴을 내밀지 않았다.

"종당에는 여기 남은 야달 사람뿐이로구만."

판쇠가 땅바닥에 퍼질러 앉으며 탄식을 뱉아냈다. 그들 여덟 명은 똑같은 생각을 하고 있었다. 그들은 앞으로 살아갈 일이 막막하여 아무 말도 하기 싫은 것이었다. 그들은 이제 다니가끼가 그들을 인부로 써주지 않을 것이라는 것을 알고 있었다. 혹시 지금이라도 다니가끼를 찾아가서 그 앞에 무릎을 꿇고 비대발괄 빌면서 사정을 한다면 인부 노릇을 계속하게 될지도 모른다고 생각해보기도 하였다. 그러나 그렇게까지 하면서 빌붙고 싶지가 않은 것이었다. 염주근을 제외하고 마지막까지 남은 일곱 명은 모두 종의 신분에서 속량된 사람들이었다. 그러기에 그들은 더욱 일본인 십장 두목 다니가끼 앞에 무릎을 꿇고 싶지 않은 것인지도 몰랐다. 그들은 이미 종의 굴레에서 풀려나는 순간, 이 세상의 누구에게도 무릎을 꿇지 않기로 결심을 한 것이었다. 더욱이 상대가 같은 핏줄이 아닌 일본사람들한테 무릎을 꿇고 빈다는 것은 있을 수 없는 일이라고 생각하였다. 그들은 내 땅에서 다른 나라 사람 앞에 무릎을 꿇는다는 것은 다시 종의 신세로 전락하는 것보다 더 슬프고 굴욕적인 일이라고 생각하고 있었기 때문이다.

"이제부텀은 아무도 임금을 올려주라는 말을 못헐 것이구만."

"왜놈덜 맘대로 우리 인부덜을 종 부리듯 허겄재."

"하루도 쉬는 날이 없이 이 땅의 쌀을 죄 실어가게 생겼구만."

"굶어죽는 사람이 더 늘어날껴. 불쌍헌 것은 애잔헌 민생들이고."

"인제부텀은 갈퀴질하드끼 이 나라 곡식을 맘대로 훑어갈 거로구만."

오까모도 미곡창 앞에 모인 여덟 명의 인부들은 절망적인 얼굴로 선창을 바라보며 한마디씩 하였다. 그들은 지금까지 곡식가마니를 일본 배에 실을 때마다 마치 자신의 어금니를 빼내는 것만큼이나 속이 아렸다. 이 나라 민생들은 식량이 없어 부지기수로 굶어죽어 가는 판에 아까운 옥곡(玉穀)을 일본 배가 가득가득 실어갈 때마다 오장육부에 불이 붙는 듯한 기분이었다. 그 아리고 분한 마음 때문에 그들은 걸핏하면 임금인상을 내걸고 파업을 일으켜왔다. 그들이 곡식을 일본 배에 싣지 않는 동안만은 도둑 맞는 기분이 들지 않았다. 인부들은 나라를 걱정한 것이 아니었다. 일본이 나라를 삼켜, 그들이 나라를 잃게 되리라는 것을 통분해하는 것이 아니었다. 그들은 지금까지 나라에서 그들을 위해 특별히 베풀어준 바가 없다고 믿고 있었기에, 나라가 망하게 되면 어쩌나 하는 걱정을 할 만큼 마음이 넓지를 못한 것이었다. 그들은, 나라는 어차피 양반들의 것이므로, 나라가 흥하거나 망하는 것은 양반들이 걱정해야 할 것이라고 생각하고 있었다. 그들이 걱정하는 것은 나라가 아니라 그들과 같은 처지에 있는 무지렁이들이 어떻게 하면 굶어죽지 않고 살아갈 수 있을까 하는 것이었다. 그것은 바로 그들의 희망이기도 한 것이었다.

"그만 돌아가세."

염주근이 갑자기 무기력해진 눈으로 하늘을 쳐다보며 푸념처럼 말했다. 그들은 자신들의 힘이 덧없이 무기력하다고 느끼는 순간에 하늘을 올려다보는 버릇이 있었다. 자신에 넘쳐 있을 때나 절망을 느끼지 않을 때는 하늘 대신에 땅 끝을 바라보는 것이었다.

7

개항장 목포는 날이 갈수록 그 모습이 달라져가고 있었다. 선착장에는 화물선들이 줄을 지어 정박해 있었고, 창고 주변에는 미곡을 싣고 온 마바리며 소달구지들이 즐비하였다. 선창거리가 북적거리는 만큼, 개항지 목포를 찾아드는 이주민들도 날마다 불어났다. 발을 붙이고 살아가는 사람들이 많아지자, 해안통에 해벽을 막고 여기저기에 큰길이 뚫렸으며, 예배당, 은행, 병원, 학교, 관공서 등 우람한 건물들이 들어섰다.

목포에서 가장 먼저 길이 뚫린 곳은 동쪽의 송도에서부터 남쪽의 목포대, 서쪽 온금동, 북쪽의 하정(양동의 고지대)을 연결 짓는 각국 거류지역이었다. 부산, 원산, 제물포 등지는 일본전관 거류지가 따로 정해져 있었으나 목포, 진남포, 군산 등지의 개항지는 각국이 함께 거류하는 공동거류지 안에 있다. 공동거류지 안에서도 일본의 거류민들이 차지하는 땅이 가장 넓었다. 우선 일본영사관의 부지만도 일만 육천 평에 달했다. 일본 외에도 각국 영사관들은 우리의 땅을 마음대로 불법 소유하고 있었으니, 영국영사관이 목포대 근방의 사천여 평을, 러시아는 욱산 서산동 고지에 육천여 평을 점유했다. 목포가 시가지의 면모를 갖추기 시작한 곳은 바로 이들 영사관 구역이었다. 영사관 구역에 차츰 길이 뚫리고 하수도 시설이 갖추어졌으며 택지를 조성하여 집을 짓기 시작했다.

외국인 공동거류지 내에서 가장 먼저 길이 뚫린 곳은 목포대 아래 복산통의 바위 사잇길로, 길이가 고작해야 칠백여 척에 노폭 석 자 세치의 이 길은 만조 때는 바닷물이 도로를 덮치기 일쑤였다. 다음으로 뚫린 길은 경찰서를 중심으로 한 십자로였으며, 그 후에 앵정의 바위 언덕에서부터 송도 바위등걸까지 오리 길에 가까운 도로가 열렸고, 그곳으로부터 복산통 바위언덕까지의 칠백여 척의 그리 길지 않은 해벽 공사도 개항된 지 이 년 만에 완공을 보았다. 이밖에도 앵정 경계의 산모퉁이에서 남부 연안을 따라 세관 앞까지, 그리고 이곳 해안의 개울을 따라 송도에 이르는 부분과, 송도의 끄트머리에서 상반정 바위모퉁이까지 약 오리 길에 해당하는 해벽도 이 년 만에 완공이 되어 바닷물이 시가지로 밀려들어오는 것을 막을 수가 있게 되었다. 이같이 해벽을 쌓고 도로가 뚫리자 큰 건물들이 들어서기 시작했다. 개항 오년 후, 목포에 들어선 큰 건물들은 일본영사관을 비롯하여 일본영사관의 부속관사, 경찰서, 순사 합숙소, 거류민회 사무소, 예배당, 학교 등이었다. 개항 이듬해에 생긴 학교는 일본인 아이들만 다니는 심상고등소학교가 대화정에 세워졌으며, 개항되던 해에 무안읍내에 세웠던 무안공립학교가 개교 사 년 만에 목포로 옮겨왔다. 목포가 개항되던 해 봄에는 예수교장로회에서 양동에 건평 일백여섯 평의 큰 교회를 짓고 유치원, 야학회, 일요학교를 운영하였다.

또한 제일은행 목포지소가 대화정 복판에 문을 열었고, 개항 이듬해에는 서울로부터 일본인 의사가 목포에 내려와 영사관 건물 서쪽에 바라크 건물을 짓고 공립병원이라는 간판을 달았다.

개항 당시만 해도 일본인들은 공동거류지 안에서만 살았는데 차츰 해가 바뀌면서부터는 일본인들이 생각하기에 경관이 좋거나 교통이 편리하다 싶은 곳이 있으면 조선인들로부터 싼값으로 땅을 매수하여, 조선인 마을까지 침식해 들어왔다. 새끼내 사람들이 살고 있는 뒷게 주변에도 야금야금 일본사람들이 넓게 땅을 차지하고 판잣집을 짓기 시작했다.

웅보, 염주근, 판쇠, 덕칠이 등 새끼내 친구들은 유달산 위에서 목포 시가지를 내려다보고 있었다. 그들은 이제 목포도 그들이 살 땅이 아니라는 것을 알고 있었다. 그들이 생각하기에 목포는 거의 일본사람들의 땅이 되어가고 있는 듯하였다.

네 사람은 나뭇짐을 받쳐두고 서서 선창 쪽을 내려다보았다. 선착장에는 화물선 세 척이 정박해 있었고, 인부들이 곡식가마니를 등에 업고 화물선에 오르내리는 모습이 보였다. 그들은 이제 등짐꾼이 아니었다. 선착장 등짐꾼을 그만두고 나무장수가 된 것이다.

"등짐꾼 그만두기를 백번 잘했구만."

선착장을 내려다보고 있던 염주근이가 말했다.

"그렇재만 아까운 곡식은 여전히 일본으로 실려가지 않는가?"

덕칠이였다. 그는 등짐꾼 자리를 놓쳐버린 것이 너무 아쉽기만 한 것이었다. 덕칠이는 일본 놈들이 좀 아니꼽기는 해도 등짐꾼 노릇하는 것이 나무장수보다 훨씬 낫다고 생각했다. 선착장 등짐꾼으로 있을 때는 한 달에 쌀 반가마니 벌이는 할 수 가 있었는데, 유달산에서 나무를 해다 팔아봤자 나무 한 짐에 쌀 두 되 값 받기가 어려우니, 그것 가지고는 일곱 식구 입에 풀칠하기조차 힘든 것이었다.

에라 동무야
내 말 한자리 들어봐라
개항장 목포가 아니면
사람 살 데가 없을쏘냐
입고 있는 옷을 말아서
왼 어깨에 둘러메고
나를 따라서
고향 구경이나 가자꾸나

판쇠가 시가지를 내려다보며 목청껏 소리를 뽑았다. 그는 진양조 느린 가락으로 소리를 뽑고 나서 선창 쪽을 향해 가래침을 울거내어 칵 뱉더니 "우리 당장에 새끼내로 가세. 새끼내로 가서 옛날 모양으로 땅 파묵고 사세. 인제는 동학군도 잡아들이지 않는단디 뭬가 무서운가. 우리 여기서 천덕 그만 떨고 고향으로 가세" 하면서 친구들을 둘러보았다. 요즈막 판쇠는 친구들만 만나면 고향으로 돌아가자고 떼를 쓰다시피 하였다.

"나 말이시, 자네들이 새끼내로 돌아가지 않는다치면 말이시, 각설이꾼이나 되야갖고 훨훨 돌아댕김시로 산천 구경이나 할라네."

친구들이 그의 말을 받아주지 않자 판쇠는 심드렁해진 얼굴로 하늘을 쳐다보며 중얼거렸다.

"자 냉큼 내려가세."

덕칠이가 나뭇짐을 지고 일어서며 말했다. 다른 세 친구들도 저마다 나뭇짐을 지고 유달산을 내려갔다. 산을 다 내려온 그들은 나무를 팔기 위해 각기 흩어졌다. 웅보와 염주근은 함께 대화정 쪽으로 내려갔다. 웅보는 대화정에 있는 목포정이라는 요릿집에 땔나무를 대주고 있었고 염주근은 목포정 옆에 있는 유달정에 하루에 나무 한 짐씩을 팔았다. 유달정은 막음례가 경영하는 요릿집이었다. 막음례는 웅보가 준 패물을 팔아 요릿집을 차린 것이다.

"나무삯 받어갖고 냉큼 목포정 쪽으로 내려오소 잉."

유달정에 가까와지자 웅보가 염주근에게 다급하게 말했다.

"웅보 자네가 유달정으로 올라오면 발바닥에 뿔이라도 돋는다던가? 인제는 그만 좀 타파할 수 없는가? 장개동 어미허고 웬수 산 것도 아니면서 왜 그런가. 언제까지 서로 담을 쌓고 살 거여. 늙어감시로 그러지 말고 맘 툭 끌러놓고 살소."

염주근이가 나뭇짐을 지고 웅보 뒤를 바짝 뒤따라오면서 잔소리를 하였다. 웅보는 염주근의 말에 대꾸를 하지 않았다. 그는 막음례의 요릿집 앞을 지날 때 애써 고개를 푹 숙였다. 그는 나뭇짐을 지고 유달정 앞을 지나다가 막음례와 마주치는 일이 있을 때도 고개를 돌려 버리곤 하였다. 염주근은 그런 웅보를 못난 친구라고 놀려댔다.

"웅보 자네가 유달정으로 올라오소 잉."

웅보는 염주근이가 일부러 큰 소리로 외쳐대는 소리를 나뭇짐이 밀리도록 받으며 걸음을 빨리하여 유달정 앞을 지나쳤다. 그는 막음례가 유달정을 개업한 날조차도 얼굴을 나타내지 않았었다. 새끼내 친구들이 모두 찾아가서 개업주를 거나하게 얻어 마시고 왔는데도, 웅보만은 유달정에 얼굴을 내밀지 않고 혼자 쪽배를 타고 고하도에 건너가 이순신 장군 비각 아래 앉아 있다가 해질 무렵에야 돌아왔다. 그는 막음례가 성공하기를 빌었다. 그녀가 돈을 많이 벌게 되면 자연 장개동의 신세도 풀리게 될 것이라고 믿었기 때문이다. 그가 나주 양 진사 댁 마님으로부터 받은 패물 보자기를 막음례에게 준 것도 실은 따지고 보면 장개동 장래를 위한 헤아림이었는지도 몰랐다. 그리고 그것은 아비를 보고도 아비라 부르지 못하는 장개동의 배배 꼬인 운명에 대한 아비로서의 처음이자 마지막 배려로 생각했던 것이다.

염주근이가 나뭇짐을 지고 유달정 안으로 들어서자, 언제나 그랬던 것처럼 막음례가 마당에 나와 있었다. 막음례는 염주근이가 나뭇짐을 지고 돌아올 때쯤이면 미리 나와서 기다리고 있었다. 어쩌면 그녀는 웅보가 나뭇짐을 지고 유달정 앞으로 지나가는 모습을 지켜보고 있는 것인지도 몰랐다.

"고생하셨구만요. 나뭇짐 부려두시고 툇마루로 올라앉으시우."

염주근이 나뭇짐을 지고 들어서자 마당에 나와 있던 막음례가 말했다. 그리고 염주근이가 나뭇짐을 부리고 언제나 그랬던 것처럼 찬간 옆의 툇마루에 앉자, 막음례는 손수 술상을 받쳐 들고 나왔다.

"목이나 우선 축이시요."

막음례가 술상을 염주근의 앞에 놓고 마주앉았다. 염주근은 그저 건듯건듯 막음례에게 고마움을 표시하고 나서 탁배기를 들이켜면서도, 웅보 생각이 자꾸만 목에 걸려 몇 번이고 숨을 몰아쉬곤 하였다. 그는 웅보와 함께 왔더라면 좋았을 것을 하고 생각했다. 그의 그와 같은 생각은 언제나 마찬가지였다. 염주근은 웅보 생각 때문에 여러 차례 쉬었다가 탁배기 한 잔을 비우고 나서야 막음례의 얼굴을 마주보았다. 이제 그녀는 요릿집의 여주인답게 비단옷을 입고 얼굴에 분도 발라 난숙한 여인의 농염미를 풍기고 있었다. 어물전 모퉁이 오두막에서 등짐꾼들이나 뜨내기 도부장수들을 상대로 탁배기나 팔던 주모의 모습이 아니라, 하이칼라 양복쟁이나 돈 많은 장사치들을 상대하는 요릿집의 여주인의 풍모를 보여주고 있었다. 더욱이 그녀의 손님을 끄는 수완이 보통이 아니어서 장사가 날로 번창해, 이제 목포 안에서 유달정이라고 하면 모르는 사람이 없을 정도가 되었다.

"오동네 아부지한테 말을 해보셨는가요?"

염주근이 술잔을 비우자 막음례가 다시 잔을 채워주며 조심스럽게 물었다.

"말이야 빼봤지라."

염주근의 대답이 시원치가 않았다.

"그래 마다고 헙디까?"

막음례는 실망한 눈빛으로 염주근을 바라보며 물었다.

"잠시만 시간 여유를 더 줘보씨요. 내가 기필코 웅보를 설득하고야 말겠구만요."

"그냥 염 십장이 그 일을 허시는 것으로 헐 것을 그랬어유. 오동네 아부지는 틀림없이 내가 뒤를 댄다는 것이 마음에 걸려서 마다고 허실 거로구만유."

"그래도 웅보는 못 속여요. 나중에 알아갖고 나를 원망허면 그 뒷감당을 워치기 허게요. 처음 시작헐 때 분명히 해둬야지요. 웅보와 나 사이는 지금꺼정 서로 속이는 일은 없었구만요."

"소금 점을 열랴면 서둘러야 헐 것 같어라우. 쪼금 있으면 소금 점이 많이 생길 텐디, 기왕에 시작헐라면 넘들 먼첨 손을 써야 안 쓰겄소 잉."

"웅보도 소금 점을 열면 장사는 잘될 것이라고 헙디다요."

"그렇다면 서둘러야지라우. 내가 머 그저 밑천을 대주겠다는 것이 아니고, 돈을 대서 이문이 나면 같이 노놔묵자는 것이 아닌가라우. 앞으로 목포에 더 많은 사람덜이 몰려올 것인께, 소금은 얼매든지 팔아묵을 수가 있을 것이 아니겄소?"

"나도 웅보한테 그랬지요. 우리 두 사람이 소금 점을 내게 되면, 덕칠이와 판쇠, 그리고 다른 사람들꺼정도 밥줄을 맹글아줄 수가 있다고 말이오. 염한이 노릇허는 것이 나무장수보다 몇 곱이나 낫겄지요. 우리가 새끼내에 처음 터를 잡고 땅을 두레일로 일굴 때도 염한이 노릇해서 연명을 했었구만요."

염주근은 자기가 어떻게 해서든지 웅보를 설득해보겠으니, 아직은 포기하지 말고 소금 점을 낼 수 있는 점포나 하나 미리 물색해두라고 말했다.

소금 점 이야기를 먼저 꺼낸 것은 막음례였다. 그녀는 웅보가 등짐꾼을 그만두고 유달산에서 나무를 하여 목줄을 잇고 산다는 것을 알고 너무나 마음이 아파서, 그녀 나름대로 궁리를 한 끝에 웅보와 염주근에게 밑천을 좀 대주어 소금 점을 열게 할 생각을 한 것이다. 그녀 자신은 웅보가 준 패물을 처분하여 어연번듯하게 요릿집을 내고 있으면서 웅보가 나무를 하여 살아가는 양을 차마 보고만 있을 수 없어, 웅보에게 장사 밑천을 좀 대주기로 작정하고 염주근에게 그녀의 생각을 말했다. 염주근이도 막음례의 뜻에 찬동하고 그렇게만 해준다면야 어떻게 해서라도 장사를 잘하여 은혜에 보답하겠노라고 약속을 하였다. 그러나 웅보가 완강히 거절을 한 것이었다. 웅보는 먼저 밑천을 대주겠다고 한 사람이 누구냐고 물었고, 그 사람이 다름 아닌 막음례라는 이야기에 한마디로 거절을 하였다. 염주근은 그런 웅보를 이해할 수가 없었다.

"자네 덕에 나 좀 살아보세. 소금 점을 내기만 허면 틀림없이 장사가 잘될 줄 알면서도 왜 그리도 쇠고집을 부리는가. 고추장 단지가 열둘이라도 서방님 비위 못 맞춘다더니, 참말로 자네 비위 못 맞추겄구만 잉."

염주근은 웅보를 얼러보기도 하고 윽박질러보기도 하면서 사정을 해보았으나 먹지도 못하는 제사에 절만 죽도록 한다는 푼수로 결국 헛수고만 하고 말았던 것이다. 그러나 염주근으로서는 그 좋은 기회를 놓치고 싶지가 않은 것이었다. 식솔들 몰아세우고 다시 새끼내로 돌아가서 도지 땅이나 파먹고 살자면 또 몰라도, 어차피 목포에서 버텨나갈 양이면 도깨비도 수풀이 있어야 산다고 하는 것처럼 아무래도 목줄을 의지할 발판을 마련해야 할 것만 같았다. 웅보는 그런 염주근의 심정을 알면서도 막음례의 도움을 거절한 것이다.

염주근은 탁배기를 두 잔째 비우고서야 일어섰다. 벌써 그림자가 굼실굼실 유달정의 넓은 안마당을 거의 덮고 있었다. 그는 햇살이 마당의 귀퉁이 탱자나무 울타리에 찐득하게 기어오르는 것을 보며 빈 지게를 졌다. 그때 장개동이 서당에서 돌아오다가 염주근을 보더니 꾸벅 절을 하였다. 이제 장개동의 모습도 어글어글 총각티가 나기 시작했다. 염주근은 이 아이가 웅보의 핏줄을 타고났다는 것을 알고 있는 터라, 늘 눈여겨보아왔다. 새끼내 친구들 중에서 장개동이 웅보의 자식이라는 사실을 아는 사람은 염주근 하나뿐이다. 그것도 웅보가 말을 해주어서 알게 된 것이 아니라, 오동네 어미가 염주근의 아낙에게 푸념을 털어놓았기에 그리 짐작하고 슬며시 웅보한테 넘겨짚어 보았더니, 부정도 긍정도 하지 않던 것이었다.

염주근이가 탁배기 두 사발로 취기가 거나해진 데다가 치자색깔 석양빛까지 받아 온통 얼굴이 벌게져 육자배기를 흥얼거리며 목포정 쪽으로 내려오고 있는데, 웅보가 빈 지게를 지고 작대기를 휘저으며 성난 얼굴로 염주근을 쏘아보며 다가왔다.

"젠장맞을, 자네 기다리다가 지쳐서 소금이 쉬게 생겼어. 냉큼 오지 않고 뭘허고 인제 와?"

웅보는 화가 치민 얼굴로 염주근의 턱밑에 작대기를 들이대며 윽박질렀다.

"기분이 좋아서 탁배기를 좀 마셨구먼."

염주근은 걸지게 술 트림을 토해내며 는질거렸다.

"좋은 일이라니?"

"나, 장개동 어메하고 소금 점을 내기로 결정을 해뿌렀구만. 인제는 나무장수가 아니고 어연번듯헌 소금 점 주인이 된겨."

"아니 뭬라고?"

"그려. 웅보 자네가 안 허겄다는 것을 이 염주근이가 혼자서 결정을 해뿌렀어. 그러니께, 자네 맘대로 혀. 나허고 소금 점을 같이 허든가 말든가 알아서 허라고!"

염주근은 일부러 대취한 것처럼 발을 헛디디면서 큰 소리로 말했다. 그러면서도 흘금흘금 웅보의 표정을 살폈다.

"나는 안 헌다고 몇 번이나 말했잖은가? 그러니 자네 알아서 허소그랴. 나는 차라리 유달산에서 나무를 해다 파는 것이 속이 편허니께, 내 걱정은 말소."

"그러다가 장개동 어메꺼정 차지허면 어쩔라고 그러는가. 그래도 나를 원망허지 말소 잉."

"알아서 허소."

"참말이여?"

"그런당께."

"후에 뒷말하면 사내대장부가 아니네 잉."

"그 여자한테 염사만 있으면 한 번 뽀작거려봐. 사내 계집이 서로 좋아서 정분나는 것을 누가 말리겄는가. 나헌테는 그럴 힘이 없구먼."

"과부 구제는 죄가 아니라 공덕이라고 헌다니께, 이 염주근이가 한 번 좋은 일 좀 해볼까?"

웅보와 염주근은 농말을 주고받으며 집으로 돌아가고 있었다. 그런데, 염주근은 농말을 하면서도 이상하게도 마음속 한구석이 쿵쾅거렸다. 그 기분은 마치 정말 그렇게 되기를 그 자신이 원하고 있는 것처럼 달뜨기까지 하였다. 염주근은 그런 기분을 애써 떨쳐버리고 싶지가 않은 것부터가 이상하게 느껴졌다. 순간 그는 웅보를 마주보기조차 미안하게 생각되었다.

"참말로 웅보 자네 후에 뒷말 안 허겄는가?"

염주근은 자기도 느끼지 못한 사이에 그렇게 묻고 있었다.

"뭔 말인가?"

"장개동 어메 말이여."

"그 여자가 그렇게도 좋은가?"

"좋아서 그런다기보담도…… 거 멋이냐……."

염주근은 적당한 말이 생각나지 않아서 말끝을 얼버무렸다.

"그 여자가 좋아서 그러는 것이 아니라면, 그 여자 재산이 탐이 나서 그런가? 요즈막 유달정이 장사가 잘 된다니께 그런가? 옛날 어물전 모퉁이 개다리 같은 집에서 주모 노릇을 헐 때는 통 그런 소리 안 허드니 뜽금없이 엉큼을 떠는 것 보니께 수상헌듸?"

웅보 또한 염주근이가 괜히 농말을 하는구나 하고 접어 생각하면서도 혹시 그동안 나뭇짐을 지고 유달정에를 들락거리게 된 후로 딴 마음을 품은 것이나 아닐까 싶기도 하였다.

"그렇재. 웅보 자네 말대로 그 여자 고생이 가랭이만 꽉 붙잡고 있으면 평생 배를 곯지는 않을 것 같어서 그러는구만. 깨놓고 말해서 장개동 어메 나이 마흔 넘은 지가 은젠듸……."

염주근은 말을 하면서 자꾸만 웅보의 표정을 훔쳐보았다.

"모르는 소리 말소. 장개동 어메 나이 마흔이 넘었어도 아직은 잘 익은 자두 모양으로 톡톡 쏘는 맛이 있네 잉."

"어? 웅보 이 사람아, 장개동 어메가 무신 대추벌이라도 되는가 톡톡 쏘게?"

"살결이 탄탄허다 이 말이여."

"자네가 장개동 어메허고 품자리를 해보니께 그러드라 그 말인가? 그러고 보니께 넘들 보는 앞에서만 내숭을 떨고 단둘이서는 살째기 만나서 품자리를 허는 모양이구만."

"아녀, 아녀 이 사람아. 폴쎄 일이여."

"폴쎄라니 은제?"

염주근의 물음에 웅보는 얼핏 막음례와 잠자리를 같이 했던 때가 언제쯤이었던가 하고 어림해보았다. 그가 아직 오까모도 미곡장 등짐꾼으로 있을 때의 일이었으니 벌써 수년이 지났다. 그러나 웅보는 염주근에게 그 말을 하지 않았다.

그들이 뒷계로 접어드는 좁은 비탈길에 이르렀을 때 하루의 마지막 붉은 햇살이 하늘과 땅으로부터 완전히 사라졌다. 태양이 숨을 거두는 순간부터 바닷바람은 차츰 음습한 몸놀림으로 지상의 모든 것들을 에워싸기 시작했다. 바닷가의 해질 무렵은 훨씬 음산하고 고즈넉했다. 아마도 파도소리와 거친 바람 때문인지도 몰랐다. 더욱이 유달산을 오르내리며 나무를 해서 먹고 사는 웅보와 그의 친구들이 신통치 않은 벌이를 하고 집으로 돌아가는 날의 해질 무렵은 너무 음산하고 쓸쓸했다.

"소금 점을 내는 일 오늘밤에 한 번 곰곰이 되작거려감시롱 생각해봐."

뒷계에 가까이 왔을 때 염주근이가 걸음을 멈추고 웅보의 팔을 잡으며 당부하듯 말했다.

"자네 장개동 어메허고 함께 허기로 했담서?"

웅보가 불컥거리는 목소리로 퉁겨댔다.

"아녀. 그것은 농이었구만. 밑천을 대주고 이문을 노놔묵자는디 머이 걱정이여. 그러고 장사가 잘되면 밑천은 뽑아서 갚어뿔먼 그만인겨. 내 말 한 귀로 흘려듣지 말고 한 번 잘 생각해봐. 나도 비미니 따져보고 생각해보고 나서 결정을 한 거니께."

웅보는 잠자코 염주근의 말만을 듣고 서 있다가, 염주근의 태도가 어찌나 무겁게 느껴지던지 그 자리에서 칼로 도련치듯 잘라 말하지 못하고 두어 번 가볍게 고개를 끄덕였다.

"오늘밤에 깊이 생각 좀 해봐 잉."

염주근은 뒷계 통샘거리 앞에서 헤어지면서까지 그렇게 당부를 하고 돌아섰다. 웅보는 잠시 가던 걸음을 멈추고 돌아서서 어둠이 빼

곡히 들어찬 고샃을 꿰고 들어가는 염주근의 쓸쓸하고도 고단해 보이는 뒷모습을 오래도록 바라보았다. 웅보는 염주근이가 소금 점을 내는 일에 대해서 저저한 말을 하는 연유를 잘 알고 있었다. 그러나 웅보는 염주근의 그 부탁을 받아들일 수 없음이 미안하고 안타까울 뿐이었다. 웅보는 염주근이나 그 자신이 장사를 하여 이익을 낼 수 있는 사람이 아니라는 것을 잘 알고 있었다. 그들이 할 수 있는 것이란 땅을 파거나 등짐을 지거나 하는, 힘으로 버티는 일뿐인 것이었다. 그뿐만 아니라 웅보는 이미 그가 선창 등짐꾼 일을 그만둔 순간부터, 적당한 때를 잡아서 새끼내로 돌아가야겠다고 마음을 굳혀왔다. 그는 요즈막 새끼내로 돌아갈 궁리를 하고 있는 중이다.

웅보 마음이 조개껍질에 붙어사는 검은 갈색의 고시래기처럼 뒤엉킨 채 집 가까이 이르렀을 때, 사립문 밖 바자울 옆에서 소바우가 웃통을 벗고 서서 훌쩍거리고 있다가, 큰아비를 보자 갑자기 서러움이 복받치는 듯 엉엉 소리를 내어 울었다.

"소바우야, 너 무신 일로 여기서 웃통꺼정 벗고 울고 있는 게냐?"

웅보는 소바우의 머리를 쓰다듬어주며 정겹게 물었다. 소바우는 이제 키가 웅보의 턱에 닿았다. 웅보는 아비 어미도 모르고 자라는 소바우에 대해 친아비 못지않게 찐덥진 정을 쏟고 있었다. 소바우도 그것을 알고 있기에 큰아버지인 웅보를 유별나게 더 따랐다. 큰어미인 쌀분이는 소바우가 어렸을 때까지만 해도 우리 소바우 내 소바우 하면서 자기 속으로 낳은 자식보다 더 끔찍스럽게 정을 쏟더니, 소바우가 어린아이의 티를 벗으면서부터는 의붓자식 대하듯 엄절한 데가 있었다. 웅보가 그런 쌀분이에게 제발 불쌍한 소바우를 냉정하게 대하지 말라고 하자, 쌀분이는 미운 자식 떡 하나 더 주고 고운 자식 매 한 대 더 준다면서 소바우를 친자식 만들려면 그렇게 엄하게 길러야 한다고 하던 것이었다. 웅보는 쌀분이의 말이 옳다고 생각하고 그 후부터는 탓을 하지 않았다.

"소바우 너, 오늘 또 큰어머님한테 잘못을 저지른 게로구나. 웃통 벗고 찬바람 쐬면 고뿔 드니께 큰아부지랑 같이 들어가자."

웅보는 소바우를 어르면서 집안으로 데리고 들어가려고 하였다. 그러나 소바우는 두 손으로 바자울의 울대를 꼭 붙잡고는 고개를 절레절레 흔들었다.

"왜? 안 들어갈려고 그래?"

웅보가 부드러운 말로 달래보았으나 고집이 센 소바우는 끄떡도 하지 않았다.

"네 애비를 탁해서 고집도 세구나."

웅보는 그냥 소바우를 그대로 두고 집으로 들어가 저녁을 짓고 있는 오동네에게 소바우가 무슨 일로 저러느냐고 물어보았다. 그러나 오동네는 대답을 하지 않고 두 손으로 얼굴을 가리며 획 돌아서버렸다.

"왜 그러느냐? 어머니는 어디 있느냐?"

웅보가 오동네를 꾸짖듯 퇴박을 해서야 "할무니 방에 계셔유" 하고 얼굴에서 손을 떼며 말했다. 큰방은 아직 불을 켜지 않은 먹방이었다. 방문을 열고 들어선 웅보는 어둠속에서 희끄무레하게 움직이는 모습만을 분간할 수 있었다. 그는 아랫목 쪽이 어머니이고 윗목 쪽이 쌀분이라고만 어림하고 윗목 쪽에 앉았다.

"소바우가 왜 웃통을 벗고 저러고 있는겨?"

웅보가 어둠속의 쌀분이를 향해 닦달하듯 물었다.

"소바우 그놈 단단히 혼이 나야 헌다. 그 못된 놈을 집에서 쫓아내불라고 했더니 에미가 한사코 말려싸서 시방 벌을 주고 있는 거란다."

윗목 쪽에서 어머니의 목소리가 튀어나왔다.

"도대체 소바우가 무신 잘못을 저질렀는듸?"

이번에는 아랫목 쪽에 대고 물었다.

"못 묵을 버섯은 삼월 달부터 나고, 될성부른 나무는 떡잎부터 알아본다등만……."

쌀분이는 웅보가 묻는 말에 대답은 않고 혼자 씨부렁거리고만 있었다.

"아니, 시방 우리 소바우가 못 묵을 독청버섯이라도 된다는 말이여?"

"핼미가 애비 에미도 없다고 오오험시롱 키웠더니 소바우 그놈 아무 짝에도 못 쓰게 되었구만."

웅보가 묻는 말에 그의 어머니가 한숨을 섞어 푸념을 하였다.

"도대체 무신 일이여?"

웅보가 다시 쌀분이 쪽을 향해 큰 소리를 내질렀다.

"아, 클매 그놈이 왜놈덜 데리고 댕김시로 아낙덜 뒷물 치는 것을 귀경시켜주고 돈을 받았단다."

웅보 어머니가 말했다.

"뒷물 치는 것을이라우? 왜놈덜한테?"

웅보는 억장이 무너지는 것을 바라보는 심정으로 되묻고 있었다.

그 무렵 개항지 목포에서는 일본 남자들이 조선인 마을을 돌아다니며 아낙들 뒷물 치는 모습을 훔쳐보기를 즐겼는데, 조선인 아이들이 일본인들한테 이를 안내하여주는 일이 자주 있었다. 아이들은 어느 집 아낙이 언제 어디서 뒷물을 치는가 알아두었다가, 일본인 남자들을 그 집 바자울 구멍으로 안내하여 구경시켜주고 돈을 받았다. 목욕탕이 없는지라 조선 아낙들로서는 무더운 여름날 하루에 한 차례씩은 뒷물을 쳐야 했는데, 일본인들 눈에 이것이 진풍경으로 보였던 것이다. 후에, 일본인 남자들이 조선인 아낙들 뒷물 치는 모양을 훔쳐보고 다닌다는 소문이 퍼지자, 목포에서는 달밤에 부엌 모퉁이나 뒤곁에서 뒷물 치는 일이 없어졌다.

"그래, 소바우가 그 짓을 몇 번이나 했당가요?"

웅보가 어머니에게 물었다.

"아매 한두 번이 아닌 모양이드라."

"그렇다면?"

"달뜨는 밤마다 늦게 들어오기에 무신 일인가 했등만……."

잠시 어두운 방에 침묵이 더욱 무겁게 깔렸다. 웅보는 소바우에 대한 기대가 방안의 어두운 침묵처럼 그렇게 깜깜하게 무너져내린 기분에 사로잡혔다.

"그것은 소바우 잘못만두 아니구만이라우. 애시당초 잘못은 왜놈덜한테 있는 거지요."

웅보는 그렇게 말하고 일어섰다. 그는 밖으로 나가 그때까지도 웃통을 벗고 서서 훌쩍거리고 있는 소바우를 끌고 그의 방으로 들어갔다. 웅보는 어둠속에 소바우를 꿇어앉혔다.

"그래, 소바우 네놈은 시방 네가 헌 짓이 잘했다고 생각하는 게냐?"

웅보는 어둠속에서 대쪽이 빠개지는 듯 날카로운 목소리로 따져 물었다. 소바우는 큰아버지의 서슬이 퍼런 목소리에 깜짝 놀랐다. 여태껏 큰아버지한테서 그처럼 화난 목소리로 꾸짖음을 당해 본 일이 없었기 때문이다.

"왜 말을 못허고 있는 게냐?"

웅보가 재우쳐 묻자 소바우는 훌쩍거리는 소리를 멈추고는 "잘못했구만이라우" 하고 겨우 지렁이 우는 소리로 대답했다.

"그래, 잘못했다고 생각헌다니 되었다. 그런듸 말이다. 네놈이 왜놈들을 데리고 댕김시로, 우리나라 아낙들이 뒷물 치는 것을 귀경시킨 기분이 어떻더냐? 재미있더냐?"

웅보는 여전히 칼날 같은 목소리로 물었다.

"일본사람들이 킬킬댐시로 오지게 웃습디다."

"그래서 네놈도 따라 함께 웃었더냐?"

소바우는 대답을 하지 않았다.

"그 왜놈들이 왜 웃었겄냐? 뒷물 치는 것을 보고 재미있어서 웃었으까?"

소바우는 여전히 대답이 없었다.

"이놈아, 그자들은 우리 모두를 비웃고 있는 게여. 네가 아낙들 뒷물 치는 것을 보고 웃는 것허고, 왜놈들이 그것을 보고 웃는 것은 하늘과 땅의 차이가 있다는 것을 알아야 허는 겨. 왜놈들이 누구냐?"

웅보는 그렇게 묻고 나서 잠시 묵연히 앉아 있었다. 그 자신도 일본사람들이 누구인가 하고 잠시 생각을 머릿속에 굴려보고 있었던 것이다.

"네 아부지와 이 큰아부지는 종이었단다. 네 큰어메, 할매, 그리고 돌아가신 네 할아부지도, 그 할아부지의 할아부지도 종이었다. 너는 종이 무엇인지 아느냐?"

그렇게 묻고 있는 웅보의 목소리가 갑자기 물 머금은 진흙처럼 무겁게 가라앉았다.

"그래, 종이 무엇이냐?"

웅보가 부드러운 목소리로 재우쳐 물었다.

"종은 하인이지라우."

소바우가 거침없이 대답했다.

"그렇다면 하인이란 무엇이냐?"

"양반이나 부잣집에서 심부름이나 일을 해주고 사는 사람이지요."

이번에도 소바우는 주저함이 없이 대답했다.

"종이란 남의 집에서 천한 일을 도맡아 험시로 주는 대로 묵고 입고 사는 사람을 말헌다. 마치 주인을 위해 죽을 때꺼정 일만 허는 말이나 소와 마찬가지다. 원래 옛날 옛날, 오래전에는 도둑질이나 사람을 죽이거나 한 죄를 지은 사람들을 종으로 삼았었는듸, 돈이 없이 빚을 지거나, 땅이 없어 굶어죽게 생겼을 때 종이 되기도 하였고, 또 나라와 나라끼리 싸움을 하여 지는 쪽의 사람들이 종이 되기도 했단다.

한 번 종이 되면 자기 마음대로 할 수 있는 것이란 아무것도 없게 되고 말았다. 가고 싶은 곳이 있어도 갈 수가 없고, 잠을 자고 싶어도 마음대로 잘 수가 없고, 죽고 싶어도 죽을 수가 없었다. 또한 종은 말이나 소와 같이 사고팔았는데, 종 세 사람 값이 말 한 마리 값에 지나지 않았단다. 사람 값이 말 값보다 못했었재. 그런데 더 안 된 것은 그 아비나 어미 중에서 한쪽만 종이라도 그 자식은 종이 된다는 것이었다. 그리고 아비가 다른 집으로 팔려 가면 그 자식과 떨어져 살아야만 했단다. 그래서 많은 종들이 도망을 치다가 붙잡혀 죽었다. 너의 증조할아버지께서도 세 번씩이나 도망을 치다가 붙잽혀서 이마에 불도장을 찍으셨단다. 이 큰애비도 큰어메와 함께 도망을 치다가 붙잽혀서 혼이 났었재. 그렇지만 이제 우리는 종이 아니란다. 네 오동네 누이가 세상에 태어나기 일 년 전에 노비세습제라는 것이 폐지되어, 이 나라의 모든 노비들이 풀려나게 된 것이란다. 그런듸 말이다. 시방 우리들을 또다시 종으로 맹글라고 허는 사람들이 있단다."

웅보는 잠시 말을 멎고 어둠속으로 소바우의 얼굴을 보았다. 소바우의 얼굴은 보이지 않았지만 그의 표정은 헤아릴 수 있을 것 같았다.

"우리를 다시 종으로 맹글려고 하는 사람들이 누구여요?"

소바우가 어둠속에서 긴장된 목소리로 물었다.

"시방 우리가 살고 있는 이 땅이 어느 나라 땅이냐?"

웅보는 소바우의 물음에 대답을 해주지 않고 그렇게 물었다.

"우리나라 땅이지라우."

"그런듸도 우리나라 땅에 들어와서 우리나라 사람들을 함부로 부리고 있는 사람이 누구냐?"

"그야 일본사람이지라우."

"그렇다. 큰아부지가 선창 등짐꾼 자리에서 쫓겨난 것도 그 사람들 탓이다. 너는 남의 집 사람이 우리 집에 와서 우리 식구들헌테 함부로 험시로 일을 시키고, 우리 집을 자기네 집이라고 우격다짐으로 빼앗으려고 헌다면 어찌허겄느냐?"

"혼을 내줘야지라우."

"이제 누가 우리를 다시 종으로 맹글려고 허는지 알겄냐?"

"알겄구만이라우."

"누구냐?"

"일본사람들이라우."

"그렇다면 네가 헌 일이 왜 잘못된 것인지 알겄느냐?"

"야, 큰아부지. 소바우가 잘못했구만이라우."

"그래, 인제는 되얐다. 우리 소바우가 큰아부지 말귀를 알아듣는 것 보니께 다 컸구나."

웅보는 어둠속에서 소바우를 힘껏 끌어안았다. 소바우는 큰아버지 웅보의 품속에서 바르르 떨고 있었다. 웅보의 심장에 소바우의 그 떨림이 강하게 와 닿았다.

잠시 후 웅보는 큰 소리로 오동네를 불러 방에 기름불을 밝히라고 일렀다. 오동네가 들어와 접시 위의 심지에 불을 붙이자 방안이 밝아왔고, 소바우의 눈이 크렁하게 젖어 있는 것을 발견할 수가 있었다. 소바우는 누이 오동네를 보고 어색하게 싱긋 웃어 보였는데, 오동네는 소바우의 젖은 눈을 보고, 아버지가 너무 호되게 동생을 나무랐구나 싶어 애잔한 마음이 들었다.

"아부지, 소바우 너무 나무래지 마셔유. 앞으로는 안 그럴 거여유."

오동네가 소바우 편을 들어 말해주며 소바우에게 적삼을 입혔다.

"다시는 안 그러기로 큰아부지하고 단단히 약조를 했단다."

웅보는 오동네와 소바우를 번갈아 보면서 오랜만에 웃었다. 소바우와 오동네도 웃었다. 웅보는 소바우의 웃는 모습이 영락없이 그의 아비 대불이를 닮았다고 생각했다.

그날 밤 잠자리에서 웅보는 쌀분이로부터 오동네한테 혼담이 들어왔다는 이야기를 들었다. 그는 새끼내에 터를 잡고 오동네를 낳자 시집갈 때 장롱을 만들어주겠다고 오동나무를 심은 지가 엊그제 같기만 한데 벌써 그렇게 세월이 흘렀는가 싶어 세월의 무상함에 허무한 생각이 들었다. 하기야 아버지의 시신을 대발에 말아 묻었을 때, 오동나무가 그의 몸통만큼이나 큰 것을 보고 손으로 어루만져주면서 아버지를 잘 지켜달라고 한 지도 일곱 해나 지나지 않았는가.

"시방 우리 오동네가 몇살이재?"

"이 양반아 이녁 딸 나이도 모른갑네 잉? 올해 열아홉 살이 아니오!"

"열아홉이라…… 이녁이 나허고 양 진사 댁 마당에서 찬물 떠놓고 혼인을 하고 새끼내로 건너오던 나이가 지났구만 그려."

"그렇구만이라우. 내가 오동네를 열아달에 낳았지요."

"참말로 세월이 빠르구만. 철 나자 망령 난다드니, 사는 것이 이런 것인가 하고 알 만항께 청춘이 화살모양 날아가 부렀어."

"나도 많이 늙었지라우."

쌀분이는 웅보 쪽으로 돌아누워 얼굴을 마주보았다.

"이녁은 아직도 팽팽혀. 살이 툭툭 쏜당께!"

웅보는 그렇게 말하고 나서 조금 전에 염주근이한테 막음례의 이야기를 했던 것이 생각나 희미하게 웃음을 흘렸다.

"어이구! 여드레 삶은 호박에 이도 안 들어갈 소리 허고 있네. 내일모레 사우 보고 외손자 볼 나이에 팽팽허기는!"

그러면서 쌀분이는 웅보의 그 말이 싫지는 않은지 손을 더듬어 남편의 허리춤 밑으로 깊숙이 처넣었다.

"참 오동네한테 혼담이 있다는 총각은 한 번이라도 본 적이 있는가?"

웅보도 쌀분이의 툽상한 허리를 감아 안으며 물었다.

"내일이라도 저육 한 칼 뜨로 가서 한 번 찬찬히 봐야 쓰겄구만이라우. 참 잊지 말고 저육 한 칼 뜰 돈 좀 주씨요 잉."

"뜽금없이 저육은 무슨…… 우리 처지에 목구멍에 기름칠함시로 살겄는가?"

"요새 어무니가 통 기신이 없다고 안 해싸십디여. 그러고 이녁도 얼굴이 반쪽이 되었어라우. 또 우리 오동네 얼굴이 까칠해서 기름기를 좀 해사 쓰겄고…… 고기 한 점이 귀신 천 마리를 쫓는다고 안 헙뎌? 그러고 그 덕분에 사웃감 풍신도 좀 보고 싶고……."

쌀분이는 그러다가 잠시 생각에 잠긴 듯하더니 "흠이라면 피쟁이(백정)라는 거이 쬐금 걸리는구만이라우" 하면서 입맛을 쩝쩝 다셨다.

"피쟁이가 어째서?"

"허기사 우리도 종이었응께!"

"자기보다 나은 처지에 있는 사람과 혼인을 할려고 덤비는 것을 두더지 혼사라고 하는 겨. 짚신도 제 날이 좋다고 하드끼 우리 오동네한테 피쟁이면 되는구만. 덕분에 목구멍에 기름칠 자주 하게 생겼네."

"내일 내가 한 번 가볼라요. 이녁도 선창에 나간 김에 지나감시로 얼핏 들여다보씨요 잉."

"그 푸줏간이 어디쯤에 있간디?"

"유달정 옆이라든가…… 헌디 유달정이 어디 있다요?"

쌀분이가 묻는 말에 순간 웅보의 가슴이 덜컹했다.

"가만있자 유달정이 어디쯤 있드라……."

웅보는 일부러 능칠거렸다.

"그렇구나. 유달정이 어디쯤에 있냐면 대화정이 맞는구만. 선창 오까모도 미곡창고 뒷길로 조금 올라가면 왜싸전 옆에 있드구만."

"암튼 내가 당자를 보고 나서 결정을 헙시다요. 딸을 여울려면 어머니가 반 중매장이가 되어사 쓴답디다."

쌀분이는 그날 밤 밤새도록 잠을 못 이루고 버르적거리면서 혼수 걱정을 하였다. 웅보 생각에도 떠들썩하게 잔치는 못 벌인다 해도 입은동이로 보낼 수는 없는 노릇이니 걱정이 아닐 수 없었다.

"내 머리털을 짤라서라도 우리 오동네만은 우리들 모양으로 천덕스럽게 혼사를 치르지는 않을 것이로구만요."

쌀분이가 잠버릇처럼 중얼거렸다.

다음날 아침 쌀분이는 웅보가 지게를 지고 나간 후에 서둘러 집을 나섰다. 그녀는 오랜만에 버들고리짝에서 치자 물을 들인 저고리와 검정 치마를 꺼내 입었다. 참으로 오랜만에 선창 출입을 하게 된 것이었다. 웅보가 한동안 막음레네 주막에서 파고 살던 무렵, 버르르 솟아오르는 성깔을 참지 못하고 걸핏하면 선창 어물전 모퉁이로 달려가곤 했던 후로는 별로 바깥출입을 하지 않고 지내오던 터였다. 오랜만에 바람을 쐬게 된 쌀분이는 발걸음이 날 듯 가벼웠다. 그녀는 저육 한 칼 값을 손에 꼭 쥐고, 머릿속에 사윗감의 생김새를 그리면서 걸음을 재촉했다. 그날따라 햇살이 넉넉하게 쏟아져 치자빛 저고리를 더욱 붉게 비추었다.

그런데 그날, 쌀분이와 막음레가 마치 약조라도 한 것처럼 정면으로 맞닥뜨리고 말았다. 쌀분이는 푸줏간으로 사윗감을 보기 위해 헐근거리며 오까모도 미곡창 뒷길을 추어 올라가고, 막음레는 그날 요릿집에서 쓸 생선을 사려고 어물전으로 내려가던 중에, 푸줏간 앞에서 자빡 얼굴을 마주치고 만 것이다. 눈길이 엉키자 누구랄 것도 없이 두 여자가 동시에 걸음을 멈추었다. 그리고 얼핏 서로 마주보았다.

"오매, 쌀분이 아녀? 멫 년 만이랑가?"

먼저 말을 꺼낸 것은 나이가 많은 막음레 쪽이었다. 그녀는 오래전부터 쌀분이에게 늘 미안한 마음을 품고 있었다. 그녀로서는 쌀분이에 대해 악감을 가질 이유가 없었다. 후비칼 같은 곡심을 품고 있는 쪽은 쌀분이었다.

"오매, 별당어멈 아니유?"

쌀분이도 마지못해 알은 체를 하면서도 눈심지를 빳빳하게 말아 올렸다.

"같은 목포에서 살면서도 통 못 만났구만 그려."

"클매 말이오."

반가워하는 쪽은 막음례였고, 쌀분이는 좀처럼 눈길이 풀리지 않아 시큰둥하게 대했다. 막음례가 양 진사 댁의 씨받이로 들어가 웅보와 품자리를 같이하기 전까지만 해도 그들 두 여인들은 친동기처럼 찐덥진 사이였었다.

"우리 여그서 이럴 것이 아니라 우리 집으로 가드라고. 바로 이 근처에 우리 집이 있당께."

막음례가 한사코 쌀분이를 그녀의 집으로 끌었다. 처음에 쌀분이는 막음례를 뿌리쳐버리려고 하였으나, 마음 한구석으로부터 그래서는 안된다는 생각이 들어 못이기는 척하고 수걱수걱 따라갔다. 쌀분이는 막음례를 따라 유달정 대문 안으로 들어서면서, 이 여편네가 무슨 일로 나를 이런 요릿집으로 데리고 들어가나 하고 생각하였다. 그때까지만 해도 쌀분이는 막음례가 그 요릿집에서 일을 하거나 아니면 요릿집에 빌붙어 술장사를 하는 것으로만 짐작하였다. 그런데 쌀분이가 막음례를 따라 유달정 안으로 들어서면서부터 그녀의 그 같은 짐작이 잘못된 것임을 알았다. 유달정 안에 있던 기생들이며 작부, 찬부들이 막음례를 마치 상전 대하듯 하는 것이 아니겠는가. 더욱이 쌀분이가 놀란 것은 막음례를 따라 들어간 안방의 방안등물이 나주 양 진사 댁 마님의 안방보다 더 호사스럽게 꾸며진 것이었다. 쌀분이는 한동안 서서 놀라움을 감추지 못하고 호사스러운 방안등물들을 둘러보았다.

"여기가 뉘 집이우?"

쌀분이가 방안을 두렷거리며 조심스럽게 물었다.

"우리 집이제 뉘 집이여?"

"별당어멈 집이라고라우?"

쌀분이는 너무 놀라 안색이 여러 번 변했다. 그러면서도 그녀는 되도록 놀라는 빛을 감추려고 애썼는데 자꾸 비식거리는 웃음이 흘러나오는 것을 어쩔 수가 없었다.

"이 요릿집이 별당어멈네 것이란 말이우?"

"이 유달정을 시작헌 지가 은젠듸? 벌써 오래되얐구만 그려."

"그래라우?"

그제야 쌀분이는 여전히 놀라는 눈빛으로 막음례를 바라보았다.

"우리 압씨가 그런 소리 안허든듸……."

쌀분이는 심드렁한 눈빛으로 막음례를 바라보면서 중얼거리듯 말했다.

"나도 오동네 아부지 못 본 지가 몇년 되얐구만. 유달정을 낸 뒤로는 한 번도 얼굴을 못 봤당께."

막음례는 쌀분이한테 자신과 웅보 사이를 발명이라도 하는 것같이 말했다. 막음례의 그 말에 쌀분이의 마음도 약간 풀렸다. 처음에 그녀는 막음례가 유달정을 하고 있다는 것을 남편이 말해주지 않았던 점을 은근히 옥생각하였던 것이다.

막음례는 쌀분이에게 이것저것 집안 사정에 대해서 물었다. 그러면서 그녀는 몇 번이고 같은 목포바닥에 살면서 한 번도 오동네 할머니를 찾아가 뵙지 못하여 죄스럽다는 말을 되풀이하였다. 쌀분이도 그런 막음례의 말을 진심으로 받아들였다. 쌀분이가 보기에 막음례는 이제 사람이 딴판으로 달라진 듯싶었다. 이제는 옛날 양 진사 댁 별채에서 눈물로 세월을 보내던 씨받이 별당어멈도, 어물전 옆 쓰러져가는 개다리 움막에서 등짐꾼들을 상대로 탁배기 사발이나 팔던 한갓 주모도 아닌, 목포 안에서도 몇째 안 가는 큰 요릿집의 여주인의 풍모를 갖추고 있었다. 그런 막음례 앞에서 쌀분이는 자신의 모습이 너무 초라하게 느껴졌다. 그녀는 막음례 안방에 들어와 호사스러운 방안등물에 기가 질리면서부터 손에 쥐고 있는 저육 한 칼 값이 막음례의 눈에 띄지 않도록 힘을 모아 꼭 쥐었다.

"이것 봐 쌀분이, 나를 용서해주소. 자네도 알다시피 어디 그것이 내 뜻이었당가. 오동네 아부지 잘못도 내 잘못도 아닌겨. 죄라면 천하고 없이 생겨난 죄여. 그렁께 나를 화냥년 보드끼 그러지 말고, 지난날 양 진사 댁에서맹키로 성님 동생 허고 살세 잉? 지난 일은 죄다 잊어뿔고 이제부터라도 그렇게 서로 마음 터놓고 살드라고 잉. 나 말이여, 인제 신간이 편해졌어. 그런디도 말이시 어찌 이리 속이 허전헌지 모르겄당께. 호의호식함서 마음 편히 묵을라고 해도 마음 한구석이 뻥 뚫어져서 황소바람이 썰썰하게 몰아쳐온 것 같단마시. 그것이 왜 그렁고 하니 쌀분이 자네한테 큰 빚을 지고 갚지 못한 마음 땜시…… 그러고 오동네 아부지와 우리 장개동 사이 땜시 그런다네. 장개동 그

놈도 인제는 다 커서 속이 꽉 차 있는듸, 애비가 번연히 살아 있음시로도 애비라 부르지도 못허니 내 속이 얼매나 안 좋겄는가 잉."

막음례가 쌀분이의 손을 꼭 쥐고 크렁한 목소리로 말했다. 막음례는 쌀분이 앞에서 눈물을 보이지 않으려고 애를 쓰는 것 같았다. 갑자기 쌀분이의 마음도 훙건히 젖어오고 있었다. 쌀분이는 막음례에게 무슨 말인가 해야 한다고 생각은 하면서도 무슨 말을 해야 좋을지 몰라 그냥 찐득하게 엉킨 두 사람의 눈길을 풀려고 하지 않고 그대로 오랫동안 마주보고 있었다. 그러면서 쌀분이는 막음례에게 눈빛으로 말을 하였다. 별당어멈 말대로 그것은 누구의 죄도 아니라고.

"장개동이 올해 몇 살이남요?"

한참 후에 쌀분이가 입을 열었다. 아무래도 그녀의 관심은 장개동이기 때문이었다.

"오동네보담 한 살이 더 많재."

"스무 살이구만요."

"제 두 성들과는 달리 마음이 여리당께. 꼭 지집아 같어. 장차 멋이 될랑가 모르겄당께."

막음례는 장개동의 이야기를 하면서 희미하게 웃음을 흘렸다.

"우리 집 압씨가 친아부지라는 것을 알고 있는가유."

쌀분이가 몇 번이고 망설이다가 입을 열었다.

"모르재 잉. 그래도 멋인가 끌어댕기는 힘이 있는갑드만. 한동안은 늘 웅보 아자씨 왜 안 오시느냐고 물어쌌당께. 그러고 재작년인가는 나한테 살째기 웅보 아저씨하고 장개동 자기가 같은 장 씨 성인듸 친척지간이 아니냐고 묻드랑께."

막음례의 말에 쌀분이는 아무 대꾸도 하지 않았다.

"어려운 일 있으면 찾아오소. 우리 서로 오며가며 정 붙이고 살세. 나 말이여 이 목포바닥에 고향사람도 친척붙이도 없이 고단한 사람이여. 자네라도 찾아주면 을매나 좋겠는가."

쌀분이가 일어섰을 때 막음례는 다시 손을 꼭 쥐고 흔들며 말했다. 그리고 막음례는 쌀분이가 토마루로 내려섰을 때, 잠시 기다리라고 하더니 찬간으로 들어가서 무언가 뭉텅한 것을 피지에 둘둘 말아들고 나와 쌀분이의 손에 쥐어주었다. 쌀분이는 그것이 생육이라는 것을 알았지만 거절하지 않았다.

그날 쌀분이는 푸줏간으로 사윗감을 보러 갔다가 생각지도 않았던 막음례를 만난 후 그 길로 집으로 돌아와 버렸다. 막음례가 유달정 대문간에 서서 배웅을 해주었는데 , 그곳에서 열 걸음도 못되는 푸줏간으로 들어갈 수가 없어서였다. 그러나 그녀는 막음례를 만나게 된 것이 마음에 걸리지는 않았다. 오히려 속이 답답할 때 체를 내고 난 후처럼 가슴이 후련하기까지 하였다. 그녀는 이상하게 막음례가 잘된 것에 대해 배가 아프지 않았다. 강새암이 생기기는커녕 되레 뒷계 사람들한테 큰 소리로 떠벌여대고 싶은 심정이었다. 마음에 걸리는 것이 있다면 언젠가 장개동이 제 아비를 찾아오게 될 것이라는 걱정이었다.

쌀분이는 남편에게 막음례를 만났다는 말을 하지 않기로 작정하였다. 웅보가 피쟁이 사윗감을 보고 왔느냐고 물었을 때도 마침 푸줏간에 저육을 뜨러 갔을 때는 사윗감 총각이 없고 그의 아비만 있더라고 거짓말을 하였다.

사흘 후, 쌀분이는 다시 푸줏간으로 가 사윗감을 보고 오는 길에 유달정에 들러 막음례를 만났다. 막음례는 처음 만났을 대보다 더 반갑게 대해주었다. 그녀는 생각지도 않은 터에 쌀분이가 스스로 찾아와준 것에 너무 감격하여 친동생을 만난 것처럼 흔연해하였다. 이날 쌀분이는 유달정에서 점심까지 얻어먹었다. 쌀분이는 이 세상에 태어나서 이처럼 반찬이 걸고 맛이 있는 밥상을 받아본 일이 없었다. 막음례와 겸상으로 마주보고 앉아서 점심을 먹고 나자, 지금까지 막음례에 대해 켜켜이 쌓였던 온갖 미운 정이 말끔히 씻겨져 내리고 말았다.

"실은…… 오늘 선창에 나온 것은 우리 오동네 신랑감 선을 볼려고……."

밥상을 물리고 마주앉자 쌀분이가 입을 열었다. 막음례한테 오동네의 혼사 이야기를 하는 것은 그녀의 홀 맺힌 감정이 모두 풀렸음을 말하고 있는 것이나 마찬가지였다.

"오매 그려? 사윗감이 누군디 응? 그래서 선은 봤어?"

막음례도 쌀분이의 그런 마음을 읽었는지 관심을 보이며 이것저것 한꺼번에 거듭 물었다.

"성님도 알 거유."

쌀분이의 입에서 성님이라는 말이 쉽게 나오자, 막음례는 한동안 우두커니 쌀분이를 바라보고만 있었다. 그러고 나서 막음례는 이 세상에서 가장 환한 모습으로 소리없이 웃었다.

"내가 아는 사람이라니 뉘기여?"

"요 옆 피쟁이 총각이구만유."

"고깃집 황 장사?"

"황 장사라니 무신 말이우?"

"자네 그 총각 보았는가?"

"예, 아침나절에 저육 한 칼 뜸시로 얼핏 보았구만유."

"덩치가 보통 사람 두 배는 커 보이지 않든가?"

"클매라우. 엄장허기는 헙디다만."

"좀 커 보이는 것이 아니라 훨썩 크재. 힘이 세어서 이 동네에서는 황 장사라고들 부른다네. 그 총각이라면 괜찮네. 재산도 있고…… 흠이라면 시엄씨가 계모라서 시집살이가 좀 팍팍헐 것이구만."

"누구든 시집살이는 힘들지라우. 저저끔 다 한 고비가 있는 것 아니겄어라우? 그저 당자 심성만 좋으면 그만이지라우."

"황 장사 심성은 무던하재. 사람이 좀 날렵하지를 못하고 굼뜨기는 해도 말이여."

"남자는 좀 굼뜬 듯해야 쓰겄드만유. 남자가 폿조시 같으면 귄이 없어라우."

"그려그려. 오동네 아부지도 좀 굼뜬 편이재."

막음례는 웅보의 이야기를 꺼내놓고 나서 곧 후회하였다. 그런데 쌀분이 쪽에서 그것을 조금도 고깝게 생각하지를 않고 "그래도 우리 압씨 옛날에 비하면 많이 날렵해졌어라우. 어려운 세상 헤쳐 나옴서 많이 달라졌어라우. 그것은 순전히 세상 탓이구만유" 하고 말을 받아주었다.

그 후로도 쌀분이는 자주 유달정을 들락거렸다. 그러나 그는 웅보한테는 물론 시어머니에게도 이 사실을 말하지 않았다. 막음례는 쌀분이가 찾아올 때마다 옷가지며 먹을 것들을 챙겨주곤 하였다. 처음에 쌀분이는 그런 것을 받기가 겸연쩍게 생각되었으나, 막음례의 찐덥진 정표라는 것을 알고 난 후부터는 스스럼없이 주는 대로 받았다. 막음례는 또 유달정에서 일하는 사람들과 심지어는 기생 작부들에게까지 쌀분이를 동생이라고 소개를 시켜주어, 쌀분이로 하여금 유달정에 출입하는 것을 어렵게 생각하지 않도록 마음을 썼다.

쌀분이는 유달정에 출입하는 동안 장개동과도 자주 만났다. 막음례는 장개동한테 쌀분이를 웅보 아저씨의 부인이라고 하면서 앞으로 이모라고 부르도록 하였다. 그 후부터 장개동은 쌀분이를 보면 이모라고 불렀다. 이후 쌀분이는 한집 식구처럼 유달정을 자주 출입했다.

막음례는 또 오동네와 푸줏간 총각과의 혼사도 가운데서 힘써주어 성사시켰다. 오동네의 혼인 날짜는 설을 넘긴 후 초봄, 삼월 초닷새로 정하였다. 앞으로 넉 달도 남지 않았다.

그해도 서서히 저물어갔다. 웅보가 새끼내를 떠나 목포로 옮겨온 지도 십이 년째가 되었고 열두 번째의 설을 맞기에 이르렀다. 웅보는 설빔을 위해 더욱 열심히 유달산을 오르내리며 나무를 하여 팔았다.

8

장개동은 처음으로 양복을 입었다. 그는 양복에 넥타이를 매고 하이칼라 머리에 기름을 발라 빗질을 하면서 거울을 들여다보았다. 처음 입어본 양복이라서 그런지 유달정으로 이사를 와서 첫 밤을 지낼 때처럼 어딘가 이상한 기분이었다.

설날이다. 장개동은 뒷계 웅보 아저씨네 집에 세배를 가기 위해 서둘렀다. 그의 두 형들이 영산강변에 있는 그들의 아버지와 할아버지 할머니 묘소에 성묘를 하러 떠날 때 장개동이도 형들을 따라가려고 하였으나, 그의 어머니가 개동이는 따로 가야 할 데가 있다고 붙잡아 두었다. 그의 어머니는 형들이 떠난 뒤에야 뒷계 웅보 아저씨네 집에 세배를 다녀오라고 했다. 어머니한테서 그 말을 들은 장개동은 잠시 마음을 가다듬어 어머니의 얼굴을 바라보았다. 그는 지난해까지만 해도 모른 척해왔는데 왜 올해는 웅보 아저씨네 집에 세배를 가야 하느냐고 따져 묻지 않았다. 기실 장개동이는 자신이 이만하면 세상 물정을 알 만하다 하고 눈을 뜨기 시작했을 때부터 마땅히 웅보 아저씨댁에 세배를 가야 한다는 생각을 해오고 있는 터였으나 어머니의 눈치만 살펴왔던 것이다. 그는 그동안 몇 번인가 배를 타고 영산강을 거슬러 올라가서, 웅보 아저씨네 고향이라는 영산포에서 내린 후, 다시 이십 리쯤 더 가야 있는 두 형님들의 아버지와 할아버지 할머니의 무덤에 성묘를 했다. 그때마다 그는 숨어버리고 싶은 소외감을 느끼곤 했었다. 그는 두 형들의 조상으로부터 이어받은 핏줄이 아니라는 것을 알고 있었다. 그는 자신의 핏줄에 대해 알고 싶었다. 그러나 어머니에게 말하지는 않았다. 그렇게 하는 것이 효도라고 생각했기 때문이다. 장개동은 언젠가 어머니 스스로 말해줄 때까지 기다리기로 한 것인지도 몰랐다.

"어머니, 양복을 입은 제 모양이 어떤가요? 내가 보기에는 어울리지 않는 것 같은디. 조선사람은 조선옷을 입어야 잘 어울리는 법이지요."

장개동은 거울로부터 얼굴을 돌려, 웅보 아저씨 댁에 가지고 갈 작은 선물 보따리를 꾸리고 있는 어머니를 돌아다보며 물었다.

"썩 잘 어울리는구나. 시방은 개명시대니께 개명시대 사람답게 양복을 입어야 어울리는 법이란다. 안 그러냐?"

막음례는 대오리를 엮어 만든 뚜껑 있는 네모난 소쿠리에 삶은 고기며 마른고기, 떡, 계란부침개, 과일 등을 넣어 보자기로 싸다 말고 아들을 쳐다보며 말했다.

"자 어서 가봐라. 벌써 해가 상투머리에 올라왔다. 먼첨 할머니한테 세배하는 것을 잊지 말거라 잉. 할머니한테 먼첨 인사를 올리고 나서 웅보 아저씨와 이모한테 차례로 세배를 올려야 헌다. 그러고 세배만 하고 되짚어 홀쩍 돌아오지 말고 그 댁 사람들과 같이 이야기도 하고, 저녁 묵고 가라고 하면 저녁까지 묵고 쉬엄쉬엄 오너라."

막음례가 선물보퉁이를 장개동의 손에 들려주며 부탁을 하였다.

"자고 가라고 하면 자고 와도 돼요?"

장개동이가 실실 웃으며 토마루를 내려서며 말했다.

"자고 가라고까지는 안 헐 것이다."

"왜요?"

"처음 세배 온 사람한테 자고 가라고까지야 허겄냐."

"그렇다면 앞으로 해마다 세배를 댕기면 언젠가는 자고 가라고 헐 때도 있겄구만요."

"글쎄다. 늦겄다, 그만 어서 가그라."

"그런듸 어머니……."

장개동이는 토마루를 내려서서 대문 쪽으로 몇 걸음 걸어가다 말고 몸을 돌려세웠다.

"또 뭣이냐?"

"세배를 하고 나서 무슨 말을 허지요?"

"무신 말을 허다니?"

"절을 허고 나서 아무 말도 허지 않고 가만히 앉아 있기만 헐까요?"

"묻는 말에나 대답을 허그라."

"내 쪽에서 말을 물어보면 안 됩니까요?"

"그 댁 사람들한테 무슨 말을 묻고 싶은 게냐?"

"아니 뭐 꼭 묻고 싶은 것이 있어서라기 보담도……."

그러면서 개동이는 말끝을 흐려버렸다.

"어머니, 어머니는 그 댁 할머니 만나보셨능가요?"

"암, 만나보고말고."

"좋은 분이셔요? 성질이 고약한 할머니는 아니시겠지요 잉?"

"좋은 분이시고말고. 인정 많고, 일 잘허시고……."

막음례는 얼핏 노루목 시절이 떠올라 자기도 모르게 시울이 젖었다. 그리고 그녀는 웅보 어머니를 만나 그녀가 낳은 장개동이 바로 웅보의 핏줄이라는 것을 말해주었을 때, 웅보 어머니가 그녀의 손을 꼭 쥐어주면서 "애비를 애비라고 부르지도 못허는 불쌍한 내 손지 잘 키와주소"라고 한 말을 떠올렸다.

"그 댁 할머니가 나를 반가와허실까요?"

"반가와허시고말고."

"그 댁 할아부지 살아 기셨을 때 세배를 갔더라면 더 좋았을 것인디……."

"클씨 말이다. 그 할아부지가 그로코롬 빨리 세상을 뜨실 줄을 몰랐구나."

"그래도, 할머니라도 살아 기실 때 세배를 가니 을매나 다행이요?"

"그렇구나. 네 말이 맞다."

"웅보 아저씨네 딸 이름이 오동네라고 했지요? 그 오동네가 나보듬 한 살이 적다니께 동생뻘이 되는구만요 잉."

"그렇제. 동생뻘이 되재."

"또, 웅보 아저씨 동생 되는 분 아들도 있담서요?"

"그래 소바우. 갸 아부지가 뚝심이 시단다. 그 또래 중에서는 암도 그 사람을 힘으로 당해내지를 못했응께."

"동학군이었담서요."

"그 댁 형제들이 다 뚝심이 시단다. 할아부지를 닮었다고 허드라. 웅보 아저씨는 그 할아부지의 심성을 닮었고, 대불이 아저씨는 몸체를 닮았다고 허드라."

"이마에 불도장이 찍혔다는 할아부지 말씀이구만요?"

"그 이야기는 누구한테서 들었되야?"

막음례는 개동이가 웅보 할아버지의 이야기를 알고 있는 것에 적이 놀라 의아해하는 눈빛으로 아들을 보며 물었다.

"웅보 아저씨한테서요."

"그 양반이 언제 너한테 그런 이야기꺼정 허시드냐?"

"그랬구만요. 어물전 옆에 살 때."

"그래 잉. 그 양반도 참."

그러면서 막음례는 아들에게 서둘러 떠나라고 재촉하였다.

"요본에 길이 터지면 그 댁에 자주 놀러가도 되겄지요?"

개동이가 방문을 열고 나가다 말고 어머니를 돌아보며 넌지시 물었다.

"글씨 말이다 잉."

장개동은 그의 어머니에게 꾸벅 인사를 하고 대문을 나섰다. 그는 선창거리를 지나서 유달산 자락의 비탈을 안고 돌아 뒷계로 빠지는 작은 언덕길을 올라갔다. 집을 나설 때 눈발이 비치기 시작하더니 그가 언덕길을 넘을 무렵에는 하늘의 어느 한구석이 무너지기라도 하는 것처럼 펑펑 쏟아졌다. 목포에 와서 헤아릴 수도 없을 만큼 눈을 맞아보았지만 그날 장개동이의 눈에 비친 눈은 여느 눈과는 색다르게 느껴졌다. 훨씬 부드럽고 포근하고 아름답게 느껴졌다. 하늘에서 내려오는 눈뿐만 아니라 하늘도, 바람도, 들도, 산도, 구름도, 심지어는 파도소리까지도 예전과는 전혀 다른 느낌을 주었다. 마치 세상에 처음 태어나서 그 모든 것들을 처음 대하는 것처럼 신비롭기만 한 것이었다. 그는 하이칼라 머리 위에 흠뻑 쌓인 눈을 털지 않았다. 그는 길을 하얗게 덮은 눈을 밟는 것조차도 아깝다는 생각을 하였다. 길 건너편 상수리나무 숲에서 까투리가 푸드득 날개를 치자, 직박구리새가 놀라 시끄럽게 울었다. 장개동이는 한동안 넋 나간 사람처럼 우두커니 눈을 맞고 서서 초록빛의 소나무가 흰옷으로 갈아입는 모습을 지켜보고 있었다. 그의 눈에 온 세상이 아름답게 보였다. 그의 눈에 비쳐오는 모든 것들을 하나도 놓치지 않고 있는 그대로를 가슴속에 간직해두고 싶었다. 그에게는 눈 한 송이 바람 한 줄기까지도 소중하게 생각되었다. 그것들이 장개동이의 생명의 한 부분처럼 느껴진 것이었다. 그러나 그것들을 모두 그의 작은 가슴속에 간직하자니 갑자기 말의 궁색함을 느꼈다. 그가 알고 있는 말로는 그 아름답고 소중한 모습들을 하나하나 제 격에 알맞게 나타낼 수가 없는 것이었다. 그는 갑자기 자신이 얼마나 부족한 사람인가 하고 생각했다.

장개동이는 눈을 맞으며 뒷계로 접어드는 논둑길을 탔다. 그는 처음으로 웅보 아저씨 댁에 세배를 하러 간다는 사실이 조금은 두렵기도 하고 흥분되기도 하였다. 웅보 아저씨와 이모야 아는 얼굴이라 뜨악한 기분이 덜하겠지만 할머니는 처음 대하게 되어 어쩐지 가슴이 두근거렸다. 그러나 기실 장개동은 웅보 아저씨를 대할 때마다 저절로 가슴이 두근거리는 것을 참아오지 않았던가.

장개동이는 철이 들면서부터 웅보 아저씨가 그의 아버지일지도 모른다는 막연한 생각을 품어왔다. 장개동이는 그가 아주 어렸을 때

여름날 미루나무가 서 있는 강가에서 한 남자 어른의 품에 안겼던 기억이 사라지지 않았다. 그날 그들 네 식구는 배를 타고 목포로 왔다. 그가 낯선 남자의 품에 안겼던 것은 배를 타기 조금 전의 일이었다. 그때 그의 어머니는 장개동을 안아주었던 남자와 헤어져 배를 타고 목포에 당도할 때까지 눈물바람을 했었다. 그 후 얼마쯤 있다가 목포 째보선창 어물전 옆 주막에서 그 남자를 다시 만났었다. 장개동이는 목포에서 웅보 아저씨를 처음 만났을 때, 웅보 아저씨가 바로 오래 전 그들 식구들이 배를 타고 목포로 오던 날 강가의 미루나무 밑에서 그를 안아주던 사람이라는 것을 기억해냈다. 어머니는 목포에서 웅보 아저씨를 다시 만나던 날도 또 눈물바람을 했던 것이다. 그리고 나이가 들어 세상 물정을 어렴풋하게나마 짐작을 하게 되었을 때, 글이라는 것을 배워서 글로 눈에 보이는 것들과 그의 생각들을 나타낼 수가 있었을 때, 장개동이는 비로소 웅보 아저씨가 그의 생부라는 것을 짐작하게 된 것이었다. 장개동이는 오늘, 웅보 아저씨가 그의 생부가 분명하다는 확신을 갖게 되었다. 그것은 어머니가 두 형들을 따라가지 못하게 하는 대신 꼭 가야 할 데가 있다면서 뒷계 웅보 아저씨 댁에 세배를 다녀오라는 당부를 한 것 때문이었다.

장개동이는 뒷계에 들어서서 쉽게 웅보 아저씨 집을 찾았다. 그가 사립짝 안으로 들어서서 눈을 털고 있을 때, 뒷간에서 나오던 쌀분이 쪽에서 먼저 알아보고 깜짝 놀라 한동안 입을 열지 못하고 있다가 천천히 사립짝 가까이 다가오더니 "아니…… 뉘기여? 여그는 어쩐 일이여?" 하고 물었다. 쌀분이는 당황하고 있는 듯하였다.

"어머니가 이모님 댁에 세배하고 오라고 해서……."

장개동이는 집안을 두렷거리며 말을 얼버무렸다.

"세배를? 뜽금없이 무신 세배를?"

쌀분이는 그를 그렇게 반갑게 대해주지는 않았다. 그는 그 이유까지도 어림하였다. 쌀분이는 유달정에 와서 그를 대하던 것과는 달리 조금은 뜨악한 기분을 느끼게 해주었다. 그녀는 장개동이가 들고 있는 보따리를 받을 생각도 하지 않고 한동안 당황한 얼굴로 서 있었다. 그때 큰방 문이 열리면서 오동네가 밖으로 나오다 말고 장개동과 어머니가 마당에 서 있는 것을 발견하고는 다시 방으로 들어갔다. 오동네로부터 밖에 양복 입은 청년이 와 있다는 말을 들은 웅보가 혹시 피쟁이 사윗감이 왔는가 하여 얼굴을 문밖으로 내밀었다가, 뜻밖에 개동이를 발견하고는 표정이 굳어지고 말았다. 쌀분이는 웅보가 방문 밖으로 얼굴을 내민 다음에야 장개동이가 들고 있던 보따리를 받으며 큰방 쪽으로 안내하였다.

"세배하러 왔다요."

쌀분이가 웅보를 흘끔 쳐다보며 장개동이의 이름도 부르지 않은 채 퉁겨대는 목소리로 말했다.

"뜽금없이 무슨 세배를?"

웅보는 너무 당황하여 어찌할 줄 모르고 방문을 열고 서 있었다. 장개동이는 조금은 어색한 분위기에 젖어 마음을 다독거린 후 웅보를 향해 꾸벅 허리를 굽히고 나서 토마루로 올라선 다음 방안으로 들어섰다.

"세배 받으십시오."

큰방으로 들어선 장개동이는 아랫목에 소바우와 함께 화로를 품고 앉아 있는 웅보 어머니에게 넙죽 큰절을 올렸다.

"뉘긴겨?"

웅보 어머니가 문턱 옆에 뜨악한 얼굴로 서 있는 아들과 며느리를 보며 물었다.

"어머니, 나주 양 진사 댁에 있었던 별당어멈 아시지유?"

쌀분이가 먼저 입을 열었다.

"그려, 막음례 말인겨?"

"예, 이 총각이 그 별당어멈의 아들이랍니다유."

"막음례 아들이라면 어느 아들? 친정에 두고 왔다는 아들 말이냐?"

웅보 어머니는 무엇인가 짚이는 데가 있어 그렇게 물었다.

"친정에 두고 온 아들이 아니고, 나주에 와서 난 아들이라요."

쌀분이의 설명에 웅보 어머니는 갑자기 장개동이 앞으로 바짝 다가앉아 얼굴을 가까이 들여다보더니, "나주에 와서 난 아들이라면…… 네가 그러니께……" 하면서 말을 잇지 못하고 한동안 장개동이의 얼굴만을 찬찬히 되작거려 들여다보고 있었다.

"네 이름이…… 이름이 멋이냐?"

한참 후에야 웅보 어머니는 침착하게 다시 물었다.

"개동이구만요. 장개동이."

"장장개동? 성이 장씨라고 했느냐?"

"그렇구만요."

"네가 그러니께…… 네가…… 참말로…… 참나무맹키로 튼튼허게도 생겼구나."

웅보 어머니는 장개동이 손을 힘껏 움켜쥐고는 조금 전보다는 더 가까이 얼굴을 마주하고 다시 이목구비를 찬찬히 뜯어보는 것이었다.

"네가 그러니께…… 시상에 네가……."

웅보 어머니는 울먹이는 목소리로 몇 번이고 똑같은 말만을 되풀이하였다.

"그동안 할머님께 세배를 못 올려서 죄송해요."

장개동이는 웅보 어머니에게 말하고 나서 잠시 일어서서 웅보와 쌀분이를 보며 "세배 올리고 싶은데, 앉으시지요" 하고 말했다.

웅보는 하는 수 없이 아랫목 그의 어머니 옆에 앉아 처음으로 개동이의 세배를 받았으나, 쌀분이는 세배는 무슨 세배냐면서 한사코 자리에 앉지 않았다. 그러자 웅보 어머니가 며느리에게 "그러지 말고 에미도 애비 옆에 앉어서 절을 받거라" 해서야 쌀분이도 마지못해 웅보 옆에 앉았다.

"참 많이도 컸구나. 오동네 압씨보담 엄장허구만 잉."

장개동이가 쌀분이에게 세배를 끝내자 웅보 어머니는 다시 장개동이의 손을 쥐고 놓지 않았다.

"그래 시방 워디서 사느냐?"

웅보 어머니는 그렇게 묻고, 목포에서 살고 있다는 말에 여러 번 거듭하여 혀끝을 찼다. 같은 목포 땅에 살면서 왜 이제야 찾아왔느냐는 나무람의 뜻이었다.

"느그들도 서로 알고 지내그라."

웅보 어머니는 오동네와 소바우를 보며 그렇게 말하고 나서 "혼인날을 받어 논 저 아이는 애비의 딸이고, 저 소바우란 놈은 이 햄미의 둘째아들 자식이고, 그러고 또……" 하면서 오동네와 소바우를 소개하다가 얼핏 장개동이의 얼굴을 보더니 말끝을 흐려버렸다. 기실 웅보 어머니는 아이들에게 장개동이를 어떻게 말해야 좋을지 몰랐기 때문이었다.

"뜽금없이 우리 집에 세배는 왜 왔느냐?"

장개동에게 아무 말도 하지 않고 잠자코 앉아 있기만 하던 웅보가 뚜벅 물었다. 그는 처음부터 그것이 마음에 걸렸다. 막음례가 보냈는지 아니면 개동이 스스로 온 것인지 알고 싶었던 것이다. 웅보는 개동이가, 그의 어머니와 웅보 자신을 대하는 태도로 미루어 보아, 그들 서로의 관계를 알고 있는 듯싶었기 때문이다.

"어머니께서 보내셨습니다."

개동이가 웅보를 보며 말했을 때 두 사람의 눈길이 오랫동안 엉켜 있었다. 웅보는 개동이의 눈길에서 무엇인가 그가 간절하게 눈으로 말하고 있는 것 같은 느낌을 받았다. 웅보는 개동이의 그런 눈길이 화살처럼 몸에 박혀 핏줄 속으로 빨려 들어가고 있는 듯하였다. 웅보는 예전에 개동이를 만났을 때는 그렇게 강렬하고 절실한 느낌을 받아보지 못했었다. 그는 십수 년 전 막음례가 세 아이들을 데리고 목포를 떠나던 날, 잠시 개동이를 만나 안아보았던 일이 생각났다. 그때 막음례는 고사리처럼 어린 개동이에게 "아가, 이분이 네 아부지다. 아부지 하고 불러봐라" 하고 말하던 것도 생각이 났다.

"장, 장개동라고 했쟈. 그래 장, 장개동은 시방 멋을 허느냐?"

웅보 어머니가 물었다. 웅보 어머니는 장 씨라는 성씨를 붙여 꼭 장, 장개동이라고 정확하게 불렀다. 웅보 어머니가 이름 앞에 한사코 장 씨라는 성을 붙여 부르는 데는, 마음속으로나마 너는 우리 집 핏줄이다, 라고 힘주어 말하고 있는 것인지도 몰랐다.

"예, 할머니, 지난해 봄까지는 서당에를 다녔었는데, 가을부터는 학교에서 신학문을 배우고 있습니다요. 당분간 신학문 공부를 더 할 생각이구만요."

장개동이도 할머니가 한사코 성씨를 붙여서 그의 이름을 부르는 뜻을 헤아리면서 대답했다.

"그러면 장,장개동은 장차 어떤 사람이 될티냐? 공부를 많이 했응께 농사꾼은 되지 않겄구나. 농사꾼이 안 되면 높은 벼실을 살껴?"

"제 생각에는 시인이 되고 싶습니다요."

장개동이는 오래전부터 생각해오던 바를 생부 앞에서 말할 수 있어 다행이라 여겼다. 그는 아직 시인이 되고 싶다는 말은 아무에게도 해본 일이 없었다.

"시인이 멋허는 사람이다냐?"

웅보 어머니가 아들을 보며 물었지만 웅보도 시인이 무엇 하는 사람인지 알 수가 없어 개동이 쪽으로 고개를 돌려 설명을 기다렸다.

"할머니, 이태백이라는 사람 아셔요?"

장개동이가 웅보 어머니에게 물었다.

"달아 달아 밝은 달아, 이태백에 노던 달아 헐 때 그 이태백이 말이냐?"

"예, 그렇습니다요. 저는 그 이태백이 같은 시인이 되고 싶습니다요."

"달 속에서 노는 사람 말이냐?"

"예, 그래요."

"허먼, 신선이 되겄다는 것이구만?"

"글쎄요. 시인이 신선일까요?"

장개동이가 되물었지만 웅보 어머니는 장개동의 그 같은 물음이 무엇을 뜻하는지 알 수가 없었기에 대답을 하지 못했다.

"그래 네 어멈은 뭣흐고 사냐? 네놈 입성을 보니께 살기가 괜찮은 것도 같다만."

"선창거리에서 큰 요정을 한당만이라우, 아주 큰 부자가 되얐다요. 인제는 노루목 양 진사 댁보듬도 훨씬 부자라요."

웅보 어머니의 물음에 쌀분이가 대신 대답해주었다.

"그려? 그기 참말이여? 양 진사 댁보듬도 더 부자가 되얐어? 아이고 우리 장, 장개동이 쓰겄다. 네 에미 노루목에 살 때 눈물깨나 흘려쌓더니 이제는 한 풀었구나. 아이고 참말로 우리 장, 장개동 쓰겄다."

그러면서 웅보 어머니는 개동이의 얼굴에서 웅보와 닮은 구석이 있는지 찾아보려고 얼굴을 개동이 가까이 바짝 대고 다시 이목구비를 하나하나 뜯어보았다. 그러고 나서 웅보 어머니는 마음속으로, 이놈이 성질 고약한 우리 시아버지를 쏙 빼다 박았네 하고 말했다. 숱이 많은 눈썹이며 불거져 나온 광대뼈와 두툼한 입술이 영락없이 제 애비를 닮았구나 하고 생각했다.

"아까 참 뭣이 된다고 했쟈?"

웅보 어머니가 개동이의 얼굴에서 눈을 떼지 않은 채 나지막하게 물었다.

"사람들 마음속에다가 씨를 뿌리는 마음의 농사꾼이 되고 싶구만요."

개동이가 말했으나 웅보 어머니는 그 말을 알아듣지 못하고 애매한 눈빛으로 웅보를 보았다. 개동이의 그 말을 좀 알아듣기 쉽게 다시 해달라는 눈치였으나 웅보도 개동이의 정확한 말뜻을 제대로 가늠할 수 없어 묵연히 앉아 있기만 하였다.

"워디다가 씨를 뿌린다고 했냐?"

"사람들 마음속에다가요."

웅보 어머니가 묻고 개동이가 대답했다.

"사람 마음속에? 무신 씨를 뿌려?

"곡식의 씨도 뿌리고, 여러 가지 꽃씨도 뿌리고, 또는 평등과 희망의 씨도 뿌릴 거로구만요."

"아이 와. 이놈이 꼭 불도장 찍힌 네 할아부지 같은 말을 허는구나."

개동이의 말을 알아듣지 못한 웅보 어머니가 이윽히 웅보를 보며 말했다. 그러고 나서 웅보 어머니는 "네 할아부지가 살았을 때 네가 왔으면 을매나 좋았겄냐 잉" 하고 혼잣말처럼 중얼거렸는데, 개동이는 그 말을 알아들을 수가 있었다.

"개똥아, 아니 장개동아."

웅보 어머니가 은근한 목소리로 불렀다.

"예 할머니."

"나 죽은 뒤에도 우리 집에 자주로 와야 헌다 잉? 내 지사에도 꼭 와야 헌다 잉?"

웅보 어머니가 다짐을 받기라도 하려는 듯 물었다.

"예 할머니."

개동이는 그렇게 말하면서 얼핏 웅보 내외의 표정을 살폈다. 개동이와 웅보의 눈길이 찐득하게 마주쳤다. 그리고 그 눈길은 잠시 한 묶음으로 엉켰다. 그러나 쌀분이는 한사코 개동이의 눈길을 피했다. 그녀의 눈빛은 암상스럽게 떨고 있었다.

장개동이는 웅보네 집에서 점심을 먹었다. 점심을 먹을 때 웅보 어머니는 한사코 그를 옆에 앉게 하였다. 점심을 먹는 동안에 웅보 어머니는 잠시도 말을 멈추지 않고 이것저것 개동이에게 많은 것들을 물었다. 장가는 언제 갈 것이며, 장가를 든 후에는 어머니한테서 분가를 할 것이냐, 위의 두 형들과는 사이가 버성기지 않느냐, 혹시 두 형들이 구박이나 하지 않느냐는 등 별의별 이야기들을 다 물었다.

점심을 먹는 개동이는 그만 돌아 가봐야겠다면서 일어섰다. 웅보 어머니가 한사코 하룻밤 자고 가라고 붙들었다. 개동이는 웅보 내외가 하룻밤 자고 가라고 하면 그대로 눌러앉을 생각이었으나 "어머니, 가까운 데 사니께 이담에 또 오라고 허지요 머" 하고 웅보가 은근히 그냥 돌아가 줄 것을 말하자, 서둘러 마당으로 나왔다.

"언제 또 올라냐?"

웅보 어머니는 아들의 부축을 받으며 토마루까지 내려와서 개동이의 손을 잡고 놓지 않으며 말했다.

"대보름날 다시 오겠구만요."

개동이가 그렇게 말해서야 웅보 어머니는 못내 아쉬워하는 눈빛으로 개동이를 쳐다보며 손을 놓아주었다. 개동이는 할머니와 웅보 내외에게 깊숙이 허리를 꺾어 인사를 하고 사립문을 나섰다. 그가 사립문을 나설 때 오동네의 모습은 보이지 않았으며, 소바우만이 고샃끝까지 따라 나왔다. 그는 소바우의 손을 잡고 동구 밖으로 나갔다.

"네 이름이 소바우지야?"

동구 밖 개울 옆의 앙상한 참나무 숲에 이르러 개동이가 물었다.

"야."

소바우는 짧게 대답했다. 눈은 아직도 술술 내리고 있었다.

"이담에 올 때는 너 데리꼬 우리 집에 가마. 그때까지 잘있거라 잉."

개동이는 그렇게 말하고 소바우와 헤어졌다.

눈이 소복이 쌓인 논둑길을 타고 걷다 말고 개동이는 걸음을 멈추고 서서 마을을 돌아다보았다. 소바우의 모습은 보이지 않았다. 그는 마음속으로 "할머니" 하고 불러보았다. 그리고 한참 걷다가 다시 "할머니" 하고 소리를 내어 불러보았다. 비탈진 산모퉁이를 돌아가면서 다시 한 번 발걸음을 멈추고 뒤돌아서서 큰 소리로 "아버지" 하고 크게 불러보았다. 그러다가 목청을 돋우어, 그의 목소리가 정말 그의 아버지 귀에 닿기를 간절히 바라듯 "아버지" 하고 불러보았다. 그의 울부짖음과도 같은 외침이 눈발 사이로 멀리멀리 출렁여갔다. 그는 그

자리에 눈을 맞고 서서 계속 목이 쉬도록 아버지를 외쳐 불렀다. 얼마나 부르고 싶었던 소리였는지 몰랐다. 개동이는 꿈속에서도 목이 타도록 아버지를 외쳐 불렀던 것이다. 그의 간절한 그 마음을 아무도 알아주지 않았던 것이 더 안타깝고 슬펐다.

개동이는 눈을 흠씬 맞고 집에 돌아오면서 꿈속에서처럼 수없이 아버지를 불러댔다.

장개동이가 점심을 먹고 돌아간 다음 오동네는 할머니에게 별당 어멈의 아들이라는 그 총각이 어떤 친척이 되느냐고 물었다. 그러자 할머니는 어머니 아버지한테는 아무 말 말라는 당부를 거듭 한 끝에, 목소리를 낮추어 "배 다른 네 오래비다" 하고 속삭여주었다. 그러나 오동네는 할머니의 그 말을 믿을 수가 없다는 듯 그 연유를 알려달라고 졸라댔다. 할머니는 그 이상은 말해주지 않았다.

그날 웅보 어머니는 장개동이가 다녀간 후, 새삼스럽게 그들이 새끼내를 떠나올 때 가지고 와서 여직 한 번도 땅에 묻지 못했던 씨앗망태를 꺼내보기도 하고, 죽은 남편의 쌈지며 곰방대, 남바위, 토시 등을 하나하나 늘어놓고 홍얼거리기도 하였다. 그런 어머니를 보고 쌀분이가 씨눈이 모두 말라붙어 버려서 이제 땅에 묻어도 싹이 나오지도 않을 씨앗망태는 뭣 때문에 다시 꺼내놓고 청승을 떠느냐고 하자, 웅보 어머니는 짓무른 두 눈이 질퍽해지면서 "뜽금없이 지난날들이 생각나서 그런다. 죽은 네 시압시도 생각나고, 소바우 압씨도 생각나고…… 마님도 보고 싶고, 우리 시아부님도 보고 싶고……" 하다가는 방문을 박차고 밖으로 나가서는 눈이 펑펑 쏟아지는 하늘을 우두커니 쳐다보는 것이었다. 쌀분이는 차마 말은 못하면서도 마음속으로는 어머니가 필시 개동이를 만나고 나서 속이 뒤숭숭해진 때문이거니 하였다.

장개동이가 세배를 하고 간 후 웅보의 집안 분위기는 마치 깊은 바다의 밑바닥처럼 을씨년스러울 정도로 고즈넉했다. 모든 식구들이 침묵을 지켰다. 웅보와 그의 어머니는 은근히 쌀분이의 눈치를 보느라 침묵을 지켰고, 쌀분이는 또 그녀대로 심기가 걸레조각처럼 구저분하게 구겨져 있었기 때문에 장개동이의 말을 꺼내기가 싫었으며, 오동네와 소바우는 어른들의 눈치를 보느라 숨소리까지도 죽이고 지냈던 것이었다.

장개동이가 세배를 다녀간 후 쌀분이는 한동안 유달정에 발걸음을 끊고 지냈다. 그녀는 어쩐지 막음례의 친절이 마땅치 않게 생각되어졌다. 그 친절을 내세워 장개동이를 집에 보내더니 그 다음에는 또 어떤 수작을 꾸미게 될지 모른다는 생각이 들었던 것이다. 쌀분이는 그것을 수작이라고 생각했다. 다음에는 장개동이가 찾아와서 즈이 아버지를 모셔가겠다고 할 것만 같았다. 쌀분이는 장개동이가 보내온 음식조차 입에 대지 않았다. 쌀분이가 그렇게 하자 웅보도 쌀분이의 눈치를 보느라 고기 한 점 입에 넣지 않았다.

제물포에서 온 대불이가 목포에 와 있는 그의 가족들을 만난 것은 장개동이가 세배를 다녀간 지 두 달쯤 후였다. 동학농민군이 벌떼처럼 일어나자 서로 헤어진 지 열두 해 만이었다.

제물포에서 현익호 기선을 타고 목포에 온 대불이는 고향 새끼내에 가기 전에 잠시 그곳에 머물면서 앞으로 살아갈 방도를 궁리하기로 작정하고, 세관청으로 가서 제물포에 있을 때 도움을 받았던 영암 출신 양 주사를 만나 하역인부로 들어갔다. 대불이와 짝귀는 목포에 머물면서 그곳 물정을 알아보고, 제물포에 올라가 한 영감의 도움으로 미상을 할지 아니면 고향에 눌러 살지 결정을 하기로 하였다. 그때까지도 대불이는 그의 가족들이 목포에 와 있다는 것을 알지 못하고 있었다.

그러던 어느 날, 정확히 말해서 이월 그믐날 우연히 곡식을 실으러 목포 건너편 해남 땅의 화원 장에 갔다가, 장터 주막 앞에서 구성지게 장타령을 뽑고 있는 각설이 패거리들 중에 끼여 있는 판쇠를 만나게 되었다.

판쇠는 서너 명의 각설이패들과 함께 어울려 목을 빼고 어깨를 으쓱거리며 걸쭉한 목소리로 장타령을 뽑고 있었다. 대불이는 틀림없이 그가 웅보 형님의 고향 친구 판쇠라는 것을 알아보고 장타령이 끝나기를 기다렸다.

얼씨구나 잘한다
품바하고 잘이한다
작년에 왔던 각설이
죽지도 않고 또 왔네
으흐 이놈이 이래도

정승 판서 자제로

팔도 감사 마다하고

돈 한 푼에 팔려서

각설이로 나섰네

저리시구 저리시구 잘한다

품바하고 잘한다

네 선생이 누구인지

나보다도 잘한다

시전 서전을 읽었는지

유식하게도 잘이한다

각설이패들은 자진모리, 휘모리, 엇모리로 소리를 밀고 당기면서 시원시원하고도 미끈미끈하게 장타령을 뽑았다.

"판쇠 성님 아니시우?"

대불이는 장타령 한바탕이 끝나기를 기다렸다가 판쇠 옆으로 다가가서 옆구리를 찔렀다. 그러자 판쇠가 고개를 돌려 대불이를 보더니 흠칫 놀랐다.

"대불이구만. 살아 있었능가?"

판쇠는 대불이를 보고도 별로 반가워하는 눈치가 아니었다. 대불이 생각에 아마도 각설이패가 된 것을 부끄럽게 여기고 있는 탓인 듯싶었다.

"성님은 타고난 소리꾼이어요. 장타령을 아주 잘허십디다요."

대불이는 판쇠에게서 자괴지심을 덜어주기 위해 일부러 딴청을 부렸다. 그제야 판쇠의 얼굴이 조금씩 밝아지면서, "우리는 동냥질하는 거렁뱅이가 아니네 잉. 이래봬도 우리한테는 풍류가 있당께!" 하고 큰 소리로 말했다.

대불이는 판쇠를 주막의 술청으로 데리고 들어가 탁배기 사발을 놓고 마주앉았다. 판쇠는 술청에 들어와서도 대불이의 안부며 목포에 사는 웅보의 소식에 대해서는 묻지도 말을 하지도 않은 채, 자기가 어떤 연유로 각설이가 되었는가에 대해서 푸짐하게 이야기를 늘어놓았다.

"나는 말이시 대불이 자네가 아다시피 소리 하나는 타고났지 않은가? 그래서 옛날버틈 소리꾼이 되고 싶었으나 그러지를 못허고 새끼내에서는 농사꾼이, 그리고 목포에서는 등짐꾼이 되었구만. 그러나 나는 농사꾼도 등짐꾼도 다 실패허고 말었어. 목포서 등짐꾼 노릇을 허자니 야쿠자 놈들 눈꼴사나와서 못해묵겄더구만. 그래서 훌훌 돌아댕기기로 작정을 했어. 각설이꾼이 된 후버틈은 얼매나 맴이 편헌지 날아갈 것만 같여."

판쇠는 한참 동안 정신없이 자기 이야기만을 푸짐하게 늘어놓은 후에야 대불이가 해남 땅까지 흘러들어온 연유를 물었다.

"주욱 제물포에 있다가 목포에 온 지가 한 달 가까이 되는구만요. 새끼내로 바로 갈라다가 이쪽 미곡 시세를 좀 알아볼랴고……."

"쌀장사를 허는가?"

"아직은 모르겄구만요. 그런듸 우리 식구들은 어찌 사남요?"

대불이의 물음에 판쇠는 한동안 너즈러진 눈빛으로 대불이를 바라보고 있더니 "아니, 자네 시방 먼말을 허고 있는가? 그렇다면 자네 목포에 온 지가 한 달이 되얐담서 식구들을 못 만났단 말이여?" 하고 따지듯 물었다.

"미처 새끼내에 가지를 못했구만이라우. 봐서 새달에나 가볼랑만요."

"예끼 이 사람. 자네 식구들은 시방 목포에 살고 있당께. 새끼네 옴시랭히 불질러뿔고 목포로 나온 지가 벌써 십 년도 더 되얐단 마시."

판쇠는 어이없다는 듯한 눈빛으로 대불이를 보며 허탈하게 웃었다.

"새끼내를 불질러뿔다니요?"

"이 사람이 깜깜 무소식이구만 잉. 갑오년 난리 땜시 새끼내 사람덜 죄다 동네에 불질러뿔고 목포로 옮겨왔당께. 그래 자네는 십년 동안이나 멋흐고 자빠라졌었간듸 식구들이 어디서 살고 있는지조차 몰랐단 말이여. 참말로 얼척이 없구만 잉. 자네는 사람도 아니로구만. 자네 그러먼 아부님 작고허신 것도 모르고 있겄구만?"

"아버님이?"

"그려. 새끼내 노래만 불러싸시다가 눈감으셨어. 자네 형님이 새끼내에 모셨다네."

대불이는 아버지의 별세 소식에 잠시 눈을 감고 있었다. 이상하게도 그는 십여 년 동안이나 가족들과 멀리 떨어져 있으면서 한 번도 아버지의 꿈을 꾼 적이 없었다. 그는 갑자기 목이 꽉 메어와 탁배기를 거푸 석 잔이나 퍼마셨다. 그래도 마치 목구멍에 불에 단 시우쇠가 걸린 것처럼 후끈거렸다. 아버지를 잃은 슬픔 대신 심한 조갈증을 느낀 것이었다. 영산강의 물을 모두 들이마셔도 풀리지 않을 것 같은 불타는 목마름이었다.

"참 그러고 자네 아들 놈이 왔어."

판쇠가 거푸 술잔을 기울이고 나서 뚜벅 말했다.

"아들이라니요?"

"대불이 자네 아들 소바우."

"소바우?"

"그려 소바우."

순간 대불이의 머리에 말바우의 이름이 마른 번갯불처럼 반짝하고 흘렀다. 그렇다면 말바우 어미가 돌아왔단 말인가. 대불이는 가슴이 덜컹거렸다.

"말바우 어미가 돌아왔는가요?"

"아녀. 소바우만 왔당께."

판쇠로부터 가족의 소식을 들은 대불이는 당초 계획은 화산에서 이틀 밤을 자기로 되어 있었으나 그곳의 일을 짝귀에게 맡기고 하루만에 목포로 되돌아오고 말았다.

아침에 목포 선창에 내린 대불이는 합숙소에 들러 새 옷으로 갈아입고 가게에 나가 식구들의 선물을 머릿수대로 하나씩 샀다. 그는 판쇠한테서 그의 아버지가 팔 년 전에 세상을 떴다는 것과 말바우 어미가 낳은 소바우가 와 있다는 소식은 알고 있었기에 소바우에게 줄 선물도 샀다. 아버지가 세상을 떴다는 소식은 슬펐으나 소바우가 와 있다는 것은 눈물이 솟구칠 것같이 반가웠다.

아, 그놈이 아들이었구나. 소바우라는 이름을 붙여준 말바우 어미의 뜻에 대불이는 이 세상에 태어나서 처음으로 울고 싶어졌다. 대불이는 소바우의 나이를 어림하면서 비싼 고무신 한 켤레를 샀다. 다섯 식구들의 선물을 사 들고 뒷계로 넘어가는 작은 언덕길을 추어 오르고 있는 대불이는 어머니와 형님 내외가 그를 보고 놀라는 얼굴들을 떠올리며 싱긋이 웃었다. 그는 식구들을 놀라게 해주고 싶었다. 목이 터지도록 어머니를 외쳐 부르면서 들어갈까. 아니, 그러지 말고 장대불이라는 사람을 잡으러 왔소 하고 으름장을 놓으며 들어갈까. 그것보다는 소바우 아버지를 찾으러 왔다고 해볼까. 대불이는 어떻게 하면 식구들을 더 놀라게 할 수 있을까 머리를 짰다. 그렇지만 너무 심하게 하고 싶지는 않았다. 어머니가 너무 놀라서 혼절했다가는 안 된다는 생각에서였다. 그렇구나. 어머니는 늘 "대불이 네 놈은 전생에 물새였을 게여, 그러니께 자꼬 멀리 쏘댕기는 것을 좋아흐재"라고 했으니 물새 소리를 흉내 내며 들어가는 것이 좋겠구나. 대불이는 그렇게 중얼거리며 언덕을 넘었다.

작은 비탈길 언덕을 넘어서자 그리 넓지 않은 들이 나왔고 그 들판 건너편에 마을이 있었다. 대불이는 그 마을에 가족들이 살고 있다는 것을 알았다. 그는 논둑길로 내려서지 않고 한참 동안 상수리나무 밑에 서서 마을을 건너다보았다. 어머니 하고 큰 소리로 부르면 이내 아들의 목소리를 알아듣고 어머니가 뛰쳐나올 것만 같았다. 그러나 그는 큰 소리로 어머니를 외쳐 부르는 대신에 마음속으로만 어머니를 거듭 되뇌었을 뿐이다. 그러다가는 집에 가도 아버지를 만날 수 없다는 생각에 갑자기 목울대가 꽉 메어왔다. 아버지는 웅보 형보다 대불이를 더 좋아했었다. 그 아버지가 이 세상에 살아 계시지 않는다는 생각을 하자 모든 것이 허무해졌다. 그는 판쇠에게서 아버지가 병이 든 채 고향엘 가보고 싶다고 하여 웅보 형과 함께 미곡선을 타고 가다가 영산강물 위에서 눈을 감으셨다는 이야기를 듣는 순간, 아버지는 세상을 뜬 것이 아니고 영산강으로 돌아가셨을 뿐이라는 생각을 하였다. 웅보 형도 언젠가 할아버지 생각을 떠올리면서 그런 말을 했었다. 그때 웅보 형의 이야기로는 할아버지는 돌아가신 것이 아니고 영산강과 한 몸이 된 것이라고 했었다. 그러면서 웅보 형은 대불이에게 "나는 할아부지가 보고 싶으면 영산강을 본단다. 할아부지가 영산강이고 영산강이 바로 할아부지이기 때문이다. 할아부지가 나헌테 그러셨단다. 할아부지는 죽지 않으시겠다고 하셨거든" 하고 말했었다. 그때 대불이는 웅보 형의 그 말을 비웃었다. 그러나 나이가 든 지금에 와서 생각해보니 웅보 형의 그 말은 이 세상의 어떤 말보다 더 값지고 믿을 수 있는 진실 그것이라는 것을 알게 된 것이었다. 대불이는 나이가 들수록 웅보 형을 마음속으로 더 믿게 되었다. 대불이의 마음속에는 언제부터서인가 웅보 형을 닮은 나무 한 그루가 자라고 있었다. 그 나무는 참나무보다 더 단단하고 늙은 회나무보다 더 우람한 모습이었다. 그리고 그 나무는 때때로, 웅보 형의 말대로 영산강의 물줄기로 변했는지 모를 할아버지 모습으로 느껴지기도 하였다. 대불이는 그의 마음속에 우람하고도 단단한 모습으로 뿌리를 박은 그 할아버지를 닮은 나무 때문에 지금껏 자신을 지켜오며 살아왔는지 모른다는 생각을 하였다. 지금 그 나무가 대불이의 눈에 보이는 것만 같았다.

대불이는 서둘러 논둑을 타고 마을 쪽으로 건너갔다. 삼월 초하루의 한낮인데도 바닷바람이 제법 쌀쌀했다. 그러나 대불이는 그 쌀쌀한 갯바람까지도 반가운 것이었다. 마을에서 낮닭이 울고 개 짖는 소리가 들렸다. 왁자지껄 떠드는 아이들의 소리에 소바우의 목소리가 섞여 있는 듯싶었고, 그는 그 소리 중에서 소바우의 목소리를 가려낼 수 있을 것만 같았다.

마을의 고샅으로 접어든 대불이는 통샘거리에서 잠시 걸음을 멈추었다. 처음 와본 마을인데도 어쩐지 하나도 낯설지가 않았다. 통샘거리 위쪽 둔덕에는 개나리가 노랗게 흐드러져 있었고 둔덕 아래엔 버드나무 가지들이 시새워 한창 잎을 틔우느라 부스럭거리는 소리가 들리는 듯하였다. 둔덕 너머로 큰 동백나무 우듬지가 삐주름히 솟아 있었는데, 우듬지의 가지 끝에서 동박새 한 마리가 낭자하게 울어댔다. 통샘거리 건너편의 양지쪽 공터에 여남은 살 안팎의 사내아이들이 팽이치기를 하고 있는 것이 보였다. 입성들이 초라하고 얼굴은 엿기름처럼 누렇게 떠 보였으나 티 없는 모습들이었다. 대불이는 아이들이 있는 쪽으로 다가가다 말고 멈칫 섰다. 다른 아이들과 함께 어울리지 않고 혼자 토담 아래 햇살을 받고 쪼그리고 앉아 있는 병약해 보이는 사내아이를 보는 순간 대불이의 눈길이 그에게 머문 것이었다. 그는 토담 쪽으로 가까이 다가갔다. 그리고 그 아이 앞에 서서 한참 동안이나 지켜보고 나서 “아가, 네 이름이 뭬냐?” 하고 한껏 부드러운 목소리로 물었다. 그러자 병색이 짙은 그 아이는 무겁게 눈을 떠올리고 대불이를 쳐다보았다. 아이는 한쪽 눈은 크고 다른 한쪽 눈은 작은 자웅눈이었다.

"아가, 네 이름이 혹시 소바우가 아니냐?"

대불이가 다시 묻자 자웅눈이 아이는 오른쪽의 큰 눈을 더욱 크게 뜨고 고개를 살래살래 저으며 "소바우는 저그 있어라우" 하며 턱 끝으로 팽이치기 놀이를 하고 있는 아이들 쪽을 가리켰다.

대불이는 자웅눈이 아이 옆에 서서 토담으로부터 여남은 걸음 떨어진 곳에서 세 명의 그만그만한 아이들이 팽이치기를 하고 있는 모습을 유심히 살펴보면서 그 세 명의 아이들 중에서 소바우를 찾아내려고 하였다. 세 명의 아이들 중에서 한 아이는 키가 컸고 체격도 튼튼해 보였으나 나머지 두 아이는 서로 어금지금 작달막한 키에 몸피가 말라 있었다. 대불이는 작은 키의 두 아이들 중에 소바우가 끼여 있을 것으로 생각했다. 어쩐지 그는 소바우가 몸이 실하지 못할 것 같은 생각이 들었던 것이다. 그는 두 아이 중에서 몸피가 더 작고 입성이 초라한 아이를 말바우의 어렸을 때 모습과 비교해보고 나서 그에게로 다가갔다.

"혹시 네 이름이 소바우냐?"

대불이는 몸피가 작은 아이에게 물었다. 그러자 그 아이는 고개를 흔들었고, 옆에 있던 아이가 똥그랗게 눈을 뜨고 대불이를 쏘아보며 "내가 소바운디 왜 그래유?" 하고 야무진 목소리로 물었다. 대불이는 비록 몸피는 작아 보이지만 코가 오똑하고 눈이 똥그랗게 생긴 아이 앞에 쪼그리고 앉았다.

"그래, 네가 소바우로구나."

대불이는 자꾸만 격해지려는 마음을 가까스로 진정시키며 손을 내밀어 소바우의 까치집 같은 머리를 쓰다듬어주려고 하였다. 그러나 소바우가 팽이채를 든 채 경계하는 눈빛으로 대불이를 쏘아보며 한 발짝 뒤로 물러섰다.

"소바우 느그 집이 어딘지 좀 가르쳐줄래?"

대불이가 잠시도 소바우의 얼굴에서 눈을 떼지 않은 채 물었다. 생각 같아서는 내가 바로 네 애비다라고 말한 다음 소바우를 끌어안고 싶었지만 어쩐지 생각처럼 되지 않았다.

"따라오씨요."

소바우가 한 손에 팽이를 다른 한 손에는 팽이채를 들고 앞장을 섰다. 두 짝 모두 뒤축이 쪼그라진 털메기에 발가락이 삐져나온 헌 버선을 신은 소바우는 대불이처럼 양쪽 어깨를 좌우로 심하게 흔들며 걷고 있었다. 누가 보면 둘의 걸음걸이만 보아도 부자지간이라는 것을 쉽게 짐작할 수 있을 것이라고 생각했다.

"집에 할머니는 계시냐?"

소바우의 뒤를 바짝 따르던 대불이가 물었다.

"할머니는 아퍼유."

소바우는 힐끗 뒤를 돌아다보았다.

"할머니가 아프시다니?"

"설 때 장개동이라는 하이칼라 양복쟁이가 세배허고 간 뒤부터 더 많이 아파유."

"양복쟁이 장개동이가 뉘긴듸?"

"모르겄어유."

"큰아부지랑 큰어머니는 계시느냐?"

"안 계셔유."

"안 계시다니?"

"선창에 나가셨구만유. 네 밤 자면 우리 누님이 시집을 가거든유. 그래서 큰아부지 큰어머니 함께 선창에 장보러 가셨구만유."

소바우는 묻지 않은 말까지 해주었다.

"그러면 집에는 할머니랑 오동네 누님이 있겠구나."

그러자 소바우가 갑자기 걸음을 멈추고 대불이를 찬찬히 되작거려가며 쳐다보았다.

"우리 누님 이름을 워치기 아남유? 아자씨가 우리 누님 신랑인감유?" 하고 묻는 것이었다.

"아직 느이 매형 될 사람 얼굴도 모르냐?"

"저번 참에 집에 왔었다는듸 그때 내가 나무를 하러 가느라고 못 봤거든유. 아자씨가 우리 누님 신랑이 맞지유? 그렇지유?"

소바우는 거듭 묻고 나서 대불이가 미처 아니라고 말할 여유도 주지 않고 고삿을 꿰고 뛰어가더니 삐딱하게 열린 사립짝 안으로 빨려 들어가며 숨 가쁘게 할머니와 누님을 외쳐 부르는 것이었다.

"할머니, 누님 신랑이 와유. 누님, 누님, 신랑이 온당께!"

대불이가 사립짝 안으로 발을 들여놓는 순간까지도 소바우는 토마루에서 발을 동동 구르며 소리쳤다. 대불이는 천천히, 바람에 나부끼는 억새처럼 자꾸만 일렁이는 마음을 조심스럽게 다독거리며 마당 안으로 걸어 들어갔다. 큰 소리로 어머니를 외쳐 부르고 싶었지만 갑자기 목이 꽉 메어왔다. 그는 좀 기다렸다가 차라리 밤에 올 것을 그랬구나 하고 후회하였다. 대낮에 어머니를 대하기가 너무 부끄럽게 생각되었기 때문이었다. 마당 한가운데 잠시 걸음을 멈춘 그는 토마루에 벗어놓은 낡은 털메기 여섯 짝이 아무렇게나 팽개쳐져 있는 것을 보았다. 그 중 두 짝은 금방 방으로 뛰어 들어간 소바우의 신발이었다. 대불이는 토마루 가까이 가지 못하고 마당 한가운데 그렇게 서 있었다. 집안 구석구석으로부터 식구들의 체취가 콧속으로 들어와 심장에까지 깊숙이 스며드는 것만 같았다. 대불이는 식구들의 체취를 더 흠씬 맡아보기 위해 콧구멍을 벌름거렸다. 어머니의 시지근하면서도 들척지근한 냄새에서부터 형님의 퀴퀴한 땀 냄새, 하얀 찔레꽃 향기 같으면서도 약간 비릿한 형수의 냄새, 쑥부쟁이 꽃처럼 상큼한 조카 오동네의 냄새, 조금 전에 맡았던 물비린내 같은 소바우의 냄새가 한꺼번에 코와 온몸의 땀구멍을 뚫고 뼈와 핏줄 속으로 파고드는 것만 같았다. 대불이는 죽은 아버지의 체취까지도 맡을 수가 있었다. 아버지의 체취는 흙냄새와 땀 냄새뿐이었었다.

소바우가 할머니와 누님을 외쳐 부르며 뛰어 들어간 큰방 문이 열린 것은 대불이가 마당 한가운데 서서 살아 있는 다섯 식구들과 죽은 아버지의 체취까지 모두 심장 속 깊숙이 흠씬 빨아들이고 나서도 한참이나 지나서였다. 문이 열리면서 머리가 하얗게 센 어머니가 서둘러 몸에 걸친 옷매무새를 고치며 소바우의 부축을 받고 밖으로 나왔다. 대불이는 어머니의 모습이 상상했던 것보다 훨씬 노쇠해버린 것에 슬픔을 느끼면서 갑자기 벙어리라도 된 듯 아무 말도 못하고 우두커니 어머니를 바라보고만 있었다.

"뉘기여? 뉘가 온 겨?"

어머니는 소바우의 부축을 받으며 토마루를 내려와 손바닥으로 눈썹차양을 만들어 봄날 한낮의 화사한 햇빛을 가린 채 멀뚱히 대불이를 바라보았다. 잠시 후 어머니는 두 다리를 휘청거렸고 두 팔을 허우적거리면서 소리를 지르려고 하다가는 그 자리에 스르르 주저앉고 말았다. 어머니는 땅에 주저앉아서도 대불이를 향해 두 손을 휘저으며 소리를 지르려고 입술을 달싹거렸다. 그때서야 대불이는 어머니에게로 달려가서 허우적거리는 어머니의 두 손을 잡고 어머니의 가슴에 얼굴을 파묻었다.

"이 노옴, 네 이노옴 대불아! 이 썩을 노옴."

어머니가 대불이의 이름을 외쳐 부른 것은 한참 후였다. 어머니는 몇 번이고 "이노옴, 대불아!"를 외쳐 부르며 두 주먹을 불끈 쥐고는 대불이의 가슴팍을 마구 후려치는 것이었다.

할머니를 부축했던 소바우와 잠시 후 방에서 뛰쳐나온 오동네는 우두커니 서서 그들의 할머니가 아들의 이름을 외쳐 부르며 가슴을 주먹으로 치는 것을 놀란 얼굴로 보고만 있었다.

"이노옴, 대불아! 이르케 멀쩡흐게 살아 있음시로도 이제사 오다니!"

어머니는 아들의 가슴팍을 쥐어박다 지쳐버린 후에야 소리 내어 울음을 쏟았다. 그때까지도 대불이는 어머니를 외쳐 부르지 못했다. 대불이는 어머니를 끌어안은 채 하늘을 올려다보았다. 그날따라 햇살이 안개처럼 촉촉이 젖어 있었다. 대불이는 그 햇살에서 영산강의 물비린내와 새끼내 들의 흙냄새를 맡을 수가 있었다. 그것은 아버지와 할아버지의 냄새이기도 했다.

타오르는 강… 제5부 끝